rororo

Kerstin Engel, geboren 1965, studierte Germanistik und arbeitete als Regie- und Dramaturgieassistentin am Theater. Später verschlug es sie zum Fernsehen. Heute lebt sie als freie Autorin in der Nähe von Frankfurt a. M. «Ameisen küssen nicht» ist ihr erster Roman.

Kerstin Engel

AMEISEN KÜSSEN NICHT

Roman

Rowohlt
Taschenbuch Verlag

Originalausgabe

Veröffentlicht im Rowohlt Taschenbuch Verlag,
Reinbek bei Hamburg, November 2014

Umschlaggestaltung yellowfarm gmbh,
Stefanie Freischem
Illustration Volker Brahmer
Satz Apollo MT PostScript, InDesign, bei
Pinkuin Satz und Datentechnik, Berlin
Druck und Bindung CPI books GmbH, Leck
Printed in Germany
ISBN 978 3 499 23483 5

ERSTER TEIL

«An Rheumatismus und an wahre Liebe glaubt man erst, wenn man davon befallen wird.»

MARIE FREIFRAU VON EBNER-ESCHENBACH

KAPITEL 1

Faszinierend, immer wieder: Die Waldameise streckte ihren Hinterleib zwischen ihren sechs Beinen nach vorne, brachte den Acidoporus in Stellung und schoss das Gift mit tödlicher Treffsicherheit auf das fünfzig Zentimeter entfernte Ziel – gewöhnlich ein Angreifer, in diesem Fall ein Streifen Lackmuspapier.

«So möchte ich auch mal abspritzen können.» Die Studenten lachten, sogar die weiblichen Kommilitoninnen zollten dem vorwitzigen Schwachmat gackernd Respekt. Keiner im Kurs schaute mehr durch die Vergrößerungsgläser auf den Versuchsaufbau, bei dem Waldameisen von feindlicher Ameisensäure eingenebelt ums Überleben kämpften.

Isa seufzte leise. Das waren ihre Studenten des Exzellenzstudiengangs. Die Verteidigungskünste der *Formica rufa* und ihr säurespritzendes Abdomen beflügelten die Phantasie dieser Bachelor-Anwärter zu nichts weiter als einem zotigen Gag. Sie schickte einen kurzen, aber flehenden Blick zum Himmel, bevor ihr wieder einfiel, dass da oben gar niemand war, der ihr hätte helfen können. Isa gab sich einen Ruck, überhörte die weitersprudelnden, mittelprächtig witzigen Kommentare und beendete die Stunde fünf Minuten vor Schluss mit einem milden Lächeln. «Bevor Ihre Köpfe heiß laufen …»

Allgemeines Gejohle. Kaum zu glauben, dass zwischen ihr und dieser Affenhorde kaum fünf Jahre Altersunterschied lagen. «Die Versuchsaufbauten können Sie bitte stehen lassen für die nächste Laborgruppe.» Isa wandte sich wieder der Ameise unter dem Vergrößerungsglas zu. Immer noch verharrte das Insekt in Angriffsposition: den Acidoporus vorgereckt, zum nächsten Schuss bereit, die kräftigen Mandibeln aufgesperrt, als wollte es einen Salatkopf verspeisen, die Funiculi, auch Antennen genannt, weit ausgebreitet und starr. Isa ließ die feindliche Ameisensäure aus dem Behälter entweichen, und sofort entspannte sich die kleine Kriegerin.

«Frau Professor Werner …»

«Huch!» Ihr Schrei klang markerschütternd, als wäre sie nicht angesprochen, sondern angestochen worden. Dummerweise hatte sich nicht nur ihre Stimme, sondern auch ihre rechte Hand erhoben und war im Reflex karatemäßig zur Seite geschnellt. Eine tolle Reaktion. Sehr wirkungsvoll, falls sie wirklich mal mit einem Messer bedroht würde. Der vermeintliche Aggressor lag auf dem Boden und krümmte sich.

«'tschuldigung, ich wollte Sie nicht …», stöhnte der Student mit knappem Atem.

«Schon gut, nichts passiert … also, ich meine … mir ist nichts passiert.» Sie taxierte den Studenten. «Patrick … Patrick …»

«Sedrick», verbesserte er und rappelte sich auf, «Sedrick Fuchs.»

«Ja, richtig!» Peinlich, dass ihr sein Name nicht eingefallen war. Unverzeihlich. Er war einer der wenigen Bachelor-Studenten, die sich in ihre als «Informationstsunami» berüchtigten Vorlesungen trauten, und er war der *einzige* Student, der jedes ihrer Worte mitzuschreiben schien. Dabei brachte er noch das Kunststück fertig, sie über seinen Laptop hinweg anzustrahlen, als verkündete sie den Verkaufsstart des neuesten Apple-Must-Haves und nicht die Grundlagen der Myrmekologie.

«Geht's denn wieder?»

Sedrick nickte. Er strich sich zweimal durchs Haar, vermutlich um zu prüfen, ob sein verwegenes Styling noch verwegen genug war. Dann lächelte er sie schüchtern an. Er war ein hübscher Kerl. Isa hatte das bisher gar nicht richtig wahrgenommen. Sie lächelte verlegen zurück.

«Ich würde den Versuch gerne noch einmal wiederholen.»

«Den Versuch, mich anzusprechen?» Sie stand auf dem Schlauch.

Er lachte. «Den Versuch mit der Ameise natürlich.»

«Natürlich.» Sie musste ebenfalls lachen.

«Ameisen sind einfach großartig. Ich würde es wirklich gerne noch einmal sehen.»

Isa zögerte einen Moment. Sedricks Eifer verblüffte sie. Dann nickte sie begeistert. «Warum nicht?» Unglaublich: Da hatte sie endlich einen qualifizierten Studenten unter all den trüben Tassen gefunden, und sie schlug ihn fast k.o. Typisch. «Ich hole nur eben die Ameisensäure.»

Es dauerte keine zehn Sekunden, und sie war mit dem Fläschchen aus dem Nebenraum zurück. Der kurze Augenblick reichte Sedrick, um mit einer weiteren Überraschung aufzuwarten:

«Happy Birthday, Frau Professor!» Er reckte ihr einen kleinen Schokoladen-Gugelhupf entgegen, auf dem die vielen Minikerzen kaum Platz hatten.

Isa zählte die Kerzen: zweiunddreißig. Er musste ihren Geburtstag gegoogelt haben. Sie war verwirrt. War das jetzt eine Privatveranstaltung, oder war das noch Unterricht? War Sedrick Fuchs an Myrmekologie interessiert oder an ihr?

«Ich hab die Streichhölzer vergessen. Sorry, echt blöd.» Er schaute wie ein Hundewelpe. Isa war sprachlos.

«Könnten Sie vielleicht …? Irgendwo gibt's hier doch bestimmt welche?»

«Was?»

«Streichhölzer. Sieht doch netter aus, wenn es brennt.»

«Also ... ich weiß nicht.»

Welpenblick.

Isa lief zum Schrank. Ein leichtes Panikgefühl machte sich in ihr breit. Was sollte sie von der Situation halten? Bisher galt sie bei den Studenten als «die Unberührbare», und sie war froh über diese Distanz. So konnte sie sich besser auf ihre Arbeit konzentrieren. Bei einigen Kollegen hatte ihr das allerdings auch schon Kritik eingebracht. Sie solle sich doch etwas mehr den Studenten öffnen, hieß es gelegentlich. Vielleicht war ja jetzt der richtige Moment dafür ...

Isa kam zurück, lächelte Sedrick an, entzündete das Streichholz und wollte gerade «Danke, das ist wirklich aufmerksam von Ihnen» sagen, als sie bemerkte, dass er sich langsam den Laborkittel aufknöpfte. Über seiner Jeans, die so lässig tief hing, dass ein Streifen Unterhose hervorblitzte, kam ein makelloser nackter Oberkörper zum Vorschein – Muskeln bis hinunter zu den Lenden, deutlich definiert, aber nicht protzig. Unwillkürlich musste Isa an antike Götterstatuen denken, bis Sedrick schließlich den Kittel fallen ließ und seine gleichermaßen phantasievoll wie üppig tätowierten Oberarme zeigte. Ein tätowierter Gott oder ein göttlicher Seemann, flitzte es durch Isas überfordertes Hirn, während sie still und verblüfft schaute und schaute und schaute ...

«Autsch!»

Das Streichholz war bis zu ihrem Daumen und Zeigefinger niedergebrannt. Isa schnippte es weg. Und wieder einmal stand ihrer schnellen, von Panik ergriffenen Rechten etwas im Weg: die Flasche mit der Ameisensäure. Das Glas zersplitterte auf dem Boden, und während die Säure nach oben spritzte, fiel das glimmende Streichholz nach unten.

Bitte nicht … nicht schon wieder, flehte Isa fiebernd. Doch physikalische Gesetzmäßigkeiten sind erbarmungslos. Das fallende Streichholz und die aufsteigende Säure hatten einen gemeinsamen Schnittpunkt: Sedricks Laborkittel, der ihm noch lose um die schlanken Hüften hing. Isa schrie. Die Stichflamme war gewaltig.

KAPITEL 2

«Wieso haben Sie den jungen Mann in Brand gesteckt?»

Isa schnappte nach Luft. Der Psychodoktor war wohl selbst nicht ganz bei Trost. «Ich habe ihn nicht in Brand gesteckt! Sein Laborkittel hat sich entzündet.»

«Aha.» Dies war kein normales, kurzes *Aha* im Sinne von *Ach so*. Es war ein gedehntes, unheilschwangeres *Aha*, ein *Aha*, das eine Menge Probleme andeuten wollte – ihre Probleme.

Empört starrte Isa den Psychiater an. «Ich habe kein Verbrechen begangen», betonte sie so ruhig, wie es ihr in diesem Moment möglich war. «Mir ist lediglich ein Missgeschick unterlaufen.»

«Ein Missgeschick», wiederholte der Psychiater betont tonlos. Sie wäre ihm am liebsten ins Gesicht gesprungen. Glaubte der wirklich, bei ihr im Dachstübchen stimme was nicht?

Sie hätte überhaupt nicht herkommen sollen. Alles in ihr hatte sich gesträubt. Doch jetzt war sie hier und – auch wenn sie es nicht gerne zugab – plötzlich ein wenig verunsichert. Lief in ihrem Leben vielleicht doch etwas schief, und sie merkte es nicht? Während sie ihre schlanken Beine unter dem schlichten Sommerrock übereinanderschlug und nervös an ihrem kurzen Haar herumzupfte, scannte sie im Geiste ihr bisheriges Leben. Sie war gerade zweiunddreißig geworden, hatte schon einen Professorenstuhl inne und wusste endlich, welche Frisur *nicht* unpraktisch war (Herrenschnitt, struppig gegelt, fertig in einer Minute). Außerdem war sie auf dem besten Weg, internationalen Ruhm zu erlangen. In der Ameisenforschung lief praktisch nichts mehr ohne sie.

Beruflich war sie also erfolgreich, resümierte Isa.

Und privat? Gut, sie hatte keinen Mann und keine Kinder. Aber da sie weder das eine noch das andere für erstrebenswert hielt, war auch hier alles im grünen Bereich. Welche Wissenschaftlerin wollte schon Windeln wechseln und nervtötende Beziehungsgespräche führen, wenn sie Forscherin des Jahres werden konnte?

Nein, nichts war schiefgelaufen. Absolut nichts. Bis auf dieses kleine Missgeschick gestern.

Der Psychiater räusperte sich und riss Isa aus ihren Gedanken. «Frau Werner, ich kann Ihnen nur helfen, wenn Sie mit mir reden.»

Ungehalten schaute sie ihr Gegenüber an. Sie wollte sich gar nicht helfen lassen! Es war Blödsinn, dass sie überhaupt hier war! Doch sie musste die Sache wohl durchziehen – ihrem Chef zuliebe. Professor Doktor Andreas Heise, eine Koryphäe in der Verhaltensbiologie, war nicht nur sehr kompetent und sehr sympathisch. Er hatte ihr auch *sehr* dringend empfohlen, einen Psychiater aufzusuchen. Weil er sich Sorgen um sie mache, hatte er gesagt. Isa verstand nicht, warum. Denn sie machte sich keine Sorgen um sich. Doch sie verstand, dass sie sich bald Sorgen um ihren Job machen musste, wenn sie Heises Aufforderung nicht nachkam.

Also beschloss sie, kooperativ zu sein. Offen blickte sie den Psychiater an, bereit, ihm jede Antwort zu liefern, die er haben wollte.

«Eine Chemikalie, die wir für unsere Versuche mit den Ameisenvölkern benutzen, hat sich entzündet», erklärte sie, «und der Laborkittel des Studenten, der neben mir stand, fing Feuer. Das war alles.» Isa setzte ihre schönste Unschuldsmiene auf. Der Psychiater betrachtete sie schweigend. «Der junge Mann ist völlig unversehrt», fügte sie schnell hinzu. «Wenn man von ein paar verkokelten Brusthaaren absieht.» Sie lächelte den Arzt an.

Stumm erwiderte er ihren Blick, er schien auf etwas zu warten. Mehr Informationen? «Na ja … ein paar Bauchhaare waren auch dabei und …» Isa räusperte sich. «Schamhaare.»

Pause. Was sollte sie noch dazu sagen? Etwas ratlos zuckte sie die Achseln. «Er war nicht rasiert. Jedenfalls nicht oberhalb des Slips.»

«Tatsächlich.» Ungerührt blätterte der Psychiater in seinen Notizen. «Sie sagten, es sei schon öfter etwas in Brand geraten?»

«Ja. Ein paar Kleinigkeiten.»

«Zum Beispiel?»

«Servietten, Pappbecher, Computerkabel», gab sie brav, aber nicht *ganz* wahrheitsgemäß zur Antwort. «Nichts Beunruhigendes also. Ein Mensch war bisher noch nicht dabei.» Sie versuchte unbekümmert zu wirken – der Psychiater sollte die Dinge nicht dramatischer sehen, als sie waren.

«Was fühlen Sie, wenn es brennt?», fragte er, anscheinend unbeeindruckt von ihrem fröhlichen Mienenspiel.

Unwillkürlich ließ Isa einen gequälten Seufzer los. Sich über Gefühle zu unterhalten, zumal über ihre eigenen, empfand sie als besonders absurde Form der Zeitverschwendung. Sie wusste, dass sie mit dieser Einstellung im falschen Zeitalter lebte. Emotionen waren das Thema dieser Epoche. Jeder in der westlichen Hemisphäre redete über seine Gefühle: im Radio, im Fernsehen, im Internet, in Kneipen sowieso und sogar – für Isa besonders unverständlich – am Arbeitsplatz. Pausenlos wurde man unfreiwillig Zeuge dieses Gebrabbels über Befindlichkeiten.

Gefühle waren entweder schön oder nicht schön. Mehr gab es darüber nicht zu sagen. Als Ergebnis wandelbarer biochemischer Prozesse im Gehirn war weder das gute noch das schlechte Gefühl von Dauer. Warum also so viel Aufhebens darum machen?

Na ja, besann sie sich, sie war beim Psychiater. Da war es wohl angebracht, über Gefühle zu reden. Wieder wurde ihr bewusst, wie bescheuert es war, dass sie überhaupt hier saß.

«Nun?» Der Psychiater lehnte sich in seinem knautschigen Ledersessel zurück. «Was haben Sie zum Beispiel empfunden, als der Student brannte?»

Was für eine blöde Frage. Völlig überflüssig! Kann er sich ja wohl denken, wie ihr da zumute gewesen war. Sie ist doch schließlich kein Alien!

Der Psychiater wartete.

Isa stöhnte und gab ihm, worauf er wartete – Gefühle. «Ich bekam einen Schreck.» Sie lehnte sich zurück und verschränkte die Arme vor der Brust.

Der Psychiater betrachtete sie schweigend.

«Einen schrecklichen Schreck», ergänzte sie. War sicher gut, noch etwas nachzulegen. «Und um das noch einmal klarzustellen: Nicht der Student brannte, sondern lediglich sein Kittel.»

Der Arzt notierte sich etwas.

Isa beschloss ungeduldig, das Gespräch endlich in die von ihr gewünschte Richtung zu lenken: «Ich brauche nur ein Beruhigungsmittel. Irgendetwas Pflanzliches, nichts allzu Starkes.»

Der Arzt schwieg weiter. Sie kam sich vor wie eine Laborratte unter Beobachtung. Mit dem Unterschied, dass sie im Gegensatz zur Ratte ein Bewusstsein hatte. Und dieses Bewusstsein machte jetzt, dass sie sich scheußlich fühlte. Sie wollte nicht beobachtet und analysiert werden.

«Ich bin wohl etwas überlastet», fuhr sie fort. «Meine Karriere war vielleicht etwas zu rasant.»

Schweigen.

«Es ist vollkommen harmlos. Andere verlieren in solchen Momenten ihre Schlüssel, vergessen Namen oder lassen Sachen fallen …»

«Bei Ihnen brennt's.» Endlich sagte der Psychiater auch mal wieder etwas. Isa war geradezu erleichtert.

«Ja genau, es brennt!» Schnell fügte sie hinzu: «Aber nicht oft, und nur wenn der Stress ungewöhnlich groß ist.»

Das war eine gewaltige Lüge. In den neun Monaten, seit sie wieder in Hamburg lebte, war ihr genau 37-mal etwas in Flammen aufgegangen. Das ist im Durchschnitt 4,1-mal pro Monat, ergo 1,025-mal die Woche, wie sie flugs im Kopf überschlug. Eine signifikante Potenzierung. Normalerweise passierte ihr das im ganzen Jahr höchstens zwei-, dreimal. Zugegeben, das Wort «normal» war in diesem Zusammenhang nicht ganz passend – wirklich normal war das nicht. Isa war das durchaus bewusst, aber sie lebte damit wie andere Leute mit einer Migräne.

Die Häufung in letzter Zeit war allerdings irritierend. Vielleicht lag es an Hamburg, der Stadt ihrer verkorksten Kindheit. Doch sie würde sich hüten, dieses Thema hier anzusprechen. Das hätte der Herr Psychiater wohl gerne. Aber nicht mit ihr! Schließlich war sie nicht nach Hamburg zurückgekommen als das kleine, unbeholfene «Issyschätzchen», wie ihre Mutter sie schon immer qualvollerweise gerne gerufen hatte (auch und besonders vor Schulkameraden). Sondern als Frau Professor Doktor Werner, erfolgreiche Wissenschaftlerin, anerkannte Autorität auf dem Gebiet der Myrmekologie und jüngste Professorin im ganzen Land.

Isa setzte sich auf, wieder selbstbewusst. «Also, was verschreiben Sie mir? Johanniskraut? Damit hatte ich schon einmal gute Erfolge.»

Der Psychiater schwieg.

Isa unterdrückte ihre Ungeduld. «Ich könnte auch autogenes Training erlernen», schlug sie vor, überzeugt, damit ihren guten Willen zu zeigen, ihr kleines nervöses Leiden aktiv anzugehen und nicht nur Pillen zu schlucken.

Endlich löste sich der Psychiater aus seiner entspannten Sitzhaltung, stützte die Ellbogen auf den Schreibtisch und legte in einer gewichtigen Geste die Fingerspitzen aneinander: «Eine Psychotherapie kommt für Sie nicht in Frage, nehme ich an.»

Isa spürte, wie ein heftiges Kichern in ihr aufstieg. Doch sie riss sich zusammen und erwiderte knapp und unmissverständlich: «Nein.»

«Gut. Dann kann ich Ihnen nur einen Rat geben: Wenn Sie diese lästigen kleinen Brände loswerden wollen, dann …»

Er machte eine Kunstpause.

«Dann?»

«Entflammen Sie Ihr Herz.»

Isa starrte den Mann an. Vergeblich suchte sie in der Tiefe seines Blicks nach einem Hinweis darauf, wie dieser Verrückte zu seinem guten Ruf als Arzt gekommen war. Sie beschloss, Psychiater von Platz drei auf Platz eins ihrer Hitliste der zehn unsinnigsten Berufe zu setzen. Noch vor Nagelstylistinnen und Staubsaugervertretern.

KAPITEL 3

Ihre Arbeitsmappe schützend über dem Kopf, rannte Isa über den Unicampus und fluchte. Ein warmer Sommerregen, den die Meteorologen nicht vorhergesagt hatten, ging auf sie nieder, und sie hatte ärgerlicherweise keinen Schirm dabei. Mehr noch ärgerte sie sich über die wertvolle Zeit, die sie beim Psychiater verplempert hatte. Jetzt wollte sie schleunigst zu ihren Ameisen.

Isa pries den Tag, an dem sie diese wundervolle Spezies als Forschungsobjekt für sich entdeckt hatte. Seither war ihr Leben erfüllt. Ameisen waren wundervolle Geschöpfe. Der Mensch konnte vieles von den kleinen Tierchen lernen. Sie waren Meister der Effektivität und der Arbeitsteilung, und kein menschliches Sozialsystem funktionierte so fehlerlos wie ihre Nestgemeinschaften. Isa war davon überzeugt, dass die Ameisen den Bauplan für eine perfekte Welt besaßen. Um das zu beweisen, forschte sie.

Im Augenblick kreisten ihre Gedanken allerdings immer noch um das Gespräch mit dem Psychiater, und das fuchste sie. Was, verdammt noch mal, hatte der gemeint mit: «Entflammen Sie Ihr Herz?» Isa fand es absurd, dass sie überhaupt darüber nachdachte. Doch sie tat es. Meinte er etwa, sie sollte sich verlieben? Das war völlig inakzeptabel! Als Biologin wusste sie: Liebe ist eine biochemisch produzierte Illusion. Ein gottverdammter, körpereigener Drogentrip. Als Mensch und als Frau genügten ihr zwei gescheiterte Beziehungen, um diese Erkenntnis empirisch zu bestätigen. Ergo, Herr Psychiater: Liebe ist keine Lösung. Sie hatte das Institut erreicht und stieß schwungvoll die Tür auf. Endlich hatte sie den Regen hinter sich. Den Psychiater würde sie ebenfalls einfach hinter sich lassen, beschloss sie und war einen klitzekleinen Moment lang zufrieden mit sich und der Welt.

Da flog am Ende des Flurs eine Tür auf, und die Meyer stürmte auf sie zu. «Isa-Süße!!!», schallte es aufgeregt über den Gang. Isa, der Koseworte jeglicher Art und Ausgestaltung ausgesprochen unangenehm waren, bemühte sich, die gerade zurückgewonnene innere Balance nicht wieder zu verlieren. Nein, sie würde nicht rot anlaufen vor Scham, weil die ausnahmslos männlichen Kollegen hinter ihren Bürotüren nun genüsslich über sie schmunzelten, über sie, das Professoren-Küken, das von der Sekretärin begluckt wurde. Isa atmete also einmal tief durch, entspannte sich und winkte der Meyer zu.

Die Meyer hieß eigentlich Ingeborg Meyer-Papapopoulos. Sie war mit einem Griechen verheiratet, und seit dreißig Jahren stritten und versöhnten sie sich im Minutentakt. Aber Meyer nannte es das «Große Glück», und jederzeit würde sie Isas Thesen über die Liebe lautstark dementieren. Frau Meyer-Papapopoulos oder Ingeborg sagte im Institut jedoch keiner zu ihr. Alle riefen sie Meyer und wie Isa wusste, mochte sie das. Selbst ihr Mann nannte sie Meyer. Wobei sein griechischer Akzent, so hatte die Sekretärin geschwärmt, ein poetisches «Maja» erklingen ließe.

Meyer stand vor ihr und wedelte aufgeregt mit einem Brief.

«Mach ihn auf, Süße. Sofortissimo. Noch zehn Minuten länger, und ich hätte nicht mehr fürs Briefgeheimnis garantieren können.»

Isa blickte auf den Absender und wurde blass um die Nase. Sie atmete tief durch und riss das Kuvert auf. Ihre Augen überflogen den kurzen Text.

«Und?» Meyer schien in ihrem engen Sommerkleidchen,

das ihren üppigen Busen zusammenpresste und auch sonst alle reichlich vorhandenen Rundungen überdeutlich zeigte, vor Neugierde tatsächlich fast zu platzen.

«Und?», fragte sie noch einmal.

«Endrunde», sagte Isa trocken und ohne mit der Wimper zu zucken.

Die Meyer stieß einen Freudenschrei aus, der, wie es Isa durch den Kopf fuhr, sicher noch am anderen Ende des Unigeländes bei den Philosophen zu hören war und sie garantiert für einen Augenblick aus ihren Grübeleien riss.

«Endrunde!», wiederholte die Meyer laut und nahm sie in ihre kräftigen Arme.

«Uff», machte Isa.

«Uff? Du kommst in die Endausscheidung des wichtigsten Forschungswettbewerbs, an dem unser Institut je teilnehmen durfte, und dir fällt nichts weiter ein als ‹Uff›?»

«Uff heißt: Ich krieg keine Luft», presste Isa hervor.

Meyer löste ihren Griff und baute sich vor Isa auf: «Jetzt will ich aber ein Hurra hören.»

Es war einer dieser nicht seltenen Momente, in denen sich Isa fragte, warum sie die Meyer so gut leiden konnte. Ihr ständiger Gefühlsüberschwang ging ihr wirklich auf die Nerven. Außerdem plapperte sie zu viel, und mit ihren zweiundfünfzig Jahren zog sie sich an wie ein frühreifer Teenager. Für Isa, die einen nüchternen Look bevorzugte, waren Meyers discotaugliche Outfits ästhetische Folter. Dennoch war nichts an der Meyer aufgesetzt, nichts gekünstelt. Jeder noch so laute Ton und jede expressive Emotion war echt, und bei allem versprühte sie diese unglaubliche Wärme, ebenfalls so echt wie das gute alte Kaminfeuer. Zwar war Isa ein Freund der Zentralheizung (war einfach praktischer). Doch wer wollte behaupten, dass die Zentralheizung einem das Herz erwärmte? Die Meyer tat es. Isa war regelmäßig gerührt davon. Man musste diese Frau einfach liebhaben. Also gab sie sich einen Schubs: «Hurra.» Zugegeben, es klang wenig enthusiastisch. Aber ihr Augenzwinkern versöhnte die Meyer.

Im Institutsbüro ließ die Meyer sofort den Sektkorken knallen. Isa, die ihren Laborkittel überwarf und es eilig hatte, zu ihren Ameisenvölkern zu kommen, verzog das Gesicht.

«Meyer, definitiv: Vor siebzehn Uhr trinke ich keinen Alkohol.» Mehr als einmal hatte sie das ihrer Sekretärin schon beizubringen versucht.

«Heute aber schon.» Meyer hielt ihr das gefüllte Sektglas hin.

«Ich hab den Wettbewerb doch noch gar nicht gewonnen», protestierte Isa.

«Wirst du aber.»

«Also Meyer, wirklich.» Isa rollte die Augen. «Kannst du etwa hellsehen?»

«Nein. Aber ich weiß, was in dir steckt.» Sie sagte das in einem so satten, ironiefreien Ton, dass Isa wieder diese verblüffende Rührung überkam. Manchmal war die Meyer wie eine furchtbar liebe Mutter.

Isa nahm endlich das Sektglas und prostete ihr zu, trank aber nur einen winzigen Schluck.

«Weißt du schon, wen du in der letzten Runde ausstechen musst?»

«Breitenbach.»

«O mein Gott! Der?!!!» Meyer rief das nicht, sie johlte es in den höchsten Tönen, die Augen weit aufgerissen. «Das ist doch dieser Sexgott – George Clooney ist ein Erdmännchen gegen den!»

Isa starrte ihre Sekretärin an. Manchmal war sie eher wie eine durchgeknallte große Schwester.

«Woher weißt du, wie er aussieht?»

«Er war in meiner Lieblingstalkshow.»

«Er tritt in Talkshows auf?» Isa war verblüfft.

«Aber ja. Er hat doch dieses Buch veröffentlicht, das auf allen Bestsellerlisten steht.»

«*Die Affen sind wir* – ich weiß. Lauter nette Anekdoten über die Lebensgewohnheiten von Primaten. Also wenn er nicht mehr draufhat, dann hab ich den Wettbewerb tatsächlich schon gewonnen.» Während sie das sagte, kramte Isa in ihren Unterlagen.

«Meyer, hast du die Graphiken?»

«Hier.» Die Meyer reichte ihr eine Illustrierte.

«Das sind nicht die Graphiken», konstatierte Isa geduldig.

«Nein», antwortete die Meyer ebenso geduldig. «Aber darin findest du Breitenbach mit einem Interview und …» Meyer machte eine kleine Pause, wie um eine besonders gelungene Überraschung zu präsentieren. «… einem Foto!»

Isa stöhnte. «Meyer, gib mir die Graphiken.» Sie klang jetzt nicht mehr geduldig.

«Wirf doch wenigstens mal einen kurzen Blick drauf», flehte die Meyer, «seine Konkurrenz sollte man schließlich kennen.» Sie grinste.

«Richtig.» Isa grinste zurück. «Und deswegen legst du jetzt die Illustrierte weg und besorgst mir alles, was dieser Typ je publiziert hat.»

KAPITEL 4

Die langen Beine auf den Schreibtisch gelagert und den Rest seines Athletenkörpers in den Bürosessel gefläzt, probierte Ben, seinen Studenten demnächst besser bekannt als Professor Doktor Bernhard Breitenbach, seinen neuen Arbeitsplatz aus. Seine Finger flogen über die Tastatur des Notebooks auf seinem Schoß. Er suchte etwas im Internet und stieß, als er es fand, einen erstaunten Pfiff aus. Er rechnete damit, dass der Pfiff Michel aus dem Nachbarbüro locken würde. Und so war es. Die Tür flog auf, und ein wissender Blick traf ihn: «Du hast ein Foto von ihr gefunden!»

Michel trat neben ihn und betrachtete das Bild.

«Erfreulich hübsch, die Ameisenkönigin», stellte Ben fest.

«Vergiss es. Die ist total spröde.»

Ben schwang auf seinem Drehstuhl herum. Doktor Michael Huber, kurz Michel, war sein bester Kumpel, seit sie vor sechzehn Jahren die Erstsemesterfete der Biologen kotzenderweise auf dem Klo verbracht hatten. Ben schätzte sein Urteil.

«Ich kann dir nur sagen, was mir ein Kollege erzählt hat», fuhr Michel fort. «Die Frau ist eine knallharte Wissenschaftlerin. Auf die charmante Tour brauchst du der nicht kommen.»

«Ausgezeichnet. Frau Professor Werner fängt an, mich zu interessieren.»

«Die legst du nicht flach, wetten?!» Michel grinste spitzbübisch. Der oberfränkische Waldbauernbub steckte immer noch in ihm.

Ben grinste breit zurück. «Schaun mer mal, dann sehn

mer scho.» Schön war es, wieder in seiner Münchner Heimat zu sein und bayerische Sprüche zu kloppen.

«Da wir gerade beim Thema Frauen sind: Was hast du mit unserer Sekretärin angestellt?» Michel verschränkte die Arme vor der Brust, abwartend und höchst wissbegierig.

«Wieso?»

«Sie lächelt.»

«Ja, und?»

«Sie lächelt nie.»

«Ich hab sie gefragt, in welches Fitness-Studio sie geht.»

«Die geht in ein Fitness-Studio?»

«Nein, aber sie glaubt jetzt, ihre Figur schaue danach aus.»

«Man sollte die Frauen vor dir warnen.» Aus Michel sprach unverhohlen der Neid. Ben zwinkerte ihm zu und schnappte gutgelaunt seine Mappe mit den Unterlagen vom Schreibtisch. Er musste los.

«Trotzdem», rief Michel ihm nach, «für den Wettbewerb machst du besser deine Hausaufgaben, wenn du gewinnen willst.»

Doch Ben war schon aus der Tür und versuchte sich auf das zu konzentrieren, was vor ihm lag: seine Antrittsvorlesung. Kaum zu glauben, die gute, alte Ludwig-Maximilians-Universität hatte ihn wieder! Okay, das Gebäude war brandneu und nannte sich jetzt Biocenter, aber es war dennoch Teil der traditionsreichen, ehrwürdigen LMU. Die Entscheidung, nach Berkeley zu gehen und sich dort sechs Jahre lang den Arsch zwischen Forschung und Lehre aufzureißen, hatte sich gelohnt. In Amerika hatte seine Karriere den richtigen Schub bekommen, und nun buhlten die Universitäten um ihn. Ob er in München blieb, war noch nicht ausgemacht. Er hatte sich nur für das kommende Wintersemester verpflichtet. Gewann er den *Future Award,* würden garantiert noch weitere Angebote locken. Ben pfiff seine Gedanken zurück. Sie galoppierten schon wieder in die Zukunft.

Gespannt öffnete er die Tür zum Großen Hörsaal. Der Raum hätte tatsächlich locker für das Kinopublikum eines gerade gestarteten Blockbusters ausgereicht – und er war brechend voll. Selbst auf den Treppen und zu Füßen des Podiums saßen die Studenten und warteten auf eine Kostprobe ihres neuen Professors. Er nahm einen tiefen Atemzug. Showtime!

Ben war gerne Entertainer. Vorlesungen zu halten, machte ihm keine Mühe. Im Gegenteil. Es gab ihm einen Kick. Und das sprang über auf sein Publikum. In Bayern war das nicht anders als in Kalifornien, wie sich wenige Minuten, nachdem er das Podium betreten hatte, zeigte: wache Augen, offene Ohren, aufmerksame Gesichter in allen Reihen. Und jede Menge schmachtende Blicke von den zahlreichen weiblichen Zuhörern. Ben war sich seiner Ausstrahlung bewusst, und er pflegte sein Image als smarter Abenteurer. Er sah immer ein bisschen so aus, als ob er geradewegs von einer Forschungsreise käme – Dschungelstaub auf den Trekkingschuhen und Dreitagebart waren ein schöner Kontrast zu seiner sprachlichen Eloquenz. Das kam an.

Seinen Vortrag über «Emotionalität und Familienleben von Menschenaffen» hielt er frei, und euphorisiert von seinem Publikum würzte er die theoretischen Ausführungen mit Anekdoten aus der Feldforschung. Wie immer bei solchen Gelegenheiten bereitete es ihm großes Vergnügen, die Schimpansen und Orang-Utans, die er auf seinen Reisen studierte, vor dem Auditorium lebendig werden zu lassen. Nicht nur mittels Filmmaterial. Er war inzwischen – und darauf war er wirklich stolz – ein Meister darin, die Schreie und Gebärden der Affen zu imitieren. Auf diese Weise hatte er sich im Regenwald das Vertrauen der Tiere verdient. Hier verdiente er sich Lacher und die Motivation seiner Studenten.

Der Applaus am Ende seines Vortrags war ohrenbetäubend. So war er es gewohnt. Aber heute liebte er das Getrommel der Füße und Hände ganz besonders. Sein Comeback war gelungen. Als Student hatte er in ähnlichen Hörsälen gesessen, sich durch langweilige Vorträge gequält und immer gewusst, dass man es besser machen kann. Lebendiger, packender. Die jungen Leute sollten Spaß haben an dem, was sie lernten. Für Ben war Spaß eine Grundvoraussetzung im Leben. Ohne Spaß lohnte sich das Atemholen gar nicht.

Ben blickte vergnügt zu den Studenten, die ihn jetzt umringten und mit Fragen löcherten.

«Ein guter Tipp: Warten Sie nicht, bis die Semesterferien vorbei sind, um sich in die Seminarlisten einzutragen. Ich bin immer schnell ausgebucht.» Der Pulk um ihn wurde größer. Ben registrierte zufrieden, dass auffallend viele hübsche Frauen darunter waren, und er wusste, er würde sie in seinen Seminaren wiedertreffen. Gegen sein Image als Weiberheld konnte er nichts machen. Also genoss er es lieber. An die Eine, die einzig Richtige glaubte er sowieso nicht. Bereitwillig gab er einer Blondgelockten und ihrer langbeinigen Freundin Literaturtipps, flirtete ein wenig mit einer bayerischen Ausgabe von Angelina Jolie und taxierte die Kurven einer interessanten Brillenschlange, als plötzlich in seinem Rücken das Mikrophon auf dem Podium krächzte. Eine Frau im Laborkittel verschaffte sich Aufmerksamkeit und verwies auf seine wöchentliche Sprechstunde: «Montags von zehn bis zwölf wird Professor Breitenbach gerne all Ihre Fragen beantworten. Die Vorlesung ist jetzt beendet.» Die Frau stieg vom Podium, kam auf ihn zu und nahm beherzt seine Hand. Erst jetzt merkte er, dass er sie kannte.

«Sabine?»

«Die Überraschung ist gelungen, was?»

«Deine Haare ...»

«Sind jetzt lang und rot. Gefällt's dir?»

«Was machst du hier?»

«Arbeiten.»

Die Überraschung war wirklich gelungen. Sabine hatte offenbar nicht nur die Haarfarbe gewechselt, sondern auch ihren Beruf. Und sie setzte noch eins drauf: Sie zog ihn weg von dem Pulk, öffnete eine Tür, und keine Sekunde später stellte Ben verblüfft fest, dass er sich in einer Besenkammer befand und Sabine ihm die Hose öffnete. Solche Überraschungen waren ganz nach Bens Geschmack. Sex ist jeden Atemzug wert!

KAPITEL 5

«Sex wird epochal überbewertet», sagte Isa und sah die Meyer nach Luft schnappen wie ein aus dem Glas gesprungener Goldfisch. Doch sie ließ sie nicht zu Wort kommen und führte ihren Gedanken mit Nachdruck aus. «Historisch gesehen ist die sexuelle Befreiung nur eine von vielen Übergangsstufen in dem langen Prozess, der seit der Aufklärung das Individuum zur Freiheit führen soll. Hat dieser Prozess erst einmal den menschlichen Geist erreicht, wird keiner mehr an Sex interessiert sein.»

«Schön, meinetwegen.» Mit einem satten Rumms knallte die Meyer einen Stapel Bücher, den sie zwischen ihren Armen balancierte, auf Isas Schreibtisch – die Veröffentlichungen von Breitenbach. «Bis es so weit ist, vergehen aber noch geschätzte zwanzigtausend Jahre Menschheitsgeschichte, und deshalb frag ich noch mal: Wann hast du das letzte Mal gepoppt?»

«Die Frage beantworte ich nicht.» Die Meyer war unmöglich, aber das wusste sie ja nun allmählich.

«Du denkst, das geht mich nichts an. Tut es aber doch.» Mit verschränkten Armen pflanzte sich die Sekretärin vor ihr auf. «Ich arbeite mit dir, und deine Laune ist mies. So was liegt meistens am Sex. Zumindest in *unserer* Epoche und besonders», sprudelte sie weiter, «wenn man gerade den *Future Award* so gut wie gewonnen hat.»

Isa verstand den Zusammenhang nicht. Doch die Erklärung kam prompt.

«Du bist beruflich erfolgreich, Todesfälle in deiner Familie gibt es gottlob auch keine. Also kann es ja nur am Liebesleben liegen.» Neugierig schaute die Meyer sie an. Sie erwartete allen Ernstes eine Antwort. Was war heute nur los, dass sich bei allen alles nur um Sex und Liebe drehte? Sie hatte wirklich keine Lust, an die beiden einzigen gescheiterten Experimente in ihrem Leben erinnert zu werden: Connor und Vincent.

Die Beziehung zu Vincent war erst einige Monate her und ein unverzeihliches Versehen. Sie hatte ihn während ihres Forschungssemesters in Harvard kennengelernt und sich sofort in den brillanten Intellekt dieses querdenkenden Biologen verliebt. Schnell wurden sie ein Paar und waren für eine kurze Zeit sehr glücklich. Bis sie merkte, dass sie sich bloß in den Wissenschaftler und nicht in den Mann verliebt hatte. Jede seiner Veröffentlichungen ließ ihr Herz tanzen, mit ihm zu diskutieren, war pure Leidenschaft, seine Vorlesungen schenkten Isa tiefe Glücksmomente. Doch die Küsse, die sie tauschten, schmeckten immer schaler. Als sich Isa über ihre Selbsttäuschung klarwurde, war sie erschüttert und beschämt. Wie konnte sie sich nur so irren? Und wie konnte sie einen Menschen so verletzen? Sie war auch nicht besser als Connor.

Connor. Gott, war der süß gewesen! Fast während ihres gesamten Studiums in England waren sie ein Paar. Connor hatte schottische Kosenamen für sie und jede Menge Pizza. Er brachte sie aus dem Schnellrestaurant mit, in dem er sein Geld fürs Studium verdiente. Connor war ein lausiger Student. Ohne Isas Hilfe hätte er den Abschluss nicht geschafft. Sie schrieb ihm Referate und die Hälfte seiner Diplomarbeit. Er sagte «Thank you, darling» – und verlobte sich mit der Tochter des Pizzabäckers. Isa erfuhr, dass Connor schon seit zwei Jahren mit diesem Mädchen zusammen war. Zwei Jahre, in denen Isa keine Minute an seinen Liebesschwüren gezweifelt hatte.

Danke für diesen netten Flashback, liebe Meyer, jetzt habe ich wirklich schlechte Laune, dachte Isa, sagte aber nichts.

Meyer wartete ihre Antwort sowieso nicht ab. «Ich wette, es ist sechs bis neun Monate her, dass du …»

«Woher …?»

In diesem Moment betrat der Institutsleiter das Büro, Professor Heise – graumelierter Traum aller Schwiegermütter. Seit die Meyer ihn einmal so bezeichnet hatte, echoten diese Worte jedes Mal durch Isas Gedanken, wenn sie ihrem Chef begegnete. Das war ein wenig lästig, aber die Formulierung war, so albern klischeehaft sie auch sein mochte, vollkommen zutreffend. Andreas Heise war ein attraktiver Mittvierziger, der, obwohl er nicht sehr groß und eher schmal gebaut war, souverän und männlich wirkte. Er hatte eine angenehm tiefe Stimme und ausgezeichnete Manieren. Auch war er auffallend gut gekleidet – legere Eleganz nannte die Meyer diesen Stil und wusste auch, dass ihn Heise seiner Exfrau verdankte.

Isa machte sich nicht viel aus solchen Äußerlichkeiten. Aber sie musste zugeben, die Mischung aus leuchtend blauen Augen und grauen Schläfen war ansprechend. Was Isa aber wirklich für Heise einnahm: Er war ein kluger und tiefgründiger Denker. Seine Forschung verfolgte sie seit Jahren mit größtem Interesse, und als er sie zu sich ans Institut berief, war das für Isa der entscheidende Karrieresprung.

«Andreas, du glaubst nicht, was passiert ist!», rief die Meyer und verscheuchte damit das Echo vom graumelierten Schwiegermuttertraum in Isas Kopf.

«Klingt nach etwas Erfreulichem», antwortete Heise.

«Erfreulich ist gar kein Ausdruck», übertrieb die Meyer und blickte, schon wieder völlig versöhnt, zu Isa. «Jetzt sag's ihm schon.»

«Ich fahre nach Norwegen.» Isa musste lächeln. Jetzt war sie doch stolz.

«Der *Future Award*?!»

Sie nickte, und Heise schüttelte ihr die Hand, wobei er herzlich mit beiden Händen zugriff.

«Das ist großartig, Isa. Sie glauben gar nicht, wie sehr mich das freut.»

«Noch haben wir nicht gewonnen.»

«Trotzdem: Es ist großartig.» Sein Ton war warm. So warm wie Meyers Blick, der sie und Heise mit einem eigenartigen Wohlwollen bedachte.

«Ich geh dann mal kopieren», sagte die Meyer, lächelte Isa verschwörerisch zu und verschwand mit einer einzigen (!) Seite aus dem Büro.

Vollkommen perplex blickte Isa ihr nach. Was sollte das denn? Offensichtlich nahm die Meyer ihr Credo «Sex = gute Laune» sehr ernst. Aber Himmel, Heise war ihr Chef! Dachte die Meyer etwa wirklich …

«Waren Sie schon bei Doktor Rose?», fragte Heise, kaum dass die Bürotür zugefallen war.

Sie fuhr zusammen. «Was? Wer? Wo war ich?»

«Der Therapeut, den ich Ihnen empfohlen habe», half Heise nach.

Warum, zum Teufel, konnten sie nicht über ihre neueste Versuchsreihe plaudern? «O ja, alles bestens», log sie, «er hat mir zu autogenem Training geraten.»

Heise nickte. «Guter Mann, nicht wahr?»

Isa nickte ebenfalls, so heftig, wie sie konnte. «Unbedingt.»

«Prima, dann wird alles gut.»

«Ja. Alles wird gut.» Sie blickte ihren Chef mit großen Augen an und hoffte, ungeheuer ehrlich zu wirken.

Heise blickte merkwürdig versonnen zurück, dann strahlte er. «Gehen Sie heute Abend mit mir essen, Isa?» Offensichtlich hatte er ihren Augenaufschlag falsch interpretiert.

Isa spürte, wie ihre Hände zu kribbeln anfingen, und aus einem ihr physikalisch nicht erklärbaren Grund hallte Heises Frage in ihren Ohren wider. Sie versuchte, das Kribbeln loszuwerden und fingerte hilflos auf ihrem Schreibtisch herum. Sie fand Halt an ihrer Computermaus und traktierte sie nervös mit Daumen und Zeigefinger. Das war ein Fehler. Denn *es* passierte schon wieder: der zweite Spontanbrand in dieser Woche, ihr persönlicher Rekord. Isa zuckte zusammen, als sie spürte, wie die Computermaus unter ihren Fingern kleine Funken schlug. Musste das jetzt sein? Sie hatte lediglich am Kabel herumgespielt! Erschrocken blickte sie zu Heise, der aber noch nichts bemerkt hatte.

«Italienisch?», fragte er.

Isa lächelte ihn an – unter Stress fiel ihr nie eine passende Antwort ein. Indessen rollten ihre Hände hektisch ein paar Papiere zusammen und schlugen damit auf die kokelnde Stelle ein.

«Eine Fliege», erklärte sie schnell.

«Die Viecher sind Ihnen wohl sehr unsympathisch?»

«Krankheitsüberträger», erwiderte sie und schlug nochmals zu.

Heise lachte. «Die ist jetzt schon zehnmal tot. Ich glaube, Sie können aufhören.»

Sie hätte gerne nachgeschaut, ob das Kabel noch schmorte. Aber da Heise jetzt neugierig auf den Schreibtisch schaute, entschied sie, Maus samt Kabel schnell mit den Papieren in ihrer Hand zu bedecken.

«Und?», fragte Heise. «Mögen Sie italienisches Essen?»

«Ja», antwortete sie im Reflex. Gleichzeitig überlegte sie fieberhaft, wie sie die Einladung noch abwenden konnte.

«Nach Feierabend?», fragte Heise. In dem Moment sah Isa, wie die Papiere auf der Maus zu glimmen anfingen.

«Perfekt», sagte sie schnell und lächelte Heise an, weil sie mit Erleichterung sah, dass er schon an der Tür war. «Ich freue mich», schob sie so munter wie möglich hinterher, nur damit er endlich ging.

«Ich mich auch.» Endlich war er draußen.

Sie griff sofort nach der Sprudelflasche. Da ging die Tür wieder auf und Heises Kopf schob sich herein: «Irr ich mich, oder riecht es hier angebrannt?»

«Sie irren sich.»

Heise lächelte, und Isa lächelte. Zumindest hoffte sie inständig, dass es wie ein Lächeln aussah, was sie da panisch mit ihrem Gesicht fabrizierte. Es dauerte die Ewigkeit einer Sekunde, bis ihr Chef endlich aus der Tür verschwand. Isa leerte die Wasserflasche in einem Schwung auf ihrem Schreibtisch aus.

Was für ein Tag! Isa stand im Labor vor einem der großen Formicarien, riesigen Glaskästen, in denen die Ameisenvölker, die sie studierte, ihre Bauten hatten. Sie musste sich dringend entspannen. *Solenopsis invicta,* ihre Lieblingsspezies, die rote Feuerameise. Eine Landplage im Süden der USA. Nicht umsonst wurde sie «die Unbesiegbare» genannt. Ihr Gift war gefährlicher als das aller anderen Ameisenarten. Isa hatte Arme und Beine von Menschen gesehen, die einem Ameisenstaat der *Solenopsis invicta* zu nahe gekommen waren: mit Pusteln übersätes, rotes, verätztes Fleisch. Allerdings musste man schon Allergiker sein, um solch dramatische Hautreaktionen zu zeigen.

Isa lächelte, als sie ihre kleinen roten Freunde beobachtete. Das scheinbar chaotische, in Wahrheit jedoch höchst geordnete Treiben dieser Insekten zu verfolgen, beruhigte sie immer. Sie versuchte ihre Gedanken zu sortieren. Täuschte sie sich, oder hatte ihr Chef mit ihr geflirtet? Das wäre eine Katastrophe. Liebe ist immer eine Katastrophe. Und Liebe am

Arbeitsplatz ist die Katastrophe aller Katastrophen. Sie musste diese Verabredung rückgängig machen!

Andererseits: Vielleicht war die Einladung als Zeichen der Anerkennung gedacht, und Heise wollte sich damit nur für ihre guten Leistungen bedanken. Dann wäre es völlig falsch abzusagen. Was für ein Dilemma! Wären den Menschen ihre Absichten auf die Stirn geschrieben, dann wäre alles ganz einfach, dachte Isa und folgte mit ihrem Blick dem emsigen Gewusel.

«Ihr habt es gut, meine Hübschen», seufzte sie. «Jede von euch hat ihre Spezialaufgabe. Für Missverständnisse ist da kein Platz.» Sie ging näher an die Glasscheibe des Formicariums, um eine der Arbeiterinnen genauer beobachten zu können. Das Insekt schleppte ein im Verhältnis zu seiner Körpergröße riesiges Stück vom Kadaver eines erbeuteten Käfers zum Bau. Ameisen konnten ein Vielfaches ihres eigenen Körpergewichtes tragen. Bei *Solenopsis invicta* war es das 39-Fache. Das hatte sie in einem ihrer frühen Versuche nachgewiesen.

«Du machst deinen Job als Futterbeschaffer, und niemals käme es dir in den Sinn, dass man noch etwas anderes von dir erwarten könnte – Sex mit der Königin zum Beispiel.» Sie zwinkerte der Ameise zu, als hätte sie ihr zugehört und einen klugen Kommentar abgegeben. Dann blickte sie auf ihre Armbanduhr. Sie war spät dran, die Studenten standen sicher schon vor der Labortür.

Als sie auf den Flur hinaustrat, wartete tatsächlich bereits eine kleine Gruppe auf sie. Plaudernd standen sie herum, lässig in bunten T-Shirts und abgewetzten Jeans. Sie waren aufgedreht und vergnügt. Der leichte Regen vom Vormittag war einer strahlenden Sonne gewichen, der Wetterdienst versprach, dass der Sommer nun endlich auch in Hamburg ankommen würde, und das Beste: Morgen begannen die Semesterferien. «Eine megageile Kombi», wie einer der Studenten resümierte. Isa beneidete sie um ihre Leichtigkeit. Mit einem freundlichen, aber distanzierten Lächeln begrüßte sie die Truppe und ließ sie ins Labor.

Nervosität war etwas, das sie sich im Unterricht nicht gestattete. Heute aber flatterten ihre Nerven, denn die Studenten hatten die gleiche Übung zu absolvieren, bei der am Vortag Sedricks Laborkittel in Flammen aufgegangen war. Isa erwischte sich dabei, wie sie die leicht entzündliche Ameisensäure, die sie üblicherweise benutzte, wegschloss und einen weniger gefährlichen Stoff an die Studenten verteilte. Noch während sie das tat, ärgerte sie sich über sich selbst. Denn so würden die Ergebnisse weniger eindeutig ausfallen. Sie ermahnte ihre Nerven, endlich Ruhe zu geben.

Tatsächlich verlief die Stunde gut. Die Ameisen taten im Experiment, was von ihnen erwartet wurde, und die Studenten waren leidlich aufmerksam. Und als Isa ihre Schlussworte sprach, war, wie sie erleichtert feststellte, immer noch niemand zu Schaden gekommen. Unter dem üblichen Gelärm packten die Studenten ihre Sachen zusammen. Isa lächelte in sich hinein. Na also! Sie sollte die Sache mit den gelegentlichen Bränden wirklich nicht überbewerten.

«Na, wollen wir?»

Isa hob überrascht den Kopf, alle Gedanken flogen augenblicklich beiseite. Andreas Heise war in der Tür aufgetaucht und lächelte sie erwartungsvoll an.

«Was, jetzt schon?» Verdammt, das klang ziemlich barsch. Doch sie hatte erwartet, noch jede Menge Zeit zu haben, um sich eine Ausrede zu überlegen. Es war erst achtzehn Uhr, und Heise machte sonst nie vor acht Feierabend. «Ich wollte eigentlich hier noch aufräumen», schob sie entschuldigend nach und hob an, weitere Dinge aufzuzählen, die jetzt unbedingt erledigt werden mussten.

Doch Heise unterbrach sie, seine blauen Augen blitzten fröhlich: «Sie müssen jetzt gar nichts, meine Liebe. Jetzt feiern wir!»

Was sollte man da machen? Isa nickte schicksalsergeben.

Wenig später betraten sie ein italienisches Restaurant in der Nähe des Instituts. Es hatte den hübschen Namen «Rosaria», war aber im Viertel allgemein als der «Bio-Italiener» bekannt, da der Koch sich einer vollwertigen und ökologisch korrekten Küche verschrieben hatte. Isa machte sich nicht besonders viel aus Essen. Für ausgiebige Mahlzeiten fehlte ihr meistens die Zeit. Allerdings legte sie Wert auf gesundes Essen. Sie war überzeugt, dass ihr Kopf nur exzellente Leistungen erbringen konnte, wenn er entsprechende Nahrung bekam. Diesbezüglich ließ das «Rosaria» keine Wünsche offen. Doch Isa fragte sich, ob sie heute auch nur eine einzige der wundervollen handgemachten Nudeln herunterkriegen würde. Noch immer grübelte sie darüber nach, ob sie gerade ein Date mit ihrem Chef hatte. Wie sollte sie sich bloß verhalten? Auf dem Weg hatten sie, Gott sei Dank, ausschließlich über die Forschungsarbeit geredet, die Isa für den *Future Award* qualifiziert hatte. Sicheres Terrain. Doch jetzt? Heise lächelte sie so merkwürdig an, als er ihr die Tür zum Restaurant aufhielt.

«Ich habe eine kleine Überraschung, Isa.» Das war jetzt verrückt, aber genau diese Worte hatte Vincent benutzt, als er ihr einen Heiratsantrag machte, nur dass er bestes Ostküstenamerikanisch sprach. Isa zupfte nervös an ihrem kurzen Haar. Doch schon im nächsten Moment konnte sie sehen, worin die Überraschung bestand: An einem großen Tisch saßen ihre Kollegen aus dem Fachbereich. Isa musste über sich selbst lachen. Heiratsantrag! Das Desaster mit Vincent steckte ihr wohl noch ganz schön in den Knochen.

«Komm her, Schwester!» Robin, ihr Doktorand, so alt wie sie, aber mit dem Aussehen eines hiphopenden Abiturienten, drückte sie in seiner unnachahmlich lässigen Art an sich. Er kam aus Südhessen, und die diskreten Hamburger Umgangsformen waren ihm fremd.

Professor Hans Blom, mit achtundfünfzig der Älteste in der Runde, gratulierte mit trockenem Handschlag. Er hatte früher mal fünf Jahre lang einen Zoo geleitet und machte gerne gutmütige Witze über Isas Forschungsobjekt. «Wie weit man es mit den Mickerlingen bringen kann!», sagte er jetzt lächelnd.

«Vielleicht bis zum Nobelpreis», fiel Niklas Stöcker ein. Es klang etwas spitz. Dass er auch hier war, wunderte Isa am meisten. Stöcker konnte sie nicht leiden. Oder besser, er konnte es nicht leiden, dass sie so erfolgreich war. Schon fünf Jahre länger als sie war er Professor am Institut, aber Isa hatte jetzt schon zehnmal mehr veröffentlicht als er. Und jetzt auch noch der *Future Award*!

Die Meyer klopfte auf den freien Platz neben sich. «Den Nobelpreis, na klar! Das kriegt sie auch noch hin, unsere Lütte.» Meyer tätschelte ihr kräftig die Schulter, und Isa überlegte, wie sie das Gespräch auf ein anderes Thema bringen konnte. Sie stand nicht gern im Mittelpunkt. Während sie noch darüber nachdachte, ob das plötzlich sommerliche Wetter oder die jeweiligen Pläne für die Ferien ein gutes Konversationssujet waren, brachte die Kellnerin den Sekt. Heise hob sein Glas, senkte seinen festen Blick auf Isa und ließ eine Lobeshymne vom Stapel, dass ihr schwindlig wurde.

Schon zu dem Wettbewerb eingeladen zu sein, sei eine Ehre. Die norwegische Stiftung, hörte sie Heise sagen, sei federführend auf dem Gebiet der Zukunftsforschung und der von ihr ausgelobte *Future Award* habe sich in den letzten Jahren zu einem der begehrtesten Preise gemausert. «Isa,

Sie haben nur noch einen Mitstreiter zu besiegen, und ich zweifle nicht daran, dass Sie das schaffen können.» Wieder dieser warme, feste Blick. Für eine Zehntelsekunde stellte Isa irritiert fest, dass sie ein ganz kleines bisschen enttäuscht war, dass dies doch kein Date war.

«Ihre Chancen sind ausgesprochen gut», bekräftigte Heise. «Holen Sie den Preis, Isa! Dann kann die Abteilung richtig feiern. Das exorbitante Preisgeld wird dem Institut die Grundlagenforschung für die nächsten Jahre sichern.» Heise schwang seinen Sektkelch in ihre Richtung: «Auf Professor Doktor Isabella Werner!»

Sie schluckte. Der ganze Trubel um ihre Person sowie um Forschungsgelder, die sie ja noch gar nicht gewonnen hatte, versetzte sie in Unruhe. Ganz zu schweigen von dem winzigen Augenblick, in dem sie sich tatsächlich eine Verabredung mit Heise gewünscht hatte. Eine private Verabredung! Heiliger Schlamassel!

KAPITEL 6

«Du hast Bockmist gebaut!» Michel nahm sein Bier vom Tresen ihrer alten Stammkneipe und prostete ihm zu.

Ben nickte verdrossen. Das hatte er wohl. Er spulte den Mittag mit Sabine in seinem Kopfkino noch einmal ab: Nach dem erfreulichen Begrüßungssex in der Besenkammer hatten sie beschlossen, die Mittagspause in einer Gartenwirtschaft zu verbringen. Jedes Detail dieses denkwürdigen Gesprächs stand ihm deutlich vor Augen. Es gab viel zu erzählen, und Sabine zwitscherte aufgedreht wie ein Vögelchen im Frühling. Sechs Jahre hatten sie keinen Kontakt gehabt. Er sagte es ihr natürlich nicht, aber er hatte sie in dieser Zeit *nicht* vermisst. Damals war er froh gewesen, nach den Eifersuchtsdramen ihrer knapp einjährigen Beziehung einen glatten Schlussstrich ziehen zu können. Berkeley war von München weit genug entfernt, dass er nicht fürchten musste, Sabine plötzlich vor seiner Haustür zu finden – in Tränen aufgelöst oder in sexy Dessous, die unter ihrem Mantel hervorblitzten. Beides machte ihn schwach, und Sabine hatte es auf diesem Weg ein paarmal zu oft geschafft, ihre zahlreichen Trennungen für null und nichtig zu erklären.

Sein Kopfkino war erbarmungslos. Es ließ nichts aus, und so erinnerte sich Ben auch daran, wie er heute Mittag den Maßkrug mit Sprudelwasser in einem Zug ausleerte – ausleeren musste –, weil spontane Hitzewellen ihn erfassten. Sie gingen direkt von Sabines Körper aus, und er konnte nichts dagegen machen, dass seine Augen sich immer wieder an dessen Einzelheiten festsaugten: die Spalte in ihrem Dekolleté, der trotzige Schwung ihres Schmollmundes, das irritierend rote Haar, das ihr bis über die Schultern reichte, der katzenhafte Blick. Sabine war schon immer sexy gewesen. Aber jetzt … a Sauluder!, tönten Generationen bayerischer Vorväter anerkennend in seinem Kopf.

Bis das Essen kam, erzählte sie im Schnelldurchlauf, was in den «Jahren ohne ihn», wie sie es nannte, passiert war: Der Entschluss, ihren Beruf als Zahnarzthelferin an den Nagel zu hängen, das Biologiestudium, die Doktorarbeit.

«Unsere Trennung gab mir den nötigen Arschtritt. Danke.»

«Freut mich, dass du das so siehst.» Er war erleichtert. Für gewöhnlich betrachteten ihn seine Exfreundinnen als Charakterschwein. Gedankt hatte ihm noch keine.

«Ehrlich, ohne dich wäre ich nicht da, wo ich heute bin.» Ihre Katzenaugen leuchteten vergnügt. «Ich wäre nicht deine Assistentin.»

Er musste sich verhört haben. «Du wärst nicht *was*?»

«Deine wissenschaftliche Assistentin.»

Das war der Bockmist. Ben nahm einen kräftigen Schluck von seinem Bier und knipste das Kopfkino aus.

«Du hättest mich warnen müssen.» Ehrlich, wozu hatte man Freunde? Er strafte Michel mit einem vorwurfsvollen Blick.

«Als ob dich das gebremst hätte.»

«Ich hab gar nichts gemacht. Wer nicht zu bremsen war, ist Sabine.» So war es. Er hatte sich in diesem Moment selbst überzeugt. Er war völlig unschuldig.

Michels massige Gestalt richtete sich auf, und er grinste so breit, dass die Sommersprossen in seinem freundlichen Naturburschengesicht ein interessantes neues Muster bildeten. Dann lachte er sein gemütlich polterndes Lachen.

Ben fand das nicht komisch. «Wenn ich gewusst hätte,

dass ich in Zukunft jeden gottverdammten Tag mit ihr zusammenarbeiten muss, *hätte* ich mich gebremst.» Jetzt ärgerte er sich wirklich, auch über sich. Es ärgerte ihn, dass er sich nicht intensiver auf München vorbereitet hatte. Er hätte öfter mit dem Dekan telefonieren und Einfluss darauf nehmen sollen, mit wem die Assistentenstelle besetzt wird. Aber wegen des *Future Award* hatte er so viel um die Ohren gehabt, dass ihm das durch die Lappen gegangen war. Wer konnte auch ahnen, dass ausgerechnet Sabine …

«Reg dich wieder ab. Das war Schicksal. Das sollte so kommen.» Michel neigte zu einer romantischen Weltsicht, die Ben immer etwas irritierte. «Ich hätte dich gar nicht warnen können», erklärte Michel, «bin selber völlig überrascht. Sabine hat bis gestern noch bei den Evolutionsbiologen gearbeitet. Andere Abteilung, anderes Haus. Ehrenwort, ich wusste nicht, dass sie sich auf die Stelle bei uns beworben hat.»

Das Schicksal kriegt von mir einen gewaltigen Tritt in den Arsch, dachte Ben und straffte sich. «Kein Sex mehr mit Sabine! Ab sofort sind wir nur noch Kollegen.» Es tat gut, das vor einem Zeugen zu verkünden. Es würde ihm helfen, sich daran zu halten. «Außerdem muss ich mich jetzt mit voller Aufmerksamkeit Isabella Werner widmen.»

«Der Ameisenkönigin?»

«Sie ist brillant. Eine ausgezeichnete Theoretikerin. Kreative Forschungsansätze, messerscharfe Argumentation, überzeugende Darstellung. Und dabei noch gnadenlos genau in der Empirie.»

Michel klappte den Mund auf und wieder zu.

«Da staunst du. Ich hab nicht den ganzen Tag in der Besenkammer verbracht.» Hätte er vielleicht besser. Stattdessen hatte er sich sämtliche Informationen über seine Konkurrentin beschafft und dabei ein wenig das Fürchten gelernt.

Die Frau war gerade einmal zweiunddreißig, hatte aber die Vita eines fünfzigjährigen Workaholics. Bestimmt war das Foto auf der Internetseite getürkt, oder es stammte noch aus ihrer Schulzeit. Mittlerweile musste sie tiefe Augenringe und eine zerfurchte Denkerstirn haben.

«Sie macht im Prinzip das Gleiche wie ich», fuhr er fort. «Sie untersucht Überlebenskonzepte, die in der Evolutionsgeschichte besonders erfolgreich waren, und leitet daraus Prognosen für die Menschheitsentwicklung ab.»

«Mit dem winzigen Unterschied, dass sie an Ameisen forscht und du an Affen», warf Michel ein. «Das dürfte euch zu sehr unterschiedlichen Erkenntnissen führen.»

«Schlau bemerkt», bestätigte Ben.

«Wirst du deinen Vortrag noch einmal überarbeiten?»

«Nein. Der Vortrag ist gut. Es wird alles auf die abschließende Diskussion ankommen. Ich muss sie irgendwie aus dem Konzept bringen.»

Michel grinste. «Vorzugsweise abends an der Hotelbar, wie ich dich kenne.»

«Gute Idee.» Ben dachte wieder an das Foto und dass sie wirklich ganz hübsch war. Allerdings war es eine Porträtaufnahme, und ein Rollkragenpullover verhüllte jede weitere Aussicht.

«Ich hab noch eine bessere», riss Michel ihn aus seinen Gedanken. Er klappte sein Portemonnaie auf und zog eine Visitenkarte hervor. «Das ist der Kollege, der mit ihr in Harvard gearbeitet hat. Versuch, ihn gleich morgen vor vierzehn Uhr anzurufen. Den Rest des Wochenendes verbringt der nämlich auf dem Golfplatz und leckt sich die Wunden.»

«Welche Wunden?»

«Die ihm die Ameisenkönigin geschlagen hat.» Michel klang mitfühlend.

«Der ist ihr Ex?»

Michel nickte. Ben steckte die Visitenkarte zufrieden in seine Brieftasche. Als er wieder aufschaute, grinste Michel so breit, dass die Sommersprossen Linien zogen.

«Was ist?»

«Du willst Sabine wirklich nicht mehr anrühren?»

«Ja, Mann!» Michel konnte wirklich nerven. «Ich entschuldige mich, erklär ihr die Situation, und schon sind wir nette Kollegen.»

«Guter Plan.» Michel grinste schon wieder.

«Mir ist es ernst.»

«Schon klar.» Grinsen.

Okay, er sah es ein, er musste etwas dafür tun, damit der Plan auch gelang. Da gab es nur eins: ein Raubzug durch die Gemeinde. Frischfleisch.

«Los, lass uns noch woanders aufschlagen. Du willst heute Nacht doch auch nicht allein ins Bett.»

«Bin dran gewöhnt.»

«Dann wird es Zeit, dass sich das ändert.» Michel war seit zwei Jahren Single und schätzte diesen Zustand nicht besonders. Aber offensichtlich war er zu bequem, um etwas dagegen zu unternehmen. «Na komm schon. Du bist nur aus der Übung.» Er legte einen Schein auf den Tresen und zog Michel vom Barhocker.

Münchens Freizeitwert war phantastisch. Schon als Student hatte Ben sich hier wohl gefühlt. Und dieses Gefühl kam sofort zurück, als er mit Michel durch die Biergärten schlenderte. Verglichen mit Kalifornien, fehlte ihm hier nur der Pazifik. Wellenreiten auf der Isar, auch wenn es als cool galt, war ihm einfach zu beengt. Was sein zweitgrößtes Hobby anbelangte, konnte München absolut mithalten: Die Frauen waren überdurchschnittlich hübsch.

Anders als Michel genoss Ben das Singledasein. Feste

Beziehungen waren nichts für ihn. Bis zu seinem fünfunddreißigsten Geburtstag hatte er es einige Male ernsthaft versucht. Oder zumindest bildete er sich ein, es ernsthaft versucht zu haben. Möglicherweise war er ja kein allzu ernsthafter Mensch, überlegte Ben und lächelte eine schwarzhaarige Schönheit an, die sich nach ihm umsah, als sie einen kleinen, netten Biergarten betraten.

Sie ging zur Theke, um Nachschub für sich und ihre Freundinnen zu holen. Perfekt. So musste er nicht in die Trickkiste seiner Anmachkünste greifen. Während er Michel einen Platz aussuchen ließ, folgte er ihr zur Getränkeausgabe. In der Warteschlange würde er sie ansprechen. Manchmal konnte das Leben so einfach sein. Na ja, *manchmal*. Es kam nämlich anders.

Just als Ben sich der Schönen näherte und ihr einen intensiven Blick schenkte, durchbrach das Geschrei eines Betrunkenen die friedliche Atmosphäre. Sein Bier sei nicht kalt genug, pöbelte er die Bedienung am Zapfhahn an. Und um zu beweisen, dass das Getränk nicht nur in seiner besoffenen Vorstellung Badewassertemperatur habe, schüttete er dem Mädchen die ganze Maß ins Gesicht.

Ben dachte gar nicht nach. Mit einem Satz war er bei dem Arschloch und schoss ihm die Faust aufs Auge. Der Typ ging sofort zu Boden. Ben schaute hoch und blickte auf die Bedienung, die jetzt vor ihm stand.

«Marie …!»

Es war die zweite große Überraschung des Tages: Das Mädchen, das sich am Waschbecken der Damentoilette das Bier aus dem langen kastanienbraunen Haar zu waschen versuchte, war Marie Dornbracht. In Berkeley war sie seine Studentin gewesen. Als Exilmünchner hatten sie beide eine Vorliebe für das «Deutsche Brauhaus» in West Hollywood gehabt. Dort hatten sie sich einige Male getroffen und schnell Freundschaft geschlossen. Zugegeben, es war nicht bloß Freundschaft. Sie hatten auch miteinander gevögelt. Allerdings erst, als ihr Seminar bei ihm beendet und die Noten gemacht waren. So viel Zurückhaltung musste sein. Wirklich, ausnahmsweise hatte er sich nichts vorzuwerfen. Marie war eine selbstbewusste, junge Frau mit Augenbrauen- und Brustwarzenpiercings, und sie liebte so unkompliziert wie ein Mann.

Irgendwann fand sie einen festen Freund, und sie sahen sich kaum noch. Das war der Lauf der Welt. Er war ihr nicht böse. Aber als er hörte, sie habe ihr Studium abgebrochen und sei nach Deutschland zurückgekehrt, wunderte er sich doch, dass sie sich nicht von ihm verabschiedet hatte. Es war irgendwie nicht ihre Art.

Marie stieß sich den Kopf am Wasserhahn. «Fuck noch mal, das funktioniert so nicht!» Der Abstand zwischen Hahn und Becken war zu knapp.

«Warte.» Ben verschwand und kam kurz darauf mit einer der Klappbänke aus dem Garten zurück. Marie setzte sich mit dem Rücken zum Waschbecken, legte den Kopf in den Nacken und gab sich vertrauensvoll in seine Hände. Vorsichtig, damit sich keine der lustigen, bunten Perlen, die sie sich in einige Strähnen geknüpft hatte, löste, begann er ihr Haar auszuwaschen.

«Danke, du bist mein Held. Und bevor du fragst: Ich hab mich nicht gemeldet, weil ich im letzten Jahr nur Stress hatte.»

«Stress mit was?»

«Mit allem. Dem Leben.»

«Das klingt aber gar nicht nach dir.»

«Ich weiß. Es klingt nach melodramatischer Heulsuse.»

Ben drehte den Wasserhahn ab und wrang ihr Haar aus.

«Ich vermute mal, das Studium abzubrechen, war keine gute Idee.»

«Nein, war es nicht.» Marie stand auf und schwang ihr Haar über den Kopf, um es mit einem Küchenhandtuch trocken zu rubbeln. «Aber es war notwendig.»

«Jetzt werde ich langsam neugierig. Erzählst du mir die Geschichte?»

«Es ist eine traurige Geschichte», klang es dumpf unter Haaren und Handtuch hervor.

«Schieß los.»

«Ehrlich?» Marie richtete sich wieder auf und schüttelte die letzten Wassertropfen aus ihrer Mähne.

«Ehrlich.»

Sie schaute ihn unentschlossen an und kaute dabei auf ihrer Unterlippe herum. Nasse Haarsträhnen mit bunten Perlen hingen ihr wirr ins Gesicht. Für einen Moment sah Marie zerbrechlich und verloren aus. So kannte er sie gar nicht. Dann streckte sie die Hand aus. «Dein Handy», befahl sie. Er reichte es ihr, und sie tippte ihre Telefonnummer und Adresse ein.

«Ich muss weiterarbeiten. Ruf mich an.»

«Versprochen.»

Als er wieder nach draußen kam, stand die schwarzhaarige Schönheit bei einem attraktiven Anzugträger und lachte über jede seiner Bemerkungen. Ben probierte noch ein Lächeln an ihr aus. Doch ihr Blick streifte ihn nur flüchtig. Er schaute nach Michel. Auch er hatte inzwischen Gesellschaft gefunden. Eine dralle Blondine hatte ihn auf ein Bier eingeladen. Wenigstens einer würde heute Nacht Spaß haben. Vorausgesetzt, Michel überwand seinen Romantiker-Komplex, der ihm einredete, One-Night-Stands seien falsch.

Wie auch immer, für ihn war der Abend gelaufen. Er schaute sich noch einmal um. Nein. Außer der Schwarzhaarigen interessierte ihn hier keine. Vielleicht war es besser so. Er musste morgen fit sein, um sich noch einmal gründlich durch die Literatur der Ameisenkönigin zu arbeiten. Und um diesen Typen in Harvard zu erreichen, dem sie das Herz gebrochen hatte. Hoffentlich hatte Michel recht, und der Mann hasste sie genug, um ihre Schwächen auszuplaudern.

KAPITEL 7

Stress! Plötzlich war es da, dieses brennende Gefühl, dass alles zu viel wurde und viel zu schnell ging. Isa war schlagartig klargeworden, dass ihr nur noch wenige Tage blieben, bis ihre Reise nach Norwegen losging. Entschieden zu wenig Zeit, um sich gründlich auf den Wettbewerb vorzubereiten.

Und wieder einmal ärgerte sie sich über sich selbst. Denn es war ihre Flugangst, die wertvolle Zeit kosten würde. So sehr sie auch ihre eigene Intelligenz damit beleidigte, sie konnte es nicht über sich bringen, ein Flugzeug zu besteigen. Schon wenn sie nur einen Flughafen betrat, rann ihr der Schweiß aus allen Poren. Arme und Beine wurden in Sekundenschnelle eiskalt, und die Finger zitterten. Wie die Menschen vor hundert Jahren reiste sie mit Schiff und Zug. Ein grässlicher Anachronismus. Für ihre Forschungssemester in Harvard hatte sie eine zehntägige Schiffspassage in Kauf nehmen müssen. Und die Reise nach Bangsund in Norwegen raubte ihr nun gut zwei Tage, in denen sie nicht an ihrem Schreibtisch arbeiten konnte. Natürlich würde sie ihren Laptop mitnehmen, aber das war einfach nicht dasselbe.

Isa ackerte. Es war bereits Mittag, und sie saß immer noch im Pyjama an ihrem Schreibtisch, ungewaschen, die kurzen Haare zerknautscht vom Kopfkissen, die Augen gerötet vom Schlafmangel. Als sie ihren Kaffee heute Morgen mit zum Schreibtisch genommen hatte, wollte sie lediglich kurz Korrektur lesen, was sie gestern Nacht nach dem Essen im «Rosaria» noch geschrieben hatte. Das war jetzt sechs Stunden her. Inzwischen hatte sie sechs Tassen Kaffee getrunken und ihren gesamten Wettbewerbsvortrag zweimal komplett überarbeitet. Doch sie war nicht zufrieden. Das einzig Gute war, dass ihr irritierender Wunsch, Andreas Heise privat zu treffen, vollkommen in den Hintergrund gerückt war. Nein, besser noch: Er war gar nicht mehr vorhanden.

Isa seufzte. Zum dritten Mal machte sie sich daran, Änderungen an ihrem Text vorzunehmen, und sie spürte, wie der Stress allmählich einem lähmenden Gefühl von Panik wich. Da klopfte es an der Tür. Isa ignorierte es. Es klopfte lauter.

«Frau Professor Doktor Werner, mach auf! Ich weiß, dass du da bist.»

Die Meyer. Isa hätte wissen müssen, dass eine abgestellte Klingel für diese Frau kein Hindernis darstellte. Sie hatte ihr schon auf den Anrufbeantworter und die Mailbox gesprochen und gedroht, heute mit ihr shoppen zu gehen. Isa überlegte kurz, ob sie sich tot stellen sollte. Doch dann öffnete sie die Tür.

«Mein Gott, Kind, bist du krank?»

«Nein, ich arbeite.»

«Das ist krank.»

Tatsächlich fühlte sich Isa in diesem Moment elend und schwach. Matt sank sie auf einen Stuhl. «Ich schaffe das alles nicht.»

«Seh ich genauso. Wenn du so weitermachst, sind deine Nerven ruiniert, bevor du dem ersten Norweger die Hand geschüttelt hast.»

Isa sank vollends in sich zusammen. Die Meyer hatte recht.

«Du brauchst eine Pause. Zieh dich an, wir gehen in die Stadt.»

«Ich kann doch jetzt nicht shoppen gehen.»

«Gerade jetzt.» Die Meyer zwinkerte ihr zu. «Ich hab uns was mitgebracht.» Sie zog eine kleine Flasche Sekt aus ihrer Handtasche.

«Alkohol?! Meyer, es ist gerade Mittag vorbei.»

«Ein Piccolöchen ist doch kein Alkohol. Das ist Medizin, die du dringend brauchst.» Sie schaute Isa streng an. «Du bist der unglückselige Typ Frau, der hundertprozentig weiß, welche Kleidungsstücke er sich zulegen will. Die perfekte Hose existiert so detailgenau in deinem Kopf, dass du sogar über den Fadenverlauf der Saumnaht Auskunft geben könntest. Du rennst in hundert Läden, findest das Gesuchte nicht, kaufst aus lauter Verzweiflung irgendein T-Shirt, das dir nicht steht, und bringst es am nächsten Tag frustriert zurück.»

Isa starrte die Meyer verblüfft an.

«Stimmt's?»

«So ungefähr», gab sie brummelig zu.

«So funktioniert Einkaufen aber nicht.» Die Meyer hatte inzwischen instinktsicher in Isas Küchenzeile zwei Sektgläser gefunden.

«Und wie funktioniert es?»

«Es ist wie in der Liebe. Du darfst dir keine Vorstellung machen, dann ist es die reinste Freude.»

Isa runzelte die Stirn. Liebe. Shopping. Sie hatte jetzt wirklich andere Probleme.

«Trink, Frau Professor! Und dann lassen wir uns überraschen von den tollen Kleidern, die da draußen auf uns warten.»

Isa unternahm noch einen Versuch, sich gegen den Einkaufsbummel zu wehren und bei ihrer Arbeit zu bleiben. Aber die Meyer führte hartnäckig das Argument ins Feld, dass Isa für Bangsund etwas Schickes zum Anziehen brauchte. Und außerdem begann der Sekt zu wirken (diesmal achtete die Meyer penibel darauf, dass sie ihr Glas auch austrank).

Wenig später fand Isa sich kichernd in der Umkleide einer hübschen Boutique wieder und probierte Kleidungsstücke an, von denen sie niemals gedacht hätte, sie könnten ihr stehen. Dabei erwies sich die Meyer als echte Freundin. Denn sie versuchte nicht, Isa von ihrem eigenwilligen Geschmack zu überzeugen. Während sie für sich selbst die üblichen verrückten Teeniesachen aussuchte, wählte sie für Isa Kleider aus, die ihrem nüchternen, gradlinigen Stil entsprachen und nur eine Spur femininer waren: ein bisschen mehr Taille, ein wenig mehr Ausschnitt, ein kleines verspieltes Detail oder eine frische Farbe – Isa staunte über die Wirkung dieser kleinen Veränderungen. Sie hatte ein eher pragmatisches Verhältnis zu Kleidung. Sie musste bequem sein und zweckdienlich. In der Regel lief das bei ihr auf burschikose Collegemode hinaus, qualitativ hochwertig, aber ohne weiblichen Schnickschnack. Eher sportiv als schick. Und irgendwie ziemlich brav.

Isa betrachtete sich im Spiegel. Sie hatte das korallenrote taillierte Kostüm an, das sie wegen der kräftigen Farbe zuerst nicht nehmen wollte, und schaute nun verblüfft. Sie war ganz sie selbst und doch anders. Irgendwie neu. Und vor allem: Sie gefiel sich. Es war, als ob der Spiegel sagte: Das bist du, die Frau im korallenroten Kostüm! Sie hoffte, dass das nicht nur am Sekt lag. Denn es war ein gutes Gefühl, und sie wollte dieses Gefühl gerne behalten.

«Wow!» Meyer steckte ihren Kopf in die Kabine. «Wenn du das nicht nimmst, ist dir nicht zu helfen.»

«Ich nehm's!», rief Isa begeistert und von sich selbst überrascht.

Als sie etwas später in der Innenstadt eine Kleinigkeit aßen, verflog die Wirkung des Sekts endlich, und Isa spähte vorsichtig in die große Papptüte aus der Boutique. Das Korallenrot gefiel ihr immer noch. Welche Erleichterung.

«Jetzt erzähl mal, was hat der Psychiater gesagt?»

Isa verschluckte sich fast an ihrem Salatblatt. «Woher weißt du …?»

«Andreas schickt jeden früher oder später zu Doktor Rose. Er hat ihn von seinen Schlafstörungen kuriert. Das war vor drei Jahren, direkt nach der Scheidung. Der arme Kerl war ja nur noch ein Schatten seiner selbst. Jetzt ist er ein Therapiefan.»

Isa versuchte sich Andreas Heise als nervöses Scheidungswrack vorzustellen. «Warst du auch schon dort?», fragte sie die Meyer.

«Ich? Bei Doktor Rose? Nö, bei mir gibt es doch nichts zu kurieren.»

«Bei mir auch nicht.» Isas Ton klang härter, als sie beabsichtigt hatte. «Das sind nur Schusseligkeiten», fügte sie freundlicher an.

Die Meyer nickte einvernehmlich. «Was du brauchst, ist Entspannung.»

Um dies gleich in die Tat umzusetzen, schlug sie Isa vor, mit zu ihr nach Hause zu kommen. Sie könne sich im Garten in die Hollywoodschaukel setzen, während sie und ihr Mann Costas kochten und nach und nach die ganze Familie eintrudle: ihre zwei Töchter mit ihren Freunden, Costas' Schwestern mit ihren Männern und Kindern, Großväterchen Jorgos und natürlich die Nachbarin (so alles in allem zwanzig Personen). Bis tief in die Nacht würden sie schlemmen, griechischen Wein in sich hineinschütten und hinterher noch Ouzo draufkippen. Und die ganze Zeit könne Isa mit Costas' Neffen flirten, die allesamt schön seien wie griechische Götter.

Es war nicht ganz leicht, der Meyer beizubringen, dass sie unter Entspannung etwas anderes verstand. Isa behalf sich mit einer Notlüge und behauptete, sie brauche heute einen

Abend ganz für sich allein. Ein heißes Bad, ein gutes Buch und viel Schlaf. Hätte sie ihr die Wahrheit gesagt, nämlich, dass sie noch arbeiten wollte, die Meyer hätte sie womöglich mit einer Piccolo-Injektion betäubt, mit Hilfe all ihrer griechischen Neffen in ihr turbulentes Heim verfrachtet und an besagte Hollywoodschaukel gekettet.

So aber erklärte sie sich bereit, Isa mit ihrem «Pucki», einem froschgrünen Kleinstwagen, nach Hause zu fahren.

Meyers Einladung auszuschlagen, war ein Fehler gewesen, wie sich am Abend zeigte. Isa stand gerade entspannt unter der Dusche, beglückt von dem schönen Nachmittag und ihrer wiedergewonnenen Zuversicht, da schellte es an der Haustür. Sie hatte die Klingel wieder angestellt, da sie keinen Besuch mehr erwartete. Freunde hatte sie in Hamburg nicht. Sie war noch nicht lange genug hier, und die Arbeit nahm ihre ganze Zeit in Anspruch. Sicher war das Klingeln nur ein Streich übermütiger Nachbarskinder. Isa duschte weiter. Da ging das Telefon. Der Anrufbeantworter sprang an, und sie hörte eine hohe, markant-nasale Stimme, deren gebieterischer Klang ihr sehr vertraut war. Isa streckte den shampoonierten Kopf aus der Dusche.

«Isabella, wenn du da bist, mach auf! Ich warte eine Minute. Länger wirst du wohl kaum brauchen, um in deiner Minimalwohnung von A nach B zu kommen.»

Ihre Mutter! Isa sprang aus der Dusche, zog sich den Bademantel über und rannte zum Türöffner. Wieso war sie hier? Ihre Mutter lebte seit zehn Jahren in den Staaten, sie war Professorin für Neurologie in Yale und sollte bei ihren Studenten sein. Isa schaute sich um: zwecklos aufzuräumen. Ihre Mutter würde in fünfzehn Sekunden vor ihr stehen.

Der Aufzug war verteufelt schnell. Isa öffnete die Tür und schickte sich ins Unvermeidliche.

«Issyschätzchen, Glückwunsch!» Karin Kramer-Bold drückte ihre Tochter ruckartig an sich, um sie dann genauso abrupt wieder von sich zu stoßen. Isa schaute verwirrt. Ihre Mutter half ihr auf die Sprünge: «Der *Future Award*! Wann wolltest du es mir erzählen?» Dann ein irritierter Blick: «Ist das Shampoo in deinem Haar?»

«Woher weißt du …?» Isa griff sich in die nassen Strähnen.

«Also, Issyschätzchen, wirklich! Sei doch nicht so naiv. Du kennst doch meine internationalen Kontakte.»

Natürlich. Ihre Mutter war eine Großmeisterin im Networking. Sehr wahrscheinlich kannte sie die Hälfte des Auswahlgremiums persönlich, und es war nur einem Zufall zu verdanken, dass sie nicht selbst darin saß.

«Mama, lass!»

Schnell und zielgenau wie ein Adler im Sturzflug hatte Karin sich ihr Vortragsmanuskript vom Schreibtisch geschnappt.

«Nur mal schnell querlesen.»

Isa riss ihrer Mutter das Manuskript aus der Hand. «Von wegen. Du wirst die ganze Nacht hier sitzen und mit mir über jedes Wort streiten.» Sie hörte ihre Mutter einen ihrer gewichtigen Seufzer ausstoßen.

«Dieser Preis ist eine unglaubliche Chance. Du solltest das wirklich nicht im Alleingang durchziehen.»

«Tue ich nicht. Professor Heise berät mich.»

«Wenn das mal reicht», tönte es markant nasal. Das war typisch! Ihre Mutter war unnachahmlich gut darin, Druck aufzubauen. War Isa bisher relativ gut mit der enormen Herausforderung klargekommen, so nur, weil sie ihre Mutter nicht eingeweiht hatte. Himmelherrgott! Wie gerne säße sie jetzt mit zwanzig Griechen auf der Hollywoodschaukel!

«Was ist denn das?»

Isa folgte dem Blick ihrer Mutter. Er war am Kleiderschrank kleben geblieben. An der offenen Tür hing ihre Neuerwerbung aus der Boutique.

«Ein Kostüm.»

«Es ist knallrot.»

«Korallenrot», verbesserte Isa.

«Wann willst du das denn tragen? Doch nicht etwa in der Universität.» Ihre Mutter sagte stets Universität, niemals Uni.

«Es steht mir gut.»

Die rechte Augenbraue ihrer Mutter hob sich zu einer Art gotischem Spitzbogen. «Na ja, das geht mich ja auch nichts an», sagte sie und meinte genau das Gegenteil.

Isa wechselte schnell das Thema. Sie fragte nach Harry. Harry Bold war Karins zweiter Mann. Ebenfalls Professor in Yale. Allerdings mit einer «weichen» Fachrichtung, wie es ihre Mutter ausdrückte: Er war Philosoph. Eigentlich war Karins Achtung vor den nicht-naturwissenschaftlichen Fächern gering. So wie ihre Achtung vor Männern gering war, seit Isas Vater sie vor einer halben Ewigkeit betrogen hatte. Aber bei Harry machte sie eine doppelte Ausnahme. Ihn nannte sie stolz einen vortrefflichen Mann und ausgezeichneten Wissenschaftler. Mit beidem hatte sie recht. Isa mochte Harry.

«Er drückt dir die Daumen für Norwegen, und er ist stolz auf dich, als wäre er dein Vater», rapportierte ihre Mutter. «Apropos, hast du Fritz schon getroffen?»

«Papa?» Isa spürte einen Stich in ihrer Herzgegend.

«Welchen Fritz meine ich wohl?! Sag nur, du hast dich noch nicht bei ihm gemeldet.»

Wieder überkam Isa eine drängende Sehnsucht nach Meyers Hollywoodschaukel. Es war nicht so, dass sie ihren

Vater nicht mochte. Nur zweifelte sie daran, dass er sie auch mochte.

«Ich rufe ihn an, sobald ich aus Norwegen zurück bin.»

Himmel, ihre Mutter war ein echter Stressfaktor! Isa wunderte sich, dass ihr das jetzt erst klarwurde. Weniger wunderte sie sich über den nächsten Spontanbrand, der an diesem Abend noch folgen sollte.

Es geschah beim Abendessen in einem chinesischen Restaurant. Natürlich hatte Isas Mutter vorher doch noch den Vortragsentwurf gelesen und ihn gründlich durch die Mangel genommen. Und natürlich wurde nochmals über das korallenrote beziehungsweise knallrote Kostüm diskutiert. Und auch darüber, dass Isas Wohnung zu klein und zu unaufgeräumt sei und dass sie sich mit ihrem Gehalt doch etwas Besseres plus Putzfrau leisten könne.

Isa brauchte diese Essenspause daher dringend. Allerdings hätte sie wissen können, dass eine köstliche Mahlzeit ihre Mutter nicht davon abhielt, anstrengend zu sein.

Karin nutzte die Gelegenheit, Isa mit Informationen über die Juroren des *Future Award* zuzuschütten (wie Isa sich schon dachte, kannte sie einige persönlich und wusste über die anderen einiges). Isa spürte, wie sie nervös wurde. Eigentlich hätte sie lieber nicht so viel über die Menschen erfahren, die ihren akademischen Wettkampf entscheiden sollten. Doch ihre Mutter war nicht zu bremsen.

Das Essen wurde gebracht und auf Stövchen gestellt. Isa bediente sich von ihrer «Ente Shanghai Spezial». Dabei war sie ungeschickt, und Soße tropfte in eines der Teelichte. Sofort schoss eine Flamme auf, als sollte die Ente flambiert werden.

«Meine Güte, womit haben die die Soße gewürzt? Mit Schwarzpulver?», rief ihre Mutter.

Isa wusste es besser. Diese Dinge passierten nur ihr. Auch wenn sich ihr Verstand dagegen sträubte, sie wusste, wäre ihrer Mutter die Soße vom Löffel getropft, nichts wäre geschehen. Weiß der Kuckuck, welches physikalische Gesetz dahintersteckte. Sie wollte darüber nicht nachdenken. Schon gar nicht laut. Und vor allem nicht gemeinsam mit ihrer Mutter, die stets darum bemüht war, Isas offensichtliche Neigung zu Brandunfällen auszublenden. Es war wie ein blinder Fleck auf den Augen dieser sonst so hellwachen und scharfsinnigen Frau. Sie sah es einfach nicht, wenn Isa diese Dinge passierten. Oder sie ignorierte es – ein Makel, über den man nicht spricht.

Die Flamme schrumpfte zum Glück gleich wieder auf ihre normale Teelichtgröße. Allmählich wurden die Brände nun doch lästig. Isa seufzte in sich hinein. Auch darum würde sie sich kümmern müssen, sobald sie aus Norwegen zurück war. Bis dahin waren allerdings noch eine Menge anderer Dinge zu erledigen. Und die Zeit wurde immer knapper.

KAPITEL 8

Eigentlich hatte Ben für den Samstag vor seiner Abreise nach Norwegen einen durchdachten Zeitplan gehabt. Vormittags wollte er die Arbeiten der Ameisenkönigin auf ihre Schwachpunkte hin analysieren. Am frühen Nachmittag wollte er ihren Ex anrufen. Für den Abend war vorgesehen, das Auto für die Reise zu packen, gut gerüstet mit einer perfekten Kriegsstrategie für seine Konkurrentin.

Aber es gab Hindernisse. Hindernis Nummer eins war, dass er am Morgen nicht in seinem Bett aufwachte, sondern in dem von Marie Dornbracht. Schuld daran waren Michel und seine dralle Blondine. Sie hatten ihm gestern eine Runde nach der anderen ausgegeben und ihn animiert, von seinen Forschungsreisen zu erzählen. Seine Geschichten aus dem Affenleben unterhielten bald den ganzen Tisch, im Nu war es zwei Uhr morgens, und Marie hatte Feierabend.

Er erwachte nur mühsam. Maries blumiges Parfüm hing in den Decken und Kissen. Sie selbst war verschwunden. Aufstehen, sagte er sich. Aber sein Körper wollte partout nicht in die Vertikale, seine Augen nicht in das helle Licht des Tages. Ein Höllenkater saß in seinem Nacken und malträtierte seinen Kopf. Ben hatte vergessen, dass Michel deutlich mehr Bier vertrug als er. Die oberfränkische Waldbauernnatur seines Freundes sog den Alkohol auf wie die Kuhweide das Wasser.

Weiterschlafen war sein einziger Wunsch. Doch seit geraumer Zeit drang Lärm durch die Wand an seine Ohren. Das Kopfkissen, unter das er sich gewühlt hatte, dämmte den Schall nur unzureichend. Er hielt es nicht mehr aus und angelte nach seinen Klamotten. Besser aufstehen, zwei Aspirin schlucken und sich zu Hause noch mal hinlegen.

Erst als er die Schlafzimmertür öffnete, wurde ihm klar, dass der Lärm nicht aus der Nachbarwohnung kam. Er verortete das Epizentrum in Maries Küche und wunderte sich: Wenn ihn seine verkaterten Sinne nicht täuschten, klang das nach Babygeschrei. Es war infernalisch. Er öffnete die Tür zur Küche und korrigierte seinen Eindruck: *Jetzt* war es infernalisch. Der Säugling auf Maries Arm brüllte ihm direkt gegen den wunden Schädel.

«Einen Job als Babysitter hast du auch noch», bemerkte er anerkennend, und Marie verzog das Gesicht, als hätte er einen besonders dämlichen Witz gemacht.

«Sie schreit schon seit zwei Stunden. Ich hab sie gewickelt, gefüttert, bin mit ihr durch die Wohnung gelaufen, hab ihr Lieder vorgesungen und Fencheltee gekocht. Ich habe ihr den Bauch massiert und ihr die Füße gekitzelt. Mir fällt nichts mehr ein.»

Der Esstisch war von zwei Klappstühlen und einem gemütlichen Sofa eingerahmt. Er warf sich aufs Sofa, während Marie versuchte, einen Schnuller ins Babymündchen zu stopfen. Das Brüllbaby spuckte ihn in hohem Bogen aus. Ben fing ihn auf. «Vielleicht rufst du mal ihre Mutter an.»

«*Ich* bin ihre Mutter.»

Ben schaute verdutzt auf die zarte Marie mit dem zornigen Satansbraten in ihrem Arm. Das war also die traurige Geschichte. Marie hatte ein Kind bekommen, und der Vater war offensichtlich nicht vorhanden.

«Gib sie mir mal.» Mutig sein Trommelfell riskierend, streckte er die Arme nach dem Kind aus.

Sie zögerte.

«Was ist? Traust du mir das nicht zu?»

Marie reichte ihm die Kleine, und Ben legte sie sich auf

den Bauch. Seine große Männerhand bedeckte ihren kleinen Rücken vollständig. Leise hauchte er ihr ein paar bärige Brummtöne in die Ohrmuschel, und augenblicklich erfüllte eine gnadenvolle Stille den Raum. Marie starrte ungläubig auf ihr Kind, das zufrieden auf Bens Bauch atmete.

«Das gibt's nicht. Wie machst du das?»

Er zuckte die Achseln. «Langjährige Erfahrung mit Brüllaffen.» Tatsächlich hatte er einige Affenbabys mit der Flasche großgezogen. Dass er seine Künste auch einmal an einem Menschenkind ausprobieren würde, hätte er allerdings nicht gedacht. Eigene Kinder gehörten nicht zu seiner Zukunftsvision.

Ben entging nicht, dass Marie hingerissen war von dem Bild, das sich ihr bot. Ihr Blick bekam so einen seltsamen Schmelz. Schlagartig wurde ihm flau im Magen. Konnte es sein, dass *er* der Vater war? Der Gedanke setzte für den Bruchteil einer Sekunde sogar seine Kopfschmerzen außer Gefecht. Doch dann blickte er auf das zerbrechliche Wesen unter seiner Hand und war sich sicher, dass Maries Rührung ganz ihrer Tochter galt. Die dunkelrote Farbe war aus dem Gesicht der Kleinen gewichen. Der Satansbraten hatte sich in einen friedlich schlummernden Engel verwandelt.

«Ist sie nicht süß?»

«Ist sie. Und wie heißt sie?»

«Ursula.»

Ben konnte spüren, wie ihm das Blut aus dem Gesicht wich, die Kopfschmerzen machten wieder einen Aussetzer. Und es war von großem Vorteil, dass er in diesem Augenblick auf einem Sofa lag. Ursula war der Name seiner Mutter.

«Wieso ausgerechnet Ursula? Ist das nicht ein bisschen … antiquiert?», fragte er vorsichtig.

«Hast du mir nicht einmal erklärt, dass Ursula aus dem Lateinischen kommt und ‹kleine Bärin› bedeutet? Ist doch passend für jemand, der so brüllen kann.» Marie zwinkerte ihm zu. «Und für jemand, der einmal eine starke Frau werden soll.»

Das Blut rutschte ihm vollständig in die Füße. Das waren exakt die Worte, mit denen er bei einem ihrer gemeinsamen Abende im «Deutschen Brauhaus» erläutert hatte, wieso er eine Tochter, wenn er je eine bekäme, Ursula nennen würde. Die Einschränkung war allerdings – daran erinnerte er sich genau: «... was der liebe Gott und die Kondomindustrie verhindern mögen!» Er überlegte, ob sie immer Kondome benutzt hatten. Er wusste es nicht mehr.

«Wie alt ist sie?» Seine Stimme klang so mechanisch wie die eines Roboters. Nicht verwunderlich, wenn einem Blut und Lebenssaft in die Füße gerutscht waren.

«Sechzehn Wochen.» Ihr aufmerksamer Blick ruhte auf ihm. Sie wartete seine Reaktion ab. Völlig ruhig. Während er in seinem Kopf hektisch Zahlen hin und her bewegte: Kindsalter, Schwangerschaftsmonate, letzte Dates. Sie schmunzelte, ihr Grinsen wurde breiter. Dann hielt sie es nicht mehr aus und prustete los. Marie lachte das glucksende, unbeschwerte Lachen ihrer Collegezeit. «Du rechnest nach, stimmt's?»

«Ein bisschen.» Er fühlte sich wie ein Idiot. Aber ihr Lachen signalisierte Entwarnung, und so war er erleichtert.

Marie wurde wieder ernst. «Wenn ich dich so sehe, mit der Kleinen ...» Sie stockte. «Du hast Talent als Vater. Ihr habt sogar das gleiche Grübchen am Kinn.»

Noch einmal betäubte die Gefahr seinen Kopfschmerz. Darüber sollte man unbedingt forschen: Erregung von Schockzuständen als Therapie gegen Kopfschmerzen.

«Aber du bist es nicht.» Marie sagte das sehr entschlossen, und Bens Erleichterung war vollkommen. Ihrem schwer zu deutenden Seufzer folgte die ganze Geschichte. Er hörte sich an, wie verliebt sie gewesen sei und dass sie das Kind unbedingt habe behalten wollen. Als der Kindsvater sie im Stich ließ, suchte sie Geborgenheit bei ihrer Familie in München. Doch statt Trost gab es nur Krach. Besonders ihr Vater machte ihr Vorhaltungen, leichtfertig ihre Zukunft aufs Spiel zu setzen. Wie so oft fühlte sie sich von ihm provoziert und wurde bockig. Mit dem Ergebnis, dass ihr Vater seine großzügige finanzielle Unterstützung einstellte und ihrer Mutter verbot, als Babysitter einzuspringen.

«Glücklicherweise hört sie nicht auf ihn. Trotzdem bricht gerade alles über mir zusammen. Job, Kind, Studium. Ich hab die Prüfungen versemmelt.»

«Aber du studierst wieder. Das ist gut.»

Marie schüttelte den Kopf. «Ich hab's probiert, aber es geht nicht. Ich leg ein paar Urlaubssemester ein. Oder ich höre ganz auf … Ich weiß es nicht.»

Ben sah sie aufmerksam an. Sie wirkte blass und ausgezehrt. In Amerika war sie ein unbeschwertes und fröhliches Mädchen gewesen, das nur ernst wurde, wenn es um Politik und die Rettung der Welt ging. Plötzlich wurde ihm bewusst, wie jung sie noch war. Gleichzeitig fühlte er ein unverschämtes Glücksgefühl in sich aufsteigen: Er war nicht der Arsch, der ihr das Kind verpasst hatte!

«Ich könnte dir helfen», schlug er vor.

«Du meinst, du gibst mir gute Noten, weil ich so hübsch bin?»

«Schön, dass du deinen Humor noch hast. Jetzt aber mal ernsthaft: Wenn du willst, lerne ich mit dir, und ich könnte Ursula ab und an durch den Park schieben.»

«Echt?»

«Du kannst auf mich zählen.»

«Cool!» Marie sprang auf, nahm seinen Kopf in ihre Hände und drückte ihm einen festen Kuss auf die Lippen. Fühlte sich gut an, die Rolle des Wohltäters.

«Morgen Vormittag?», fragte sie.

«Was morgen Vormittag?»

«Babysitten.» Jetzt fühlte es sich nicht mehr so gut an.

«Morgen bin ich schon auf dem Weg nach Norwegen», erklärte er, und im selben Moment fielen ihm all die Dinge ein, die er heute noch zu erledigen hatte. Er stand auf und drückte Marie das Baby in die Arme. «Entschuldige, aber ich muss jetzt wirklich gehen.»

Ursula wachte auf und fing wieder zu plärren an. Marie schaute finster. «Ist ja super, wie ich auf dich zählen kann.»

Er versuchte es mit einem charmanten Dackelblick. «Ich bin wirklich im Stress.»

«Frag mich mal. Morgen wäre es wirklich wichtig, da findet ein Tutorium statt für alle, die durchgefallen sind.»

Er besann sich. «Von wann bis wann brauchst du einen Babysitter?»

«Von zehn bis dreizehn Uhr.»

Ben griff in seine Gesäßtasche, holte sein Portemonnaie hervor und blätterte ein paar Scheine hin. «Müsste reichen für drei Stunden, oder?»

Marie starrte ihn empört an. «Sie war noch nie bei einem fremden Babysitter.»

«Ich bin doch auch fremd.» Er verstand die Empörung wirklich nicht.

«Aber dich liebt sie.» Es klang ernst gemeint. Höchste Zeit, dass er ging.

«Sorry, mehr kann ich im Augenblick nicht tun.» Er drückte Marie einen flüchtigen Kuss auf die Wange, bat um zwei Aspirin und beeilte sich, aus der Wohnung zu kommen.

An der frischen Luft atmete er erst einmal durch. Die eigentliche Aufgabe dieses Tages lag noch vor ihm: die Ameisenkönigin. Auf seinem Schreibtisch warteten die Veröffentlichungen von Professor Doktor Isabella Werner auf ihn und eine Telefonnummer in Harvard. Es konnte alles noch nach Plan laufen. Er musste sich nur ein bisschen beeilen. Praktischerweise stand sein Citroën in einer Werkstatt ganz in der Nähe. Der Wagen sollte für die Norwegentour fit gemacht werden. Da es inzwischen fast Mittag war, ging Ben davon aus, dass der Citroën fertig war.

Doch seine frohe Erwartung (er liebte den alten CX wie andere ihr Haustier) wurde herbe enttäuscht. Zwar stand sein französischer Freund abholbereit auf dem Hof und funkelte ihn an. Wie neu, dachte Ben, wusste aber sofort, dass seine Hoffnung trog, als er in das Gesicht des Mechanikers sah. Im lakonischen Ton eines Profis, der schon viele Autos hatte sterben sehen, verkündete er, dass es einem Wunder gleichkäme, wenn der CX die Reise nach Norwegen schaffen würde.

«Das ist nicht Ihr Ernst?»

«Der Motor pfeift auf'm letzten Loch», sagte der Mann.

«Das kann nicht sein. Ich hab ihn letztes Jahr erst austauschen lassen.»

«Wo?»

«Drüben in den Staaten.»

«Na, dann ist doch alles klar: Auch die Amis pfeifen auf'm letzten Loch.»

«Sie meinen, die Werkstatt hat mich betrogen?»

Ein knappes Achselzucken war die Antwort, sowie der Rat, das Auto nur noch für kurze Strecken zu benutzen.

In düsterster Trauerstimmung fuhr er seinen französischen Freund nach Hause. Sollte er ihm nochmals einen Motor spendieren? Würde allerdings auch nichts daran ändern, dass der Norwegentrip ins Wasser fiel. Er hatte vorgehabt, nach dem Wettbewerb noch durchs Land zu touren. Fond und Kofferraum des CX waren so umgebaut, dass er einen

Futon darin ausrollen und wunderbar schlafen konnte. Sein französischer Freund war auf diese Weise zum idealen Reisebegleiter geworden. Alle Nationalparks Amerikas hatten sie gesehen. Jetzt wären die norwegischen Fjorde dran gewesen: Aufs Meer blicken, Lachse angeln, Wind und Wetter trotzen und Freiheit atmen, bevor das Wintersemester in München losging.

«So ein Mist!», fluchte er laut und hieb mit der Hand aufs Steuer. «'tschuldige», entfuhr es ihm sogleich. Das Auto konnte ja nichts für den Betrug. Aber Ben hatte anstrengende Monate hinter sich und wollte auf gar keinen Fall auf diesen Urlaub verzichten.

Die rettende Idee kam ihm, als er an einer Ampel mit langer Rotphase auf die Straßenkreuzung starrte. Als wollten die Schicksalsgötter ihr hämisches Grinsen über ihm ausgießen, zogen gleich mehrere robuste Geländewagen an ihm vorbei. Im Stadtverkehr waren diese Autos absolute Fehlbesetzungen, aber sie waren ideal für eine Wüstensafari – oder einen Norwegentrip. Warum hatte er nicht so ein Gefährt? Da fiel ihm etwas ein: Sabine hatte so einen Wagen! Einen fast neuen Landrover. Und sie hatte ihm erst gestern angeboten, die Autos zu tauschen. Sie könne sich nicht vorstellen, scherzte sie großspurig, wie er das Norwegenabenteuer mit der, wie sie es ausdrückte, «französischen Klapperkiste» bestreiten wolle. Da hatte er noch gelacht.

Jetzt hoffte er, dass ihr Angebot nicht ebenfalls ein Scherz gewesen war.

Sabine war sofort bereit, ihm zu helfen. Womit er allerdings nicht gerechnet hatte, war, dass es ihn etwas kosten würde.

Zunächst einmal kostete es ihn jede Menge Zeit, die er gerade heute nicht hatte. Spätestens um vierzehn Uhr musste er zu Hause sein. Sonst würde er den Harvard-Typen nicht mehr erreichen. Aber Sabine wollte die Einzelheiten des Tauschs nicht am Telefon regeln. Also fuhr er quer durch die ganze Stadt zu ihrer Wohnung. Nur um dort festzustellen, dass Sabine gar nicht über mögliche Versicherungsfälle und die angemessene Abgeltung von Autoverschleiß etc. reden wollte. Sie wollte Sex. Überraschte ihn das wirklich? Er gab sein Bestes. Immerhin rettete Sabine seinen Urlaub.

Als sie ihn dreißig Minuten später in die Garage führte und er mit einem erleichterten Blick auf seine Armbanduhr feststellte, dass er es noch schaffen konnte, rechtzeitig zu Hause zu sein, überfiel ihn Sabine mit einem Vorschlag: «Was hältst du davon», fragte sie und gab ihm den Autoschlüssel, «wenn ich mitfahre?»

«Nach Norwegen?» Sie nickte, ihre grünen Katzenaugen blickten unschuldig, so als sei ihr die Idee gerade erst gekommen. Aber Ben war sich da nicht so sicher.

An diesem Tag lief einfach nichts wie geplant. Er verpasste den Typen in Harvard um knappe zehn Minuten, wie ihm dessen Putzfrau mitteilte. Ärgerlich. Noch mehr ärgerte er sich, als er später die Veröffentlichungen der Ameisenkönigin genauer studierte. Denn sein Verdacht, dass diese Frau fachlich nur schwer zu knacken war, bestärkte sich. Es wäre wirklich von Vorteil, hier noch einen anderen Hebel zu haben, an dem er ansetzen konnte. Im Augenblick jedoch konnte er nichts weiter tun, als dem Ex der Ameisenkönigin eine Mail zu schicken. Vorsichtig formulierte er, worum es ging: «Die Mitbewerberin besser kennenlernen» und ähnlich neutrale Formulierungen waren angebracht. Bloß nicht zu deutlich werden. Man konnte nie wissen. Am Ende liebte der Kerl sie immer noch, und dann ging das Ganze nach hinten los. So wie die Sache mit Sabine …

Sie kam am Abend mit dem Landrover, damit sie den Wagen für die Fahrt nach Bangsund packen konnten. Gemeinsam. Ben starrte auf Sabines Koffer und Taschen und wurde das Gefühl nicht los, dass er in der Falle saß. Ihr Vorschlag hatte ihn überrumpelt. Sie war von ihrer Idee so begeistert gewesen, dass ihm keine Gegenargumente einfielen. Außerdem war ihm klar, dass er ihr etwas schuldig war für den Landrover. Was soll's, hatte er gedacht. Es konnte ja nicht verkehrt sein, während der langen Stunden im Auto und auf der Fähre eine unterhaltsame Begleitung dabeizuhaben. Hauptsache, sein Urlaub blieb unangetastet. Da Sabine vorhatte, nach dem Wettbewerb mit dem Flugzeug nach München zurückzukehren, drohte diesbezüglich keine Gefahr. Dachte er.

Doch als er Sabines Gepäckstücke zählte, wurde er misstrauisch. «Was willst du mit dem ganzen Zeug?»

«Ich bin eine Frau.»

«Trotzdem bist du nur sechs Tage unterwegs und keine sechs Wochen.»

«An einem einzigen Tag kann meine Stimmung sich zehnmal ändern. Dazu noch das wechselhafte norwegische Wetter: Schnee, Sonne, Regen. Da brauche ich Auswahlmöglichkeiten.»

Er war nicht überzeugt.

Sie kam auf ihn zu und griff ihm ins Haar. «Du verstehst das nicht, du bist ein Mann. Komm, ich zeig dir was!» Sabine nahm seine Hand und zog ihn auf die Ladefläche des Wagens, die so groß war, dass ein Doppelbett bequem darauf Platz gefunden hätte. Interessiert beobachtete er, wie sie eine ihrer Reisetaschen öffnete und einen türkisfarbenen Slip samt Büstenhalter hervorholte. «Das ist für Gute-Laune-Tage. Das hier auch.»

Ein sonnengelber Satin-BH baumelte vor seiner Nase. Der dazugehörige String flog hinterher. Er fing ihn mit einem Finger auf.

Inzwischen hielt Sabine sich eine weiße Spitzenkorsage vor die Brust. «Die ist für romantische Stunden, bevorzugt, wenn's draußen schneit und drinnen das Kaminfeuer brennt.»

Ben lachte, sein Argwohn hielt nicht länger stand. Er kramte in ihrer Tasche und fand einen roten BH, der ihm besonders gut gefiel. Das Spitzengewebe war so durchsichtig wie seine Absicht. «Und für was steht der?» Ben war sich bewusst, dass er zum zweiten Mal an diesem Tag dabei war, sein No-Sex-mit-Sabine-Gebot zu brechen. Aber dies war ohnehin der Tag der gescheiterten Pläne.

Zwanzig Minuten später waren die Scheiben des Landrovers beschlagen und Sabine hing schweißnass in seinem Arm. Er dachte kurz darüber nach, wann wohl der beste Zeitpunkt wäre, um Sabine zu erklären, dass sie mit dem Sex aufhören mussten. Da klingelte sein Handy. Es befand sich irgendwo in seiner Jeans, die ihm jetzt umgestülpt zwischen den Füßen hing. Draußen war es inzwischen dunkel. Ben tastete nach dem Handy, fand es, konnte es jedoch nicht sofort aus den verwickelten Hosenbeinen befreien. Sabine wollte ihm helfen, stieß ihm aber aus Versehen ihren Ellbogen zwischen die nackten Beine. Er heulte auf wie ein Wolf bei Mondschein. Der Schmerz verzerrte seine Stimme, als er das Gespräch endlich annehmen konnte. Doch sein Gesicht hellte sich auf: Der Anruf kam aus Amerika. Und wie es aussah, hatte Mister Vincent Summers einen tödlichen Brass auf die Ameisenkönigin.

KAPITEL 9

Am Morgen ihrer Abreise nach Norwegen erwachte Isa kurz, bevor ihr Wecker klingelte, mit einem Schrei. Ein grausamer Schrecken war ihr in alle Glieder gefahren. Schweißnass an Rücken und Brust setzte sie sich auf, erkannte die vertraute Umgebung ihres Schlafzimmers und wusste, dass sie geträumt hatte. Von Vincent. Seit Wochen war er nicht mehr in ihren Träumen aufgetaucht. Und jetzt das: Vincent hielt eine Vorlesung ganz für sie allein. Völlig gebannt hörte sie auf seine klugen Worte. Was er darlegte, war kompliziert, aber sie begriff es und war stolz darauf. Sie hatte das elitäre Gefühl, nur sie allein könne seinen Geistesblitzen folgen.

Während sie zuhörte, stellte sie fest, dass sie nicht in einem Hörsaal waren, sondern in einem dieser hübschen viktorianischen Stadthäuser, die sie in Harvard so geliebt hatte. Sie ging durch die Räume und sah, dass sie in ihren Lieblingsfarben gestrichen waren: ein helles Grau im Wohnzimmer, kühles Aquamarin im Arbeitszimmer und zartes Pistazie im Schlafzimmer. Da wurde ihr klar, es war *ihr* Haus. Vince musste es für sie beide gekauft haben.

Plötzlich füllte sich das Haus mit Wasser, und es war kein Haus mehr, sondern ein Schiff: Die Titanic, die unterging. Panik ergriff sie. Es gab nur einen Ausweg, die Terrassentür in den Garten. Sie erreichte die Tür knapp. Hinter ihr stürzten die Wasserfluten in den Raum und füllten ihn bis zur Decke. Vince wollte ebenfalls durch die Tür ins Freie. Doch eine innere Stimme befahl ihr, die Tür verschlossen zu halten. Durch die Fensterscheiben sah sie, wie Vince nach ihr rief und ertrank.

Ein Albtraum. Das war genau das, was sie heute brauchte. Sie zwang sich, die grässlichen Traumbilder beiseitezuschieben, und stand auf. Doch sie wusste, auch wenn sie die Bilder verbannte, das bleierne Gefühl, das sie in ihr ausgelöst hatten, würde an diesem Tag immer wieder zu ihr zurückkehren.

Isa beeilte sich mit Duschen und Frühstücken. Sie wollte noch einmal ins Institut, bevor sie zur Fähre musste. Sicher war es albern, aber sie konnte nicht zum Wettbewerb fahren, ohne sich vorher von ihren Ameisen verabschiedet zu haben. Der Meyer, die es sich nicht nehmen lassen wollte, sie in ihrem «Pucki» zum Kieler Hafen zu bringen, hatte sie erzählt, sie brauche noch ein paar Unterlagen aus dem Büro. Von ihrem innigen Verhältnis zu den Ameisen brauchte keiner im Institut etwas zu wissen. Die Spontanbrände reichten schon aus, um sie als Freak abzustempeln.

Als sie durch die Labortür schritt, fühlte sie sich sofort leichter. Begierig sog sie den eigentümlichen, aber vertrauten Geruch ein. Hier mischten sich die Duftmoleküle einer aufgeräumten Wissenschaftlichkeit mit denen der Wald- und Wiesenerde, die für die Ameisen herbeigeschafft worden war. Die Formicarien standen entlang der Wände. Die vielen Schläuche der Versorgungssysteme und Belüftungsanlagen, das künstliche Licht und die Glaswände ließen alles sehr technisch aussehen. Doch in den Glaskästen waltete ein kleines Naturwunder: der Ameisenstaat.

Sie ging zu ihren Lieblingen. Die *Solenopsis invicta* waren emsig bei der Arbeit und erstaunten Isa immer wieder. In einem Experiment hatten sie kürzlich ihre außerordentliche Schwarmintelligenz unter Beweis gestellt und gezeigt, dass sie als Superorganismus sogar in der Lage waren, Naturkatastrophen wie Überschwemmungen zu überstehen. Setzt man die *Solenopsis invicta* unter Wasser, bauen sie innerhalb von Minuten schwimmende Flöße aus ihren eigenen Körpern. Sie haken sich mit ihren Klauen und Kiefern ineinander und formen auf diese Weise pfannkuchenartige Klumpen, die ein ganzes Ameisenvolk übers Wasser tragen können. Keine einzige stirbt dabei. Selbst die nicht, die den Boden des lebenden Floßes bilden und unter Wasser getaucht sind. Luftbläschen, die geschickt in das Geflecht aus Ameisenleibern eingeschlossen werden, verhindern das und geben zusätzlich dem Floß noch Auftrieb. Die Ameisen können so tagelang überleben, und ihre Chancen, ein neues, trockenes Siedlungsgebiet zu finden, stehen gut. Welcher Menschenstaat ist zu derart genialem Krisenmanagement fähig?

Isa ging vor dem Formicarium in die Knie, sodass sie auf Augenhöhe mit ihren kleinen Freunden war. «Jetzt geht es los! In Bangsund erzähle ich allen, wie klug ihr seid, und dann holen wir uns den *Future Award*.»

«So ist es recht, Süße! Das ist der richtige Kampfgeist.» Isa drehte sich erschrocken um. «Meyer! Ich … äh … also …»

«Ich hab doch längst spitzgekriegt, dass du mit denen alles bequatschst. Was haben die nur, was ich nicht habe?» Meyer kniff den purpurpink angemalten Mund zusammen und ließ ihre Augen blitzen. Der gespielte Ärger war den Heldinnen ihrer Lieblingsfernsehserien abgeguckt. Aber Meyer war eindeutig überzeugender. Isa musste lächeln, obwohl sie sich unangenehm ertappt fühlte.

«Du weißt das?»

«Hier im Institut gibt es nichts, was ich nicht weiß. Und weißt du das Allerneueste?» Isa schüttelte den Kopf. «Dann guck mal vor die Tür.» Die Meyer nahm Isa am Arm und zog sie zur Labortür, die sie nur angelehnt hatte und jetzt schwungvoll öffnete. «Darf ich vorstellen: Herkules.» Meyers Ton war randvoll mit mütterlichem Stolz. Herkules war nicht etwa Meyers Enkel oder einer ihrer unzähligen griechischen Neffen. Nein, Herkules war ein Beagle. Mit braunen Schlappohren und treuem Hundeblick saß er brav vor der Tür und wedelte mit dem Schwanz.

«Ist das einer aus Stöckers Labor?»

«Genau das ist die Neuigkeit: Stöcker muss umstrukturieren. Er darf jetzt nur noch an Ratten forschen, der Hundezwinger wird aufgelöst. Stöcker tobt natürlich wie der Teufel.»

Meyers Schadenfreude war nicht zu übersehen. Sie fand Stöcker arrogant, ewig mies gelaunt und konnte ihn nicht leiden. Dass er vor zwei Jahren mit Hilfe eines großzügigen Sponsors aus der Tiernahrungsmittelindustrie die Forschung an Hunden im Institut wieder salonfähig gemacht hatte, würde sie ihm nie verzeihen. Stöckers Beteuerungen, dass bei dem Projekt lediglich die Intelligenz der Hunde getestet würde und nicht etwa die Verträglichkeit von Medikamenten, weigerte sie sich zu glauben, seit sie herausgefunden hatte, dass der Sponsor Kontakte zur Pharmaindustrie hat. Meyer traute Professor Stöcker ohne weiteres jede kriminelle Veranlagung zu und war sicher, dass er heimlich in die eigene Tasche wirtschaftete.

«Ach, Isa, Süße, dein Einfluss auf Heise ist einfach wunderbar.»

«Wieso mein Einfluss? Ich denke, die Tierschützer haben Druck gemacht.»

Die Meyer warf ihr stirnrunzelnd einen Blick zu. «Die Tierschützer hätten noch ewig demonstrieren können. Nein, es waren deine Argumente: *Keine artgerechte Haltung im Labor. Zu hoher Kostenaufwand. Zu ineffizient.*»

Na prima! Jetzt hatte sie einen unangenehmen Feind unter ihren Kollegen. Niklas Stöcker würde ihr den Verlust seines Hundezwingers niemals verzeihen.

«Ist der nicht süß?» Die Meyer hatte Herkules inzwischen auf den Arm genommen und ließ sich von ihm das Make-up abschlecken. «Heute kann ich ihn leider noch nicht mitnehmen. Aber in einer Woche schenke ich ihn Costas zum Geburtstag.»

«Costas mag Hunde?»

«Nein», kam Meyers Antwort wie selbstverständlich, «aber er wird es lernen.»

«Hey, cool», rief es über den Flur, und mit zwei großen, schlaksigen Schritten war Robin bei ihnen. Der Doktorand kraulte den Beagle begeistert hinterm Ohr. «Hab mir auch schon überlegt, ob ich einen nehmen soll.»

Es dauerte keine Minute, und die ganze Abteilung war um die Meyer und ihren Herkules versammelt. Auch Niklas Stöcker.

«Das hab ich ja wohl Ihnen zu verdanken», giftete er gleich los. Sein eisiger Blick nahm Isa aufs Korn.

«Nein», sprang Heise mit entschiedenem Tonfall in die Bresche. «Es war ganz allein meine Entscheidung, Niklas.» Isa merkte, wie ihre Ohren heiß wurden.

«Sind wir nicht eigentlich alle hergekommen, um Isa Glück zu wünschen?» Der gemütliche Hans Blom durchbrach die unangenehme Spannung, die in der Luft lag, und zauberte hinter seinem Rücken ein Geschenk hervor.

Isa wusste gar nicht, wie ihr geschah. Dass ihr die Kollegen etwas schenkten, rührte sie. Gleichzeitig versetzten sie solche Situationen immer in leichte Panik. Sie wusste einfach nicht, wie man sich angemessen freute. Sie hatte immer das Gefühl, dass ihre Freude geheuchelt wirkte, auch wenn das gar nicht stimmte. Es war die Erwartung, dass man sich freuen sollte, die irgendwie alles verzerrte.

Umständlich die Klebestreifen einzeln lösend, wickelte sie etwas aus dem bunten Papier: eine Plüschameise! Kuschelig weich lag das Stofftier auf ihrer Hand und blickte sie an. Aus Augen mit langen Wimpern, die eher an die eines Säugetiers erinnerten – biologisch unkorrekt, aber charmant.

«Als Maskottchen», erklärte Hans.

«Danke.» Sie freute sich aufrichtig. «Es war sicher deine Idee», wendete sie sich an die Meyer. Aber die schüttelte den Kopf und deutete grinsend auf Andreas Heise. Er lächelte Isa an. Eine Spur verlegen, wie sie fand, und sie bekam schon wieder heiße Ohren.

«Eigentlich wollte ich eine Spezialanfertigung machen lassen», erklärte er, «eine biologisch exakte Nachbildung der *Solenopsis invicta.*» Wie aufmerksam, ihre Lieblingsspezies! Isa stellte beunruhigt fest, dass ihr Herz schneller schlug.

«Nun ja», hörte sie Heise durch das Wummern ihres Herzschlags hindurch, «es hätte wohl unser Budget gesprengt.»

«Tja, und wir müssen ja sparen.» Scharf wie ein Florett durchstach Stöckers Stimme die Luft. Das galt ihr. Isa überlegte noch, wie sie darauf reagieren sollte. Doch da rettete die Meyer schon die Situation. Fröhlich, als hätte sie einen Kindergeburtstag aufzulösen, klatschte sie in die Hände, und Herkules auf ihrem Arm stellte erschrocken die Ohren auf. «Los geht's! Isa verpasst sonst noch die Fähre.» Sie drückte Stöcker den Hund an die Brust und sah ihn streng an: «Pass gut auf ihn auf. Und keine Experimente mehr. Der gehört jetzt mir.» Stöcker ließ nur einen verärgerten Zischlaut vernehmen und trollte sich. Unter letzten guten Wünschen für Isa löste sich die Gruppe auf. Isa holte tief Luft.

Das Möwengeschrei und der frische Wind, der durch den Kieler Hafen fegte, taten gut. Nach knapp einstündiger Autofahrt und siebenundneunzig Kilometern, die sie nun von

Hamburg trennten, erfasste Isa endlich eine lustvolle Aufbruchsstimmung. Glänzend weiß lag das riesige Fährschiff in der Sonne. Es würde sie nach Oslo bringen, von da ging es mit dem Zug weiter zum Namsenfjord. Bangsund und der Wettbewerb waren nur zwei Tage von ihr entfernt. Sie war aufgeregt, aber nicht ängstlich. Munter trat sie zur Meyer, die «Puckis» Kofferraum geöffnet hatte. Unter Isas Gepäck war auch ein kleiner Rucksack, den die Meyer für sie gepackt hatte. Isa staunte.

«Carepaket für dich.»

«Oh, wie nett.» Sie versuchte höflich zu sein. Aber wenn sie ehrlich war, hatte sie keine Lust, ein weiteres Gepäckstück mitzuschleppen. «Auf dem Schiff gibt es alles, was ein Mensch brauchen könnte», erklärte sie. «Die Shopping Mall dort ist größer als jedes durchschnittliche Hamburger Einkaufszentrum.» Mit einem entschuldigenden Lächeln gab sie den Rucksack zurück.

«*Das* gibt es dort garantiert nicht.» Meyer öffnete den Rucksack, und Isa blickte auf verschiedene Tupperdosen. «Griechische Spezialitäten.»

Meyers Mann war ein ausgezeichneter Koch, wie Isa dank der Leckereien, die die Sekretärin jeden Tag zur Arbeit mitbrachte, wusste. Isas Blick fiel auf ein dickes Taschenbuch, das zwischen den bunten Plastikdosen steckte. Ein Liebesroman. «Und was soll ich damit?»

«Lesen.»

«Dazu werde ich keine Zeit haben.»

«Wieso? Du sitzt tagelang herum, im Schiff, im Zug.»

«Ja», bestätigte Isa gedehnt, «ich sitze herum und *arbeite*.»

«O nein!» Beinahe sah es so aus, als wollte die Meyer mit dem Fuß aufstampfen. «Du wirst die Reise nutzen, um endlich mal abzuschalten.»

«Abschalten von *was*?»

«Dem Stress, der Anspannung …»

«… den Flammen», ergänzte Isa.

«Zum Beispiel.» Meyer tat sorglos, als hätten sie von einem lästigen, kleinen Schnupfen geredet.

«Und *das* hilft?» Isa blickte auf das Buch mit dem kitschigen Cover und konnte ein spöttisches Grinsen nicht unterdrücken.

«Liebe hilft immer. Du musst nur wieder auf den Geschmack kommen.»

Schon zweimal hatte sie sich mit dieser Speise den Magen verdorben, dachte Isa düster.

«Wer nicht isst, verhungert», sagte da die Meyer, als hätte sie ihre Gedanken gelesen. «Und ich glaube», setzte sie mit verschwörerischer Miene hinzu, «Andreas würde sich gerne ein bisschen von dir anknabbern lassen.»

«Ach herrje, Meyer! Das bildest du dir ein.» Ihr Protest war zu laut, zu heftig. Isa erschrak über sich selbst.

«Bestimmt nicht», gab die Meyer ungerührt zurück. «In solchen Dingen habe ich einen sechsten Sinn.»

Sie konnte nur hoffen, dass Meyers sechster Sinn sie diesmal täuschte. Jäh musste sie an Vince denken und den Albtraum. Das bleierne Gefühl kam zurück und legte sich ihr auf die Brust. Liebe war so grausam, so zerstörerisch. Ich werde mich wappnen, beruhigte sie sich selbst. Vor ihrem inneren Auge erstand das Bild einer uneinnehmbaren Burg. Gleich fühlte sie sich besser.

Mit stoischem Blick gab sie der Meyer den Liebesroman zurück und schulterte den Rucksack – auf Costas' vitaminreiche Leckereien wollte sie nicht verzichten. Dann tat sie endlich, was sie schon lange hatte tun wollen: Sie umarmte die Meyer fest und herzlich.

Als die Fähre ablegte, stand Isa wie die meisten Passagiere auf dem Deck und verfolgte, wie der mehrstöckige Riese, der sie übers Wasser trug, langsam seinen Weg aus dem Hafenbecken fand. Das wundervolle Sommerwetter tauchte alles in fröhliche Bilderbuchfarben, der Wind schmeckte salzig, und die Möwen schrien so sehnsuchtsvoll, dass es ihr leichtfiel, sich für einen Moment einzubilden, sie fahre in den Urlaub. Eine lang vergessene leichte und wohlige Stimmung kam in ihr auf.

Sie beobachtete die anderen Menschen an Deck. Die meisten waren Touristen: Familien mit Kindern, Seniorengruppen, einige Backpacker und Pärchen. Viele Pärchen. Ein Paar fiel ihr besonders auf, weil sie sich stritten. Worum es wohl ging? Hatte er sie betrogen, und sie hat es herausgefunden? Er sah aus wie einer, der seine Freundin betrügt – so ein cooler Macho mit Hollywoodcharme. Die Kleidung und der Dreitagebart lässig, die Frisur gestylt. Irgendwie unecht, der Typ. Aber die Rothaarige passte zu ihm. Die betrügen sich wahrscheinlich ständig gegenseitig, dachte Isa gerade, als Mister Hollywood mit wütenden Gesten seine schmollende Diva verließ und im Schiffsinneren verschwand.

Isa schaute wieder aufs Meer hinaus und versuchte mit der Nase im Wind und dem Gesicht in der Sonne die schöne Urlaubsstimmung bei sich zu behalten. Da ertönte ein vertrautes Klingelzeichen. Eine SMS. Sofort schaute sie nach und erschrak: Vincent. Monatelang hatte Vince ihr tagtäglich dieselbe SMS geschickt, ein einziges Wort: «Why?» Sie war zu feige gewesen, um ihm zu antworten. Sie hoffte einfach, dass er sie irgendwann vergaß. Und die Hoffnung schien sich zu erfüllen, denn die Nachrichten blieben irgendwann aus. Kein quälendes «Warum» mehr.

Sie fasste sich ein Herz und las den Text. Ihr wurde schlecht. Sie zwang sich, die SMS nochmals zu lesen, langsam und genau. Doch die Worte fingen vor ihren Augen an zu tanzen. Ihre Knie wurden schwach, die Beine taub, sie musste sich setzen. Isa floh vom überfüllten Deck und rettete sich an den Tisch eines Schnellrestaurants.

Langsam atmen, Isa! Denk nach! Sie las die Nachricht erneut: «Ich werde nicht vom Dach springen und auch den Revolver nicht anrühren. Ich habe einen anderen Ausweg gefunden.» Das konnte alles Mögliche bedeuten. Es musste nicht heißen, dass er sich vor den Zug schmiss oder Zyankali nahm. Aber um das herauszufinden, musste sie mit ihm sprechen. Jetzt.

Isa sah auf das Handy und hielt ihren Zeigefinger über die Taste mit dem grünen Symbol. Wenn sie die drückte, würde in wenigen Sekunden die Verbindung nach Amerika stehen. Die raue Stimme von Vince würde ertönen und «Hey!» sagen, zehn Monate nach den unglaublichen Ereignissen in der Kirche auf Martha's Vineyard. «Hey, princess!»

Isa fühlte ihren Körper nicht mehr. Nur diesen einen Finger, der über der Taste schwebte. Der Finger senkte sich und drückte zu. Isa schloss die Augen und riss sie mit einem Schrei sofort wieder auf. Funken sprühten unter ihrem Finger und bissen sich in ihre Haut – und in die Tischdekoration. Die zarten Stoffblüten loderten in Sekundenschnelle zu einer hohen Flamme auf, die auf die Tischdecke und den Vorhang am Fenster übergriff. Menschen sprangen von ihren Sitzen, und eine Sirene heulte auf. Isa nahm noch wahr, wie ein Mann sich über sie warf. Dann sahen ihre Augen schwarz.

KAPITEL 10

Die Professorin war ein Fliegengewicht. Leicht und zart. Er konnte sie tragen, ohne eine Last zu spüren. Noch benommen von den Ereignissen, eilte Ben dem Stewart durch lange Schiffsgänge hinterher und konnte es kaum fassen: Sein unverschämtes Glück hatte ihm die Ameisenkönigin direkt in die Arme geworfen!

Eben noch war er total grantig gewesen. Er hätte Sabine am liebsten gekielholt, unter dem ganzen 35 Meter breiten und 6,8 Meter tiefen Bauch der Fähre hindurch. Hatte sich dann aber entschieden, ihr einfach den Rücken zu kehren und sich bei einem doppelten Espresso zu beruhigen.

Sabine hatte ihn gelinkt, das stand fest. Der verräterische Beweis war aus ihrer Handtasche gefallen: ein Ticket für den Wettbewerb in Bangsund. Es war sehr schwierig, eine der wenigen frei verkäuflichen Karten zu ergattern, und es war schier unmöglich, wenn man sich nicht schon vor Wochen darum gekümmert hatte.

Offensichtlich verfolgte Sabine einen Plan, den Ich-hol-ihn-mir-zurück-Plan. Er hätte die Warnsignale sehen können, wenn er nur eine Sekunde nachgedacht hätte: ihr schnelles Einverständnis zum Autotausch, ihr «spontaner» Vorschlag mitzukommen, und *zufälligerweise* hat sie auch gerade Urlaub ... Allein, dass sie sich darum bemüht hatte, seine Assistentin zu werden, hätte ihn misstrauisch machen müssen. Sicher hatte sie auch irgendetwas an der Sache mit seinem Auto gedreht.

In mancher Hinsicht, das musste er sich eingestehen, war er wie ein Primat. Nein, schlimmer. Er war noch weitaus primitiver als seine Orang-Utan-Männchen im Dschungel. Die wussten sehr genau, dass es Sex nicht umsonst gab.

Grimmig hatte er seinen Espresso hinuntergestürzt. Dann hatte er die Flamme gesehen und die schreiende Frau, die wie das Kaninchen vor der Schlange saß und sich nicht rührte.

Ben schaute auf die ohnmächtige Professorin in seinen Armen, als er dem Stewart durch den Gang folgte. Sie war nur leicht verletzt. Wie ein Schulmädchen sah sie aus, ein besonders braves. War sie wirklich eine Pyromanin? Vincent Summers hatte das behauptet. Bei ihrem Telefonat hatte er erzählt, sie habe die Kirche angezündet, in der sie heiraten wollten. Starkes Stück. Unwillkürlich musste Ben lächeln.

«Hier entlang.» Der Stewart wies auf die Tür der Krankenstation.

Ben stolperte über eine Stufe. Da öffnete die Ameisenkönigin die Augen. Wildes Ozeanblau. Sakra! Das war auf dem Internetfoto nicht zu erkennen gewesen. Er schenkte ihr ein einladendes Grinsen. Doch die Gerettete stöhnte nur:

«O Gott, der Hollywoodmacho.»

«Der Hollywood*was*?»

Aber schon schloss die Ameisenkönigin die Augen wieder, ihr Kopf sank zur Seite.

Ein Arzt sprang hinzu. «Legen Sie sie hierhin.» Er deutete auf eine Behandlungsliege. «Was ist passiert?»

«Es gab ein Feuer. Sie hat sich an der Hand verletzt.» Vorsichtig nahm er die Hand der Professorin und zeigte dem Arzt die kleine Brandwunde. Im Nu saß die Ameisenkönigin aufrecht und herrschte ihn an: «Lassen Sie meine Hand los! Wer sind Sie überhaupt?» Die Ohnmacht war wie weggeblasen, ebenso der Eindruck vom braven Schulmädchen.

«Nur der nette Kerl, der Sie dem Flammentod entrissen hat.»

«Sie übertreiben.» Die ozeanblauen Augen konnten Funken sprühen.

«Geringfügig. Ohne mich wäre Ihre Hand jetzt ein Brikett.»

«Sie übertreiben schon wieder.»

«Wie wäre es mit einem Dankeschön?»

«Danke schön.»

«Bitte schön.» Die machte ihn wütend.

«Geht es Ihnen gut?» Der Stewart hatte sich zwischen sie gedrängt.

«Ja, alles in Ordnung.»

«Könnten Sie mir erzählen, wie es zu dem Feuer kam?» Spannende Frage. Ben beobachtete die Professorin genau.

«Ein Kurzschluss an der Tischbeleuchtung, denke ich.» Ach ja?! Soweit *er* sich erinnerte, war die Beleuchtung aus gewesen.

«Und Sie», wandte sich der Stewart an Ben, «konnten Sie etwas sehen?»

Ben registrierte den nervösen Blick der Ameisenkönigin. «Nein, wie der Brand entstand, habe ich nicht gesehen», antwortete er wahrheitsgemäß.

Der Stewart streckte ihm die Hand entgegen. «Danke. Ihr Einsatz war toll. Ganz große Klasse. Ihre Jacke ersetzen wir Ihnen natürlich.»

«Jacke?»

Ben grinste. Die Professorin hatte offensichtlich etwas nicht mitbekommen.

«Die hab ich für Sie ins Feuer geworfen.»

Der Stewart lachte aufgeräumt. «So kann man es auch sagen. Er hat die Flammen damit ausgeschlagen. Das gute Stück ist jetzt nur noch ein Fetzen.»

«Oh.» Ben nahm einen Hauch von Röte im Gesicht der Ameisenkönigin wahr. Sie war in der Defensive. Jetzt hieß es zuschlagen. «Wissen Sie was? Ich lade Sie zum Essen ein.»

«Bitte?»

«Ich weiß, eigentlich müssten Sie mich zum Essen einladen. Aber Ihr Schrecken war größer, deshalb lade ich Sie ein.» Er sah schon den Protest in ihren Augen, deren Ozeanblau sich jäh zu einem sturmgepeitschten Schwarz wandelte. Doch der Stewart war schneller:

«Kommt gar nicht in Frage, heute Abend sind Sie beide selbstverständlich die Ehrengäste dieses Schiffes.»

«Käptn's Dinner?», fragte Ben.

Der Stewart nickte. Lief ja wie geschmiert. Das konnte die Ameisenkönigin unmöglich ausschlagen. Ihr verkniffenes Lächeln sagte ihm, dass er recht hatte.

Ben stand in seiner Kabine vor dem Spiegel im Bad und überlegte, ob er sich rasieren sollte. Die Ameisenkönigin sah nicht aus, als ob sie auf Dreitagebart stand. Sie war eher der Au-das-pikst!-Typ. Sabine erschien hinter ihm im Türrahmen – in einem Hauch von Nichts und schwarzer Spitze.

«Du nimmst mich nicht mit?»

«Nein.»

«Wieso nicht?»

«Weil du nicht eingeladen bist.»

«Jetzt hör doch auf zu schmollen, Ben.»

«Ich schmolle nicht. Ich ziehe nur eine klare Linie: hier dein Leben, da mein Leben. Das hatte ich dir schon in der Besenkammer gesagt.»

«*Was* hast du in der Besenkammer gesagt?»

«Dass ich Single bleibe, und du sagtest ‹okay›.» Er prüfte sein Profil im Spiegel und entschied, es mit einer Nassrasur zu versuchen. «Leihst du mir deinen Rasierer?» Als er sich umdrehte, sah er ihr leidendes Gesicht. «Verdammt, Sabine. Hast du ‹okay› gesagt oder nicht?»

«Ich wollte nicht diskutieren.»

«Du wolltest nicht diskutieren? Na toll!»

«Du etwa? Wir waren beschäftigt.» Sabine machte einen Schritt auf ihn zu. «Ben, bitte, du musst mir glauben. Ich hab dich nicht gelinkt. Dass wir beide diese Reise machen, ist eine wunderbare Fügung, kein Trick.» Sie legte ihre Arme um seinen Hals. «Bitte glaub mir.» Ihr Blick wurde samtweich.

O Mann, es war genau wie früher. Entweder würde sie gleich in Tränen ausbrechen oder ihn aufs Bett ziehen. Weder das eine noch das andere durfte passieren.

«Ab morgen reisen wir getrennt.» Er nahm ihre Hände von seinem Hals und verließ die Kabine. Die Ameisenkönigin würde ihn unrasiert nehmen müssen.

KAPITEL 11

Isa kämpfte mit den Tränen. Sie kämpfte nicht gegen sie an, sondern darum, dass sie kamen. Schon immer war es ihr schwergefallen zu weinen. Die befreiende Wirkung eines Tränenstroms – einige Wissenschaftler nahmen sogar an, dass Körpergifte damit ausgeschwemmt wurden – war etwas, um das sie ringen musste. Wie gerne hätte sie die Stresshormone der letzten Stunde einfach herausgeflennt. Es ging nicht. Sie saß nur da und starrte auf das lächerliche Seepferdchendekor des Teppichbodens.

Was war nur los mit ihr?

In den letzten fünf Tagen hatte sie fast täglich dieses Flammenchaos. Steuerte sie auf einen nervlichen Super-GAU zu? Wurde sie verrückt? Sie musste dringend mit jemandem reden. Wie gerne hätte sie jetzt mit der Meyer telefoniert. Mitleidig schaute Isa auf das zu einem amorphen Klumpen zerschmolzene Handy auf ihrem Nachttisch. Dann fiel ihr der kleine Rucksack ein, den die Meyer für sie gepackt hatte. Isas Miene hellte sich auf. Darin würde sie bestimmt Trost finden.

Der Rucksack enttäuschte sie nicht. Er war gefüllt mit den besten Schmausereien, die Costas' Küche hergab, und außerdem mit einigen kleinen Überraschungen, die Meyer mit Zetteln kommentiert hatte. So fand Isa unter anderem einen korallenroten Lippenstift mit der Aufforderung, bei ihrem Vortrag auf keinen Fall auf einen perfekt geschminkten Mund zu verzichten (versehen mit drei Ausrufezeichen). Isa musste lächeln. Verwundert war sie, als sie in einem Seitenfach den Liebesroman entdeckte. Auch an ihm klebte ein

Zettel: «Doppelt genäht hält besser – du solltest ihn wirklich lesen.» Das raffinierte Weib hatte ihr doch tatsächlich ein zweites Exemplar in den Rucksack gepackt! Isa steckte das Buch zurück, dabei fand sie etwas, das ihr Interesse wirklich weckte: Beruhigungstabletten. Meyers Kommentar: «Falls das Lampenfieber unerträglich wird. Ich nehme sie immer, wenn ich zum Zahnarzt muss. Wirken bombig, versprochen.» In der Packung waren nur noch ein paar Tabletten. Isa überlegte nicht lange und drückte sie aus der Verpackung und schluckte sie runter. So würde sie das Käptn's Dinner ohne ein weiteres Feuermalheur überstehen. Und vor allem würde sie eine Stunde lang diesen Idioten ertragen können, der sich als ihr Retter aufspielte. Aus Bayern kam er auch noch. Sie hasste Bayern.

Wenig später blinzelte Isa ins romantisch gedimmte Licht des teuersten Restaurants der Fähre und kämpfte sich durch die Konversation. Leider war der sehr nette norwegische Kapitän schon nach wenigen Minuten auf die Brücke gerufen worden, sodass sie gezwungen war, sich mit dem bajuwarischen Machomonster zu unterhalten. Zwar hatte sie zu ihrer Linken noch einen Tischnachbarn, doch der sprach nur Russisch und war außerdem in eine angeregte Diskussion mit seinem Gegenüber vertieft, einer üppigen Finnin, die ihn tief in ihr Dekolleté blicken ließ und ihm ständig Wodka nachgoss.

Isa verabscheute Smalltalk, vor allem Smalltalk mit Typen wie diesem Ben. Schon dass er auf diese jovial-bayerische Art sofort beim «Du» war, ohne ihr auch nur einmal seinen Nachnamen zu nennen, ging ihr auf den Keks. Wenigstens sprach er Hochdeutsch – na ja, wenn man Betonung und

Satzmelodie überhörte. Trotzdem, dieser Mann hatte definitiv keinen Stil und keine Manieren, und offensichtlich hielt er das auch noch für besonders sexy! Er gab sich als Abenteurer und Weltenbummler. Auf ihre Frage, was er beruflich mache, sagte er, er ziehe durch die Welt und erforsche das Leben – «makros bios, das große Leben», wie er mit pathetischer Geste und humanistischem Halbwissen dozierte. Er sei quasi Biologe wie sie. Lachhaft! Sie hatte ihn ja mit seiner Begleitung gesehen: Er machte Urlaub mit seinem neuesten Aufriss, ließ sich einen Dreitagebart stehen und fühlte sich als ganzer Kerl, wenn er fürs Abendessen einen Lachs angelte. Im wirklichen Leben war er sehr wahrscheinlich Autoverkäufer oder allenfalls Sportlehrer. Isa griff gelangweilt zu ihrem Glas Wasser. Da legte sich seine Hand auf ihre, nahm ihr das Glas ab und stellte es weg. Sie sah ihn an, verblüfft, zornig.

Er lächelte und schenkte ihr ein Glas von dem teuer aussehenden Weißwein ein, den er sich hatte kommen lassen. «Ich habe dein Leben gerettet, jetzt bist du für meines verantwortlich.»

«Mal abgesehen davon, dass ich mit neunundneunzigprozentiger Wahrscheinlichkeit auch ohne Sie überlebt hätte: Was hat das mit meiner Präferenz für Wasser zu tun?» Isa klang jetzt so nasal-hochmütig wie ihre Mutter. Sie konnte das, wenn sie wollte, wie auf Knopfdruck einschalten – eine wunderbare Waffe, um sich bestimmte Leute vom Leib zu halten.

«Ganz einfach: Ich leide, wenn ich sehe, wie jemand nicht in der Lage ist, das Leben zu genießen.»

«Weil ich Wasser trinke?» Er schaute sie nur an, spöttisch, was sie wütend machte. Doch sie zügelte die aufwallende Emotion. «Vielleicht genieße ich ja das Wasser so wie Sie Ihren Chablis.»

Er schob ihr das Weinglas noch einen Zentimeter näher vor die Nase. «Probier, und ich behaupte nie wieder, ich hätte dein Leben gerettet.»

Isa blickte ihn unwillig an. Aber er ließ sich davon nicht aus der Ruhe bringen. «Übrigens», erinnerte er sie, «wir waren beim Du.» Das Weinglas rückte noch einen Zentimeter zu ihr hin.

Schulterzuckend nahm Isa es, nippte und erlebte ein Feuerwerk, zunächst auf ihrer Zunge und dann im Gaumen. Von Wein hatte er anscheinend wirklich Ahnung – also ein Autohändler/Sportlehrer mit Lebensart. Isa nahm noch einen kräftigen Schluck. Er sah ihr interessiert zu.

«Wieso ausgerechnet Ameisen?», fragte er plötzlich. «Was ist an den Viechern so Besonderes?»

Sie war versucht mit den Augen zu rollen, unterließ es aber höflich. Hätte vorhin der Kapitän nicht nach ihrem Beruf gefragt, sie hätte diesem Ben gegenüber bestimmt nicht ihre Arbeit erwähnt. Jetzt kamen die üblichen einfallslosen Fragen.

«Ameisen sind hochkomplexe, soziale Wesen. Man kann sehr viel von ihnen lernen.» Ihre Standardantwort für alle Ignoranten, die in Insekten nur lästige Quälgeister sahen.

«Was zum Beispiel?»

«Effektivität. Unsere menschlichen Arbeits- und Lebensgemeinschaften sind nicht annähernd so leistungsstark.»

«Dafür sind sie weitaus angenehmer.» Er grinste, prostete ihr zu und nahm einen schmatzenden Schluck von seinem Wein. Dann strahlte er den Kellner an, der den Hauptgang brachte.

Isa erschrak. Der Kapitän hatte es gut gemeint und Hummer kommen lassen! Sie nahm einen kräftigen Schluck aus ihrem Weinglas, und gleich darauf noch einen. Sie musste sich Mut antrinken. Hummer war köstlich, aber der Umgang mit dem Hummerbesteck war ein Kampf, den sie bereits einmal so glorreich verloren hatte, dass sie es seither nie wieder versucht hatte. Damals war die Köstlichkeit in den Locken des Universitätspräsidenten von Harvard gelandet. Warum musste gerade sie immer das Pech haben, Hummer im ganzen Stück serviert zu bekommen. Üblich war das durchaus nicht. Bei ihrem Glück würde sie bestimmt eines Tages in ein Restaurant kommen, in dem die Spaghetti ohne Besteck aufgetischt wurden.

Ben musste ihren Blick bemerkt haben.

«Irgendein Problem?»

«Nein, nein», beeilte sie sich zu sagen und sah ihn selbstbewusst an. «Alles tipptopp.»

Während Ben sich begeistert auf den Hummer stürzte, suchte Isa nach einem Ausweg. Um Zeit zu gewinnen, nippte sie noch ein paarmal an ihrem Weinglas. Sollte sie ihn fragen, ob er ihr den Hummer zerlegte? Lieber nicht, zu peinlich. Vielleicht schaute sie einfach ab, wie er es machte.

Ben fuhrwerkte hemmungslos in dem Schalentier herum. Sehr fachmännisch sah das nicht aus. Er benutzte sogar die Hände, von wegen Lebensart! Immerhin, das musste sie ihm zugestehen, kam er zum Ziel, während ihr nichts anderes einfiel, als einen weiteren Schluck vom Wein zu nehmen. Sie war fast ein wenig neidisch und nahm zum Trost gleich noch einen Schluck. Und noch einen.

Isa hörte Bens plaudernde Stimme nur noch von weitem, während sie dem Hummer in seine runden, schwarzen Äuglein schaute und dabei überlegte, wie sie ihm zu Leibe rücken sollte. Irgendetwas war komisch. Die Hummeraugen schienen sie zu hypnotisieren. Ihr Sichtfeld verengte sich, sie nahm ihre Umgebung kaum noch wahr, nur noch das Schwarz dieser Knopfaugen. Die Luft zwischen ihr und den Augen begann zu zittern, dehnte sich wellenförmig aus. Zog sich wieder zusammen, dehnte sich aus. Interessant, dachte sie noch. Dann hörte sie, wie Ben sie etwas fragte, verstand aber nicht, was. War ihr auch egal. Fasziniert beobachtete sie das Pulsieren der Luft zwischen ihr und dem Hummer. Da war irgendeine Anziehung. Ihr wurde so schön schwummerig. Vielleicht sollte sie einfach ihren Kopf neben den des Hummers legen. Ein hübscher Gedanke. Sie tat es. Ihre Augen fielen ganz von alleine zu.

KAPITEL 12

Diese Frau ist eine Verrückte, dachte Ben, während er Isa zu ihrer Kabine trug. Normalerweise schliefen Frauen in seinen Armen ein, erschöpft, glücklich und schweißnass. Isabella Werner war am Tisch eingeschlafen. Auf dem Hummer, einfach so. Und irgendwie ärgerte es ihn jetzt, dass er schon wieder den Retter spielen musste. Den ganzen Abend hatte sie die Eisprinzessin gegeben und jede seiner Fragen an ihrer hanseatischen Arroganz abprallen lassen. Anfangs hatte er vorgehabt, mit offenen Karten zu spielen und ihr zu eröffnen, wer er ist. Er wollte fair sein. Doch wer nicht fair war, war sie. Sie hatte ihn bereits in eine Schublade gesteckt und abgeurteilt. «Idiot» war sehr wahrscheinlich noch das harmloseste Etikett, das auf dieser Schublade klebte. Kurzerhand hatte er sich dazu entschlossen, sie alle Vorurteile, die sie über ihn hatte, glauben zu lassen. Sie hatte es nicht anders verdient. Außerdem konnte es nicht schaden, wenn die Konkurrenz einen unterschätzte. Schon jetzt freute er sich diebisch auf ihr Gesicht, wenn sie sich beim Wettbewerb in Bangsund wiedertrafen.

Ben schloss die Kabine auf und steuerte mit Isa im Arm das Bett an. Als er sie hinlegte, sah er auf ihrem Nachttisch eine leere Schachtel Beruhigungspillen. Hatte sie die alle heute genommen? Alter Schwede! Und dann noch der Alkohol. Auch wenn er nie daran gezweifelt hatte, jetzt wusste er wenigstens mit Sicherheit, dass nicht er der Grund für ihr spontanes Nickerchen gewesen war. Allerdings hatte er nun ein Problem: Was, wenn sie heute Nacht kotzen musste?

Oder wenn sie kollabierte? Die Dinger, die sie eingeworfen hatte, waren nicht ohne.

«Saumist, vermaledeiter!»

Er konnte sie unmöglich alleine lassen. Seufzend schmiss Ben sich aufs Bett, breitete die Decke über sie beide aus und schloss die Augen.

Am nächsten Morgen erwachte er von einem Geräusch neben sich, ein leises Schnarchen, fast mehr ein Seufzen, wie bei einem tief schlafenden Kind. Ben musste lächeln. Eure Hoheit, die Ameisenkönigin, hat durchaus menschliche Züge! Er beobachtete die Professorin und überlegte, ob er sie wecken sollte. In ihrem Haar hing noch eine Zitronenscheibe. Vorsichtig schnickte Ben sie weg. Isa seufzte wieder, und ihr entspanntes Gesicht erinnerte ihn plötzlich an eine seiner Jugendfreundinnen. In ihren Gesichtszügen hatte sich damals dieselbe Mischung aus Pippi Langstrumpf und höhere Tochter gespiegelt. Er hatte das Mädchen fast vergessen, doch jetzt erinnerte er sich wieder an die Zeit, in der sie unzertrennlich gewesen waren. Sie war eine Freundin zum Pferdestehlen gewesen, eine, mit der man Tränen lachen und der man Geheimnisse anvertrauen konnte. Und sicher hätten auch ihre Küsse ganz wunderbar geschmeckt, hätten sie Zeit gehabt, es auszuprobieren, bevor sie mit ihren Eltern wegzog. Einen Moment lang stellte sich Ben vor, wie wohl die Professorin küsste. Da schlug sie die Augen auf und schrie:

«Verdammt, was machen Sie hier?»

«Auch dir einen schönen guten Morgen. Find'st es net a bisserl albern, dass d' mi immer noch siezen dust nach der Nacht?» Bewusst wechselte Ben in den intimeren bayrischen

Slang über und grinste in sich hinein. Wie erwartet geriet die Professorin in Panik.

«Was für eine Nacht? Was … was ist passiert?»

Ben griff über sie hinweg zu den Tabletten auf dem Nachttisch und hielt ihr die leere Packung vor die Nase.

«O Gott, die Tabletten, der Alkohol!», dämmerte es ihr.

«Ja, ist eine feine Mischung, macht schön locker», konstatierte er nun wieder in gut verständlichem Hochdeutsch. Amüsiert stellte Ben fest, dass die Eisprinzessin von gestern jetzt mehr einem erschrockenen Teenager glich. Sogar ihre Stimme zitterte ein wenig, und sie kämpfte sichtlich darum, die Fassung zu bewahren.

«Haben wir …?»

«Ich würd sagen, du, ich und ein gewisser Hummer hatten einen interessanten Abend.»

«Hummer? Wir hatten Sex mit einem Hummer?» Blitzschnell schaute Isa unter die Bettdecke, unter der sich nicht nur kein Hummer befand, sondern auch keine nackten Leiber. Sie war vollständig bekleidet, ebenso Ben.

Ben konnte die in ihm explodierenden Lachsalven kaum noch unterdrücken. Sein Gesicht verzog sich zu einem schiefen, schelmischen Grinsen.

«Raus!» Die Professorin schmiss ein Kissen nach ihm und sprang aus dem Bett.

«Hey», wehrte Ben das Kissen lachend ab, «ist das der Dank für mein ritterliches Verhalten?»

«Ich habe es Ihnen schon einmal gesagt, ich brauche Ihre Hilfe nicht!» Ihre Augen blitzten ihn zornig an – ozeanblau mit Funkenflug, sehr apart.

«Dir wäre es also lieber gewesen, der betrunkene Russe, den ich übrigens nur mit Mühe von einer Mund-zu-Mund-Beatmung abhalten konnte, hätte dich zu Bett gebracht?»

Die Vorstellung, die wodkagetränkten Lippen ihres Tischnachbarn könnten sie berührt haben, ließ die Professorin einen Augenblick angeekelt vor sich hin starren. «Das erfinden Sie doch alles bloß!»

Fröhlich grinsend ging Ben zur Kabinentür. «Frag doch einfach mal die anderen», sagte er lässig, «saßen ja genug Leute am Tisch und haben zugeschaut, wie du dem Hummer gute Nacht gesagt hast.»

Ben stiefelte zu seiner Kabine. Er wollte sich frisch machen und seine Sachen zusammenpacken. In Kürze würde die Fähre Oslo erreichen, und er musste sich beeilen, wenn er vorher noch frühstücken gehen wollte. Dass Sabine ihren Kaffeedurst stoisch unterdrückt hatte und noch nicht losgezogen war, davon ging er aus. Sie würde in der Kabine auf ihn warten – mit dem vorwurfsvollen Blick einer Frau, die schwerstes Leid erfahren hatte. Selbstverständlich, so gut kannte er Sabine, würde sie trotz ihres Streits gestern Abend glauben, dass sie die Reise gemeinsam und als Paar fortsetzten. Denn in seinem tiefsten, verborgenen Inneren liebte er sie, nur dass er es selbst noch nicht wusste – in ihrer Ignoranz konnte Sabine bewundernswert konsequent sein. Aber er hatte einen Plan.

«Wo warst du?» Ben hatte den Knauf der Kabinentür noch in der Hand, da schoss die Frage schon auf ihn zu. «Doch nicht etwa bei dieser merkwürdigen Frau?»

«Genau da», sagte er trocken.

«Du hast mit diesem flachbusigen Hungerhaken geschlafen?»

Ben ging zum Waschbecken und fing in aller Seelenruhe an, seine Zähne zu putzen, während Sabine fluchte und schimpfte. Die Lüge, mit einer anderen Frau geschlafen zu haben, war die beste Methode, Sabine loszuwerden. Hart, aber effektiv. Anders kapierte sie es nicht.

«Ich bin ein freier Mann und hab Spaß, mit wem ich will. Schon vergessen?», kaute er zwischen den eingeschäumten Zähnen hervor.

«Das ist total fies.» Jetzt kam gleich die Tränen-Arie, er konnte es an ihren zuckenden Mundwinkeln sehen. Aber diesmal würde es für Sabine keine Gnade geben. Ben spuckte den Zahnpastaschaum aus.

«Ich sag dir, was fies ist: Michel hat mich gestern Abend angerufen, aus der Werkstatt eines Freundes, in die er meinen Citroën gebracht hat. Und rate mal, was ihm der Mann erzählt hat?»

Sabines Mundwinkel zuckten nicht mehr, stattdessen errötete sie.

«Er sagte, der Motor sei in Topform und würde mich locker noch um die halbe Welt kutschieren.»

«Ist doch toll, du brauchst dein Auto nicht verschrotten.» Sie versuchte einen entwaffnenden Augenaufschlag. «Mit dem anderen Mechaniker würde ich allerdings mal ein ernstes Wörtchen reden, scheint ja ein Volltrottel zu sein.» Sabine lächelte ihn an.

Ben wurde sauer. «Jetzt wäre der Zeitpunkt zu beichten.»

«Beichten? Was denn beichten?»

So ein Biest! Ben durchbohrte ihren Unschuldsblick.

«Gibt nix zu beichten», tönte sie zuckersüß. Sie hatte es sogar geschafft, die Röte wieder aus ihrem Gesicht zu vertreiben.

«Du hast den Typen von der Werkstatt bestochen.»

«Spinnst du jetzt?»

«Michel war bei ihm, und er hat es gestanden.» Ben packte die Zahnbürste in seine Reisetasche und nahm Sabines Autoschlüssel vom Tisch. «Du fährst mich noch zum Autoverleih, und dann: good luck, my sweetheart.» Ben warf Sabine einen schmatzenden Kuss zu und ging. Er wusste, dass es jetzt dringend geraten war, eine schnelle Ausweichbewegung zu machen, und da kam er auch schon geflogen: Sabines Stöckelschuh sauste haarscharf an Bens rechtem Ohr vorbei.

KAPITEL 13

Isa fühlte sich erleichtert. Sie war im Hafen von Oslo angekommen. Ein frischer nordischer Wind wehte über den Pier, und aus grauen Wolken fiel ein leichter Nieselregen. Isa störte es nicht. Nicht mal, dass sie wieder nicht an einen Regenschirm gedacht hatte. Das Einzige, was jetzt zählte, war, dass ihr Kopf wieder klar und ihr Herz wieder frei war. Sie verdankte das zwei Telefonaten, die sie noch auf der Fähre geführt hatte. Zum Glück gab es dort noch diese altmodischen Telefonkabinen. Meyers warme, fröhliche Stimme zu hören, war so tröstlich wie die Bratäpfel mit Vanillesoße, die ihre Sylter Großmutter ihr bereitet hatte, wenn sie mal wieder die ganzen Weihnachtsferien auf der Insel damit zugebracht hatte, sich nach einer intakten Familie zu sehnen.

Isa hatte der Meyer alles berichtet, was ihr seit gestern Nachmittag widerfahren war, und als sie schließlich zu der Stelle kam, wo ihr der Russe und seine finnische Freundin am Frühstücksbuffet heute Morgen mit eindeutigen Gesten bestätigten, dass sie tatsächlich auf ihrem Teller eingeschlafen war, nachdem sie dem darauf befindlichen Abendessen einen Gutcnachtkuss gegeben hatte, brachen die Tränen endlich aus ihr hervor. Isa konnte sich nicht erinnern, wann sie das letzte Mal geweint hatte, und war verblüfft, wie balsamisch gut es tat, den ganzen Rotz einfach herauslaufen zu lassen. Am liebsten wäre sie durchs Telefon in Meyers Arme gekrochen. Doch dann war im Hintergrund Heises Stimme zu hören gewesen, der nach ihr fragte. Isa riss sich zusammen und versicherte, dass nun alles wieder gut sei und sie sich keine Sorgen machen müssten. Die Meyer sorgte sich trotzdem und wollte nicht auflegen, bis Isa ihr versprochen hatte, dreimal täglich autogenes Training zu machen – die Meyer hatte ihr vorsorglich einen Kurs auf einen iPod geladen und ihr in den Rucksack gesteckt. Auch eine Meditationsanleitung und der gregorianische Chorgesang griechischer Mönche waren darauf. Letzteren solle Isa beim Einschlafen hören. Im Gegenzug versprach sie, Heise nicht von Isas jüngstem Brandunfall zu erzählen.

Isas zweiter Anruf ging nach Amerika. Sie war sich bewusst, dass es in Harvard erst zwei Uhr morgens war. Doch sie musste dringend Klarheit über die SMS von Vince haben. Als sich nach endlosem Klingeln die verschlafene Stimme eines französischen Austauschstudenten, den Vince offenbar bei sich einquartiert hatte, meldete und ungefragt mitteilte, dass Mister Summers die Nacht bei seiner neuen Freundin verbringe, spürte sie, wie ihr Brustkorb sich weitete. Das war der andere Ausweg – eine Frau! Noch jetzt, ohne Schirm im norwegischen Regen stehend und auf die Straßenbahn wartend, musste sie lachen vor Glück und Erleichterung. Vince würde sie irgendwann vergessen, er würde den Schmerz vergessen, den sie ihm zugefügt hatte, sie musste sich nicht den Rest ihres Lebens schuldig fühlen. Alles wird gut!

Irgendwann wurde Isa bewusst, dass sie schon eine ganze Weile an der Haltestelle stand. Sie schaute auf die Uhr: Die Tram hatte schon fast fünfzehn Minuten Verspätung! Langsam wurde die Zeit knapp. Wenn sie den Zug verpasste, würde sie es heute nicht mehr bis nach Bangsund schaffen. Die Vorstellung, abgehetzt und auf den letzten Drücker anzukommen, versetzte sie sofort in Stress. Sie hatte geplant, eine Nacht und einen Tag in Bangsund für sich zu haben. Bevor die Schlacht auf dem Podium begann, wollte sie sich in aller Ruhe akklimatisieren und die Gelegenheit nutzen, die Jury sowie ihren Konkurrenten kennenzulernen.

Vielleicht sollte sie doch lieber ein Taxi nehmen. Sie drehte sich zum Taxistand um, wo gerade ein Fährpassagier den letzten Wagen nahm und davonfuhr. Zunehmend beunruhigt studierte sie erneut den Fahrplan. Sie stutzte. Mist! Mist! Mist!

Isa raffte ihr Gepäck zusammen und rannte los. Auf der gegenüberliegenden Seite stand die Tram, die sie nehmen musste. Sie hatte sich verguckt. Die Straße, die sie überqueren musste, war breit und sehr befahren. Autos hupten, als Isa zwischen ihnen hindurchsprang. Just als sie die andere Seite beinahe erreicht hatte, erwischte die Stoßstange eines hart bremsenden Wagens ihren Unterschenkel, und sie fiel auf die Kühlerhaube. Die Fahrertür flog auf, ein Mann brüllte Flüche, die sie nicht verstand und die dennoch nicht sehr norwegisch klangen. Im Augenwinkel sah sie die Straßenbahn abfahren. Dann realisierte sie, dass das Gebrüll bayerisch war. Sie war wirklich sauer.

«Müssen Sie mir immer in die Quere kommen?»

«Das ist eigentlich mein Satz. Schon mal was von Ampeln gehört?» Isa rieb sich das Bein. «Tut's weh?»

«Nein.» Es tat weh, aber das musste er nicht wissen. «Wegen Ihnen habe ich die Bahn verpasst.»

«Ja klar, ich bin sehr wahrscheinlich auch schuld daran, dass du an der falschen Haltestelle standest und vor dich hin geträumt hast.»

«Ich habe nicht geträumt. Ich träume nie.» Jetzt grinste er wieder. Sie konnte das nicht ausstehen. Isa schulterte ihren Rucksack, der wie ihr restliches Gepäck auf der Straße lag. «Schönen Urlaub noch, ich nehme ein Taxi.»

Ben war schneller und warf ihr Gepäck in den Leihwagen – ein alter, abgetakelter Volvo.

«Was soll das?» Ihr reichte es langsam. Der Typ respektierte keinerlei Grenzen.

«Siehst du irgendwo ein Taxi?»

Wortlos stieg sie in das Auto. Sollte er sie doch zum Bahnhof chauffieren. Nachdem er ihr fast ein Bein abgefahren hatte, war das eigentlich das Mindeste, was er für sie tun konnte.

Die Fahrt verlief schweigend. Isa fiel auf, dass Mister Hollywood seine rothaarige Freundin gar nicht bei sich hatte. Schon beim Käptn's Dinner hatte sie gefehlt. Bestimmt war er abserviert worden. Ob er noch Lust hatte, Lachs zu angeln und den Abenteurer zu spielen, wenn die schmachtenden Blicke eines weiblichen Publikums fehlten? Der Gedanke belustigte Isa eine Weile. Doch dann wurde sie unruhig. Sie wunderte sich, warum die Strecke, die auf ihrem Stadtplan ein Katzensprung zu sein schien, so lange dauerte. Als sie ankamen, wusste sie, wieso: Es war der falsche Bahnhof. Das Riesenarschloch hatte sie zum falschen Bahnhof gefahren!

«Oh, sorry.»

«Das ist alles: *Oh, sorry*?»

Sie standen vor einem armseligen Bahnsteig am Rande von Oslo, der garantiert nicht die Sentralstasjon war, und Isa hatte Lust, einen Menschen zu töten.

KAPITEL 14

Ben schaute über den Fjord und genoss den leichten Regen auf seiner Haut. Die Fahrt war anstrengend gewesen. Er korrigierte sich: nicht die Fahrt, die Beifahrerin. Abkühlung war jetzt genau das, was er brauchte. Er hielt die Nase in den Wind und spürte, wie er sich entspannte.

Die norwegische Landschaft war so, wie Ben sie sich vorgestellt hatte. Sie hatte die Weite, Rauheit und Urgewalt, die einem den Brustkorb aufriss und das Gefühl gab, seit Jahren das erste Mal wieder richtig atmen zu können. Immer wenn Ben in der Natur war – der *richtigen* Natur, ursprünglich, nicht von Menschenhand gezeichnet –, dann fragte er sich, wieso er überhaupt noch Zeit in Büros und Hörsälen verbrachte. Nirgendwo fühlte er sich gleichzeitig so geborgen und so frei wie dort, wo die einzigen Gestaltungskräfte die von Himmel und Erde waren. Hier draußen spürte er deutlich, es war an der Zeit, sich um sein Projekt in Borneo zu kümmern. Dort lag seine Zukunft, nicht in der Münchner Uni. Das konnte, das *durfte* nur ein Zwischenstopp sein. Er musste wieder raus. Raus in den Regenwald zu seinen Orang-Utans.

Das Schicksal der Menschenaffen lag ihm am Herzen, ihr Lebensraum durfte nicht weiter zerstört werden, und dafür wollte er sorgen. Seine Entscheidung war gefallen: In Zukunft würden Universitäten ihn nur noch auf Stippvisite erleben. Er würde Gastvorträge halten und Bücher schreiben über sein Affenschutzprojekt in Borneo – und das Preisgeld des *Future Award* würde ihm das alles ermöglichen.

Noch einmal nahm Ben mit einem tiefen Atemzug das

brausende Meer und die Weite des Himmels in sich auf, bevor er sich von der Klippe abwandte und zu dem alten Volvo zurückging – der letzte großräumige Wagen, den die Leihwagenfirma in der völlig ausgebuchten Hauptreisezeit noch zur Verfügung hatte. Im Wagen saß die Ameisenkönigin, hackte auf ihren Laptop ein und würdigte ihn keines Blickes. Sie schmollte.

«Also, ich geh jetzt rein.»

Sie tippte weiter, blickte nicht auf.

«Wirklich keinen Hunger?» Er ging in die Hocke, um ihren Blick einzufangen und ein letztes Lächeln auszuprobieren. «Ich würde mir das nicht entgehen lassen, dieses Restaurant ist ein Geheimtipp.»

«Das erwähnten Sie bereits. Ein Geheimtipp, für den Sie sechzig Kilometer Umweg in Kauf genommen haben, nur um irgendeinen Fisch zu essen, den Ihr idiotischer Reiseführer als – wie war das noch? – ‹nahezu sakrales Erlebnis› apostrophiert. Danke, ich verzichte auf heilige Gräten. Meinetwegen ersticken Sie daran.»

«Vorsicht, ich bin der Mensch, der dich zu deinem *Future Award* kutschiert. Diesem – wie war das noch? – ‹epochal wichtigen Exzellenzwettbewerb›», äffte er ihren Tonfall nach, «den du garantiert nicht gewinnen wirst, wenn ich jetzt an einer Gräte ersticke.»

«Ich kann Auto fahren.»

Autsch, das kam trocken. Er machte einen letzten Versuch.

«Du wirst es bereuen.»

Endlich schaute sie ihn an, mit der vollen Wucht ihres Ozeanblaus.

«Bereuen werde ich es, wenn ich diese Stunde, in der das Auto still steht und die Buchstaben endlich aufhören, vor meinen Augen zu tanzen und mir Übelkeit zu bereiten, nicht dazu nutze, meinen Vortrag zu überarbeiten. Ein Job, den ich bei einer ruhigen Zugfahrt bequem und ohne Stress erledigt hätte, hätten Sie mich nicht angefahren.»

Er holte Luft, doch sie redete so schnell, dass er nicht dazwischenkam.

«Genießen Sie Ihren Urlaub, essen Sie Ihren Fisch, ich arbeite.»

Dem war nichts hinzuzufügen. Sollte sie doch verhungern.

So köstlichen Fisch wie in diesem unscheinbaren Restaurant – ein schlichtes Wohnhaus, dessen Wohnzimmer mit Blick über den Fjord zum Gastraum umgebaut worden war – hatte er noch nie gegessen. Während er sich zufrieden die letzten Bissen der Hausplatte auf der Zunge zergehen ließ, dachte er an die Ameisenkönigin. In fünf Stunden Autofahrt war es ihm nicht gelungen, irgendetwas Persönliches aus ihr herauszubekommen. Das hatte er sich anders gedacht, als er in Oslo spontan entschied, sie zum falschen Bahnhof zu bringen. Jede andere Frau wäre zu diesem Zeitpunkt bereits ein offenes Buch für ihn gewesen. Sie hätten geflirtet, gelacht und geredet, im besten Fall sogar ein bisschen Sex gehabt, und irgendwann hätte sie ihm all ihre Geheimnisse anvertraut. Frau Professor war anders. Eine weitere Charmeattacke konnte er sich sparen. Die Frau war ein Eisblock, den tausend Sonnen nicht zum Schmelzen brachten. Das war zwar durchaus reizvoll und anspornend. Ein verliebter Blick aus diesen ozeanblauen Augen, das hätte ihm gefallen. Doch es ging hier nicht um die Eroberung eines Bettes, es ging um den *Future Award*. Und wenn Isabella Werner wirklich eine Brandstifterin war und also gehörig einen an der Klatsche hatte, dann konnte sie darüber leicht stolpern. Er musste das herausfinden. Und dazu musste er die Strategie ändern: Eis, das nicht schmelzen will, kann mit dem Eispickel bearbeitet werden. Den Gedanken hatte er kaum zu Ende gedacht, da stand sie vor ihm.

«Wann gedenken Sie weiterzufahren? Im Auto ist es kalt, ich friere.»

«Setz dich, ich spendier dir 'nen Kaffee.»

«Wir pausieren schon eine Stunde.»

«Du trinkst jetzt einen Kaffee mit mir, oder ich überlege mir, in diesem netten Gasthaus ein Zimmer zu nehmen, um morgen früh den Sonnenaufgang überm Fjord zu betrachten.»

«Das ist die Westküste, da gibt es keinen Sonnenaufgang.»

«Egal. Du setzt dich jetzt, sonst kannst du sehen, wie du nach Bangsund kommst.»

«Das ist nicht Ihr Ernst.» Sie sah ihn belustigt an, glaubte noch an einen Scherz.

Doch er war entschlossen. Irgendwann kapierte sie das auch und setzte sich.

«Ab jetzt gibt es ein paar Regeln. Erstens: Dies ist mein Urlaub, und auch wenn ich mich darauf eingelassen habe, dich nach Bangsund mitzunehmen, heißt das nicht, dass damit der Urlaub vorbei wäre.»

Sie blickte ihn irritiert an, sein neuer harter Ton schien sie etwas zu verstören. Auf jeden Fall nahm sie ihn jetzt ernst.

«Das heißt, du wirst mir die Reise so angenehm wie möglich machen. Kein Getippe mehr auf dem Laptop, kein stummes Aus-dem-Fenster-Starren. Stattdessen reden wir miteinander wie erwachsene Menschen, lernen uns kennen; ganz so, als wären wir freiwillig zusammen unterwegs.» Es war faszinierend: Sie starrte ihn fassungslos an, aber widersprach ihm nicht.

«Zweitens: Du wirst jetzt hier was essen, ich empfehle die Hausplatte. Und drittens: Wir sind beim Du.» Er lehnte sich in seinem Stuhl zurück und betrachtete das Gesicht der Ameisenkönigin. Es war unergründlich. Durchaus denkbar, dass sie jetzt aufstand und die Reise nach Bangsund ohne ihn fortsetzte. Allerdings würde sie dann zu Fuß gehen müssen. Weit und breit gab es nichts außer diesem Haus und der einsamen Küstenstraße.

Die Professorin hatte die Ellenbogen aufgestützt, drehte den Kopf zum Fenster und guckte auf ebenjene Küstenstraße. Dann presste sie in einer kleinen entschiedenen Geste die Fäuste gegeneinander und schaute ihn an.

«Ich heiße Isabella, du kannst mich Isa nennen.»

«Wieso nicht Bella? Gefällt mir besser.» Ben lächelte und winkte dem Kellner.

KAPITEL 15

Es war die Hölle. Durch ihre eigene Dämlichkeit war sie an diesen präpotenten Bayern gekettet, diesen selbsternannten Casanova, der sich mit seinem unverschämten Dauergrinsen pausenlos selbst Beifall klatschte. Sie wusste nicht, was ihr mehr auf die Nerven ging: der erzwungene Endlos-Smalltalk oder das vorsintflutliche Kartenlesen. Dieses beschissene Auto hatte nicht mal ein Navi, und Mister Naturbursche weigerte sich, eine entsprechende App auf sein Handy zu laden. Sie versuchte positiv zu denken: Wenn alles gutging, waren sie in zwei, drei Stunden in Bangsund. Dann war sie wieder frei.

«An der nächsten Kreuzung musst du rechts.»

«Das ist ja verrückt, Bella!»

«Dass du jetzt rechts abbiegen musst?»

«Nein. Was du erzählt hast. Dass du als Kind die ganzen Sommerferien damit zugebracht hast, herauszufinden, wieso Stechmücken stechen.» In seinem Blick lag mehr als Verblüffung. Vielleicht fragte er sich, ob sie von einem anderen Stern war. Ja, vom Stern der denkenden Menschen, wollte sie ihm gerne antworten.

«Es war ein Projekt für ‹Jugend forscht›. Und es waren nur die Sommerferien zwischen dem sechsten und siebten Schuljahr.» Sofort ärgerte sie sich, dass sie das hinzugefügt hatte, es klang wie eine Entschuldigung.

«Aber in diesen Ferien hast du nichts anderes gemacht, als Mücken zu beobachten?»

«Die Gattung der *Culex pipiens*, ja.»

«Du warst nicht schwimmen, hast keine Freunde getroffen, Ausflüge unternommen oder zumindest lange ausgeschlafen?»

«Es war ein anspruchsvolles Projekt.» Da war es wieder, sein Dauergrinsen.

«Und, Bella? Hast du den Wettbewerb gewonnen?»

«Nein. Aber das machte nichts. Es waren schöne Ferien.»

Er grinste.

«Sinnvolle Ferien», setzte sie mit Nachdruck hinzu und hoffte, damit sein Grinsen abzuschalten. Doch es half nicht.

«Ich hatte auch schöne Ferien, bevor ich in die Siebte kam. Im Spanienurlaub mit meinen Eltern lernte ich Kathryn aus Manchester kennen und hatte mein erstes Mal.»

«Mit zwölf?!»

«Ich war dreizehn. Hab 'ne Ehrenrunde gedreht. Wann hattest du deinen ersten Fick?»

«Äh …»

«Muss ich hier weiter geradeaus oder links?»

«Äh …» Sie war verwirrt. Hatte er sie eben wirklich nach ihrem ersten *Fick* gefragt? *Fick*? Unverschämt. Er redete wie ein Zuhälter. Gleichzeitig ging ihr das Bild eines braungebrannten Dreizehnjährigen, der Sex am Strand hatte, nicht aus dem Kopf. Wieso Strand? Davon hatte er gar nichts gesagt. Herrje, das Bild ließ sich nicht wegschieben: der Strand, Ben als frühreifer Teenager, unter ihm eine rothaarige, britische Schönheit und über allem in Leuchtbuchstaben in den mediterranen Nachthimmel geschrieben das Wort F-I-C-K-E-N.

«Geradeaus oder links?»

Sie schaute schnell auf die Karte. «Links.»

Während der nächsten Stunde entfernten sie sich von der Küste und drangen immer weiter ins gebirgige Landesinnere vor. Isa versuchte das Gespräch von sexuellen und anderen persönlichen Themen fernzuhalten, was schwierig war. Denn Ben hatte ein ausgeprägtes Interesse an genau diesen Aspekten ihres Lebens, und er hatte eine weitere Regel aufgestellt: Nicht über die Arbeit reden! – Schließlich sei er im Urlaub, wie er immer wieder betonen musste. Seine Regeln ärgerten sie. Aber sie hatte beschlossen, sie hinzunehmen, wie sie eine schlechte Zugverbindung, eine Erkältung oder eine andere lästige Beeinträchtigung ihrer Reise hingenommen hätte. Heute Abend würde sie in Bangsund sein, und das war alles, was zählte.

Vor ihnen tauchte ein wunderschöner Bergsee auf. Der leichte Regen, der sie den ganzen Tag begleitet hatte, hüllte alles in einen zarten Dunst, der blau schimmerte, weil die Sonne es nicht aufgab, ihr warmes Licht durch die Ritzen und Löcher des bewölkten Abendhimmels zu schicken. Und dann, als der See genau vor ihnen lag, schaffte sie es: Die Sonne zerteilte die Wolken, schob sie wie einen Vorhang beiseite und zauberte mit ihren Strahlen einen doppelten Regenbogen über das blaugrüne Wasser. Würde man dieses Bild malen, dachte Isa, es wäre unerträglicher Kitsch. Selbst eine Fotografie davon wäre nicht auszuhalten. Aber hier und jetzt war es unsagbar schön. Sie spürte eine Gänsehaut auf ihren Armen, und sie dachte, wäre sie Zug gefahren, hätte sie das nicht erlebt.

«Das gibt's doch nicht! Wo kommt der Scheißsee jetzt her?», durchbrach Bens wütender Bass Isas Naturandacht. Er stoppte abrupt den Wagen. «Gib mal die Karte!» Er riss sie ihr aus der Hand, studierte sie kurz und ließ ein abschließendes «Na klar» hören, als sei ihm gerade etwas bestätigt worden, was er schon längst gewusst hatte.

«Was?»

Er blickte sie an und seufzte ausgiebig.

«Du bist eine Frau, Bella, und wie alle deiner Gattung kannst du keine Karten lesen. Exzellenzwissenschaftlerinnen bilden da offensichtlich keine Ausnahme.»

«Das ist doch die Höhe! Natürlich kann ich Karten lesen!» Wütend riss sie ihm das auseinandergefaltete Königreich Norwegen aus der Hand.

«Und wieso sind wir dann hier und nicht da?» Ben hatte sich über sie gebeugt und mit Daumen und Zeigefinger zwei Punkte auf der Karte markiert. Die Spanne zwischen den beiden Punkten war groß.

«Wieso wir hier sind und nicht da?», wiederholte sie gedehnt, «das kann ich dir sagen, Mister Superchauvi.» Isa kochte. «Das liegt ganz ausschließlich an deiner Impertinenz und zwanghaften Aufdringlichkeit. Wie soll ein Mensch sich aufs Kartenlesen konzentrieren, während er von einem völlig Fremden nach seinem ersten *Fick* gefragt wird?»

«Hättest du mir die Frage beantwortet, wären wir keine völlig Fremden mehr.»

Unmöglich, mit diesem Mann zu diskutieren! Isa knautschte die Karte zusammen und warf sie Ben auf den Schoß. «Du kannst jetzt die Karte lesen, ich fahre.» Sie stieg aus, steckte aber noch einmal kurz ihren Kopf durch die Tür. «Entgegen deinen Erwartungen an die weibliche Gattung bin ich eine ausgezeichnete Autofahrerin, und ich würde dir raten, das nicht in Zweifel zu ziehen.» Sie knallte die Autotür zu und drehte sich zum See. Die Wolken hatten sich wieder vor die Sonne geschoben, und der Doppelregenbogen war verschwunden. Isa seufzte. Wie schnell das ging: eben noch so, jetzt so. Sie nahm einen tiefen Atemzug und schritt entschlossen zur Fahrertür.

Die Stimmung war miserabel, genau wie das Wetter. Der leichte Sommerregen hatte sich inzwischen in eine halbe Sintflut verwandelt. Die Sicht war schlecht, und sie kamen nur langsam voran.

Sie stritten die ganze Zeit. Isa fand Bens Richtungsangaben unpräzise und bemängelte, dass er sie immer viel zu spät darauf vorbereitete, wenn sie irgendwo abbiegen musste. Ben konterte, sie habe eine Rechts-links-Schwäche, was Isa auflachen ließ, denn sie war der Meinung, dass *er* es war, der ständig links mit rechts verwechselte, was er natürlich bestritt.

«Da vorne musst du links, Bella.»

Auf der Stelle schlug Isa das Lenkrad ein, denn sie wusste ja nun, «da vorne» hieß nicht in einigen Metern Entfernung, nein, es hieß: jetzt, hier, sofort!

«Sorry, ich meine rechts. Du musst rechts.»

«Was denn nun?»

«Rechts!!!»

Sie riss das Steuer herum. «Wer ist hier der Richtungslegastheniker?»

«Pass auf!» Er brüllte so laut, dass ihr rechtes Ohr klingelte. Doch es war zu spät. Das hektische Manöver hatte sie von der Straße abkommen lassen, und sie rutschten geradewegs in einen Acker.

Der Volvo saß in dem kniehohen Matsch fest. Die Räder drehten durch, und der Wagen bewegte sich kein Stück.

Ben stieg aus. Isa blieb am Steuer sitzen und sah zu, wie er den strömenden Regen zu ignorieren und den Wagen anzuschieben versuchte. Ein bisschen bewegte er sich. Doch dann drehten die Räder wieder vergebliche Runden, und die Matschbrocken flogen durch die Luft. Ben fluchte. Er war inzwischen klatschnass. Fast tat er Isa ein wenig leid. Außerdem entging ihr nicht, dass sich sein durchfeuchtetes

T-Shirt an einen makellosen Oberkörper anschmiegte. Ein vorwitziger Gedanke, den sie schnell verscheuchte, als Ben die Fahrertür öffnete.

«Du musst aussteigen und dich auf den Kofferraum setzen, Bella.»

«Was?»

«Etwas Gewicht auf den Hinterrädern könnte uns helfen.»

«Setz du dich doch auf den Kofferraum.»

«Das könnte zu viel Gewicht sein.» Das war nicht der Grund, Isa war sich sicher.

«Du denkst, ich schaff das nicht.»

«Nein.»

«Doch. Du denkst, ich kriege den Wagen nicht aus dem Schlamm raus, weil ich ja eine Frau bin und wie alle Frauen nicht Auto fahren kann.»

«Nein.»

«Ich sehe es dir doch an: ‹Da reitet sie uns in die Scheiße und schafft es nicht mehr raus›.»

«Bella, nein. Mir hätte das genauso passieren können. Außerdem war es meine Schuld, ich habe dir zu spät gesagt, dass du abbiegen musst.»

«Und du hast eine Rechts-links-Schwäche.» Sie sah ihn triumphierend an.

«Ja, hab ich. Friede?» Er setzte seinen Prince-Charming-Blick auf, gegen den Isa sich, gottlob, immun fühlte. Aber irgendetwas von diesem Zartschmelz seiner Augen blieb an ihr haften. Isa versuchte es abzuschütteln und ermahnte sich, nicht länger auf Bens nassen Oberkörper zu blicken. Sie schnappte sich ihre Jacke vom Rücksitz und stieg aus.

Es war nicht einfach, auf dem Heck des Volvo zu sitzen, es war leicht abschüssig, obendrein nass, und sie fand kaum Halt. Mit ihren Füßen versuchte sie sich an der Stoßstange festzuhaken. Der Regen peitschte auf sie ein, die dünne

Kapuze ihrer Jacke hielt nicht stand, sodass ihr Haar im Nu nass war. Ben rief etwas aus dem heruntergelassenen Wagenfenster, das wie «Festhalten!» klang. Sie versuchte es. Ben gab Gas, der Wagen heulte auf und ruckelte hin und her. Isa schaffte es, das Gleichgewicht zu halten. Doch plötzlich machte der Volvo einen Satz, das Heck brach zur Seite aus, und Isa landete im Matsch des umgepflügten Ackers.

Schwarze nasse Erde, wohin sie griff: Hose, Jacke, Schuhe, sogar die Haare – mit großer Sicherheit sah sie aus wie eine Schlammcatcherin in der finalen Runde. Unbedacht fasste sie sich mit ihrer Hand ins Gesicht und zog einen schwarzen Dreckstreifen hindurch. Da tauchte Ben vor ihr auf. Isa hatte eigentlich sein breites Grinsen und eine Lachsalve erwartet. Aber er reichte ihr nur die Hand, um sie hochzuziehen.

«Tut mir echt leid, Bella.» Konnte sein, dass er es ernst meinte. Doch das war ihr jetzt egal.

Isa nahm seine Hand und zog blitzschnell und kräftig. Das Überraschungsmoment war auf ihrer Seite, Ben landete neben ihr im Dreck, die schwarze Erde spritzte ihm über Mund, Nase und Stirn. Er sah so scheiße aus wie sie.

«Das war einfach fällig», sagte sie mit gepresster Stimme, die ihren Lachkrampf kaum unterdrückte, «und nenn mich nicht mehr Bella!» Eigentlich wollte sie ihm diesen Satz todernst servieren. Doch Ben sah so beknackt aus, dass sie losgackerte wie ein Teenager. Ben prustete ebenfalls los, einen atemlosen Moment lachten sie gemeinsam. Dann wälzte er sich auf sie, drückte ihren abwehrenden rechten Arm zu Boden und griff mit der freien Hand in den Matsch, nahm eine Portion und rieb sie ihr ins Gesicht. Sie schrie, strampelte und schlug mit ihren Matschfäusten auf ihn ein. Doch er hielt sie mit seinem ganzen Körpergewicht fest, was ihr nur eine Möglichkeit übrig ließ: Sie wendete den Kopf, biss von der nassen Erdkrume ab und spuckte sie ihm direkt zwischen die Augen.

In diesem Moment tauchte hinter Bens Rücken eine wuchtige Gestalt auf. Freundlich lächelte sie unter einem Regenhut auf sie beide nieder.

«Can I help you?»

KAPITEL 16

Steinar Larsen war ein Typ ganz nach Bens Geschmack: unkompliziert, direkt und robust. Ein Mann, den er ohne zu zögern auf eine seiner Dschungelexpeditionen mitgenommen hätte. Es kostete den Norweger kein Wimpernzucken, das derbe Schlammscharmützel, das sich ihm darbot, zu ignorieren und mit ihnen zu sprechen, als wären sie zwei normale Erwachsene mit einem normalen Problem. Sofort hatte er angeboten, seinen Traktor vom Hof zu holen und ihren Wagen aus dem Acker zu ziehen. Steinar sprach englisch und sogar ziemlich gut deutsch. Lange hatte er als Ingenieur für eine deutsche Autofirma gearbeitet, bevor er auf einer Spanienreise seine Frau Ariella kennenlernte und mit ihr in Norwegen seinen Traum von einer Rentierzucht verwirklichte. Und, wie er augenzwinkernd hinzufügte, der Zucht prächtiger kleiner Steinars – er und Ariella hatten vier Söhne, der jüngste war ein Jahr alt, der älteste sieben.

Das alles erzählte er Ben, während sie auf Steinars Traktor vom Hof zum Volvo zurückfuhren. Aus irgendeinem Grund beneidete er Steinar. Die Ameisenkönigin kam ihm in den Sinn, die im Haus bei Ariella und den Kindern geblieben war. Er musste grinsen, die Versuchung war einfach zu groß.

«Das sind unsere Flitterwochen.»

«Verstehe …», sagte der Norweger, schaute vielsagend auf Bens schlammdurchtränkte Kleidung und lächelte.

Ben lächelte auch, er freute sich schon auf den Zorn der Ameisenkönigin.

Als sie nach einem Abstecher zur Rentierherde – zweihundert Stück Vieh auf weiter norwegischer Graslandschaft, ein Anblick, der Ben selbst bei Dauerregen noch begeisterte – zurück zum Haus kamen, war der Abendbrottisch bereits gedeckt. Für Steinar und Ariella war es selbstverständlich, dass ihre Gäste zum Essen blieben. Ben freute sich über die Einladung, nicht nur weil es aus der Küche so wunderbar nach Paella duftete; der robuste Norweger und seine quirlige spanische Frau waren sympathische Leute, es versprach also ein lustiger Abend zu werden. Natürlich gab es ein kleines Problem: Es kam gerade frisch geduscht, auf schlanken, nackten Beinen und in einen viel zu kurzen Morgenmantel der zierlichen Gastgeberin gewickelt die Holztreppe herunter. Jetzt wusste er, warum er sie Bella getauft hatte: einfach umwerfend! Sie sollte öfter mehr Haut zeigen, dachte Ben und stellte sich die Form ihrer Brüste unter dem seidigen Stoff vor.

«Endlich», begrüßte sie ihn unwirsch, «ich dachte schon, du kommst gar nicht mehr.» Sie schnappte sich ihre Reisetasche, die er aus dem Auto mitgebracht hatte, und wandte sich wieder ab.

«Bella-Schatz, wir sind zum Abendessen eingeladen. Ist das nicht toll?» Sie drehte sich zu ihm um, und er lächelte sie an, wie ein liebevoller Ehemann das tun würde.

«Zum Abendessen? Wollten wir nicht so schnell wie möglich weiterfahren?» Ihre Augen funkelten ihn an, in dieser Weise, die ihm immer besser gefiel.

Steinar ergriff das Wort: «Weiterfahren könnt ihr später, zuerst esst und trinkt ihr mit uns. Wir wollen doch auf eure Hochzeit anstoßen.»

Das schöne Funkeln in ihren Augen wurde gefährlich. Ben konterte mit einem goldenen Lächeln, was nichts nutzte. Bella rüstete zum Protest: «Das mit der Hochzeit», hob sie an, «ist ein Sche...» Scherz wollte sie wohl sagen, aber so weit kam sie nicht. Denn Ariella kam aus der Küche geflogen und umarmte sie:

«Congratulations! You're just married. It's so nice!» Wieder drückte sie Bella fest an ihre Brust und hatte Tränen in den Augen. Bella konnte unmöglich auf ihrem Protest beharren.

Zufrieden griff Ben nach seinem Rucksack. «Bella-Schatz, ich mach mich schnell frisch.» Er warf ihr sein charmantestes Lächeln zu und hechtete die Holztreppe hoch. Den Dolchstoßblick der Ameisenkönigin fühlte er deutlich in seinem Rücken. Es war so unglaublich leicht, sie zu ärgern.

Bella ärgerte sich den ganzen Abend. Mit unterdrücktem Zorn spielte sie das Spiel mit und schnitt ihm in unbeobachteten Momenten erboste Grimassen. Ben hatte inzwischen die «phantastische und unfassbar romantische Geschichte» ihres Kennenlernens erzählt: Auf einer Norwegenreise wie dieser habe er Bella dreimal das Leben gerettet, erst bei einem Brand auf der Fähre, dann, als sie beim Käptn's Dinner eine Ohnmacht erlitt, und schließlich, als sie in Oslo vor ein Auto lief, das glücklicherweise seines war und das er rechtzeitig bremsen konnte. Ihre Liebe sei Schicksal gewesen, schloss Ben und lächelte *seine* Bella an.

Die Story war ein Volltreffer. Unverzüglich holten die gerührten Gastgeber ihren besten Schnaps und sprachen unzählige Toasts auf sie aus. Ariellas Begeisterung war so groß, dass sie Bella erneut um den Hals fiel und ihr diesmal sogar laut schmatzend beide Wangen und den Mund knutschte. Das ist zu viel für sie, dachte Ben und bemerkte vergnügt, dass die Ameisenkönigin drauf und dran war, eben jene Fassung zu verlieren, die sie nach der Schlammschlacht gerade erst wiedererlangt hatte. Die Situation wuchs über ihr hübsches, wohlgeordnetes Professorinnen-Köpfchen – der Eisblock bekam Risse.

«What about children?», fragte Ariella, während sie ihren Jüngsten auf den Schoß nahm und ihm die Paellareste aus den Mundwinkeln wischte. «Do you want some?»

Ben nickte kräftig. «Einen ganzen Stall voll», rief er, während Bella im selben Moment in feinstem Oxford-Englisch verkündete, dass sie es für «absolutely» ausgeschlossen halte, mit *ihm* Kinder in die Welt zu setzen. Dabei schossen ihre Augen so viele Feuerpfeile auf ihn ab, dass es Steinar und Ariella unmöglich entgehen konnte. Ziemlich verdutzt guckte das nette Paar zwischen ihnen hin und her.

Ben griff über den Tisch hinweg nach der Hand der Ameisenkönigin. «Was Bella meint, ist, wir können vermutlich keine Kinder kriegen.» Er hatte die Stimme gesenkt und verlegen zu Steinar und Ariella geblickt, die Hand der Ameisenkönigin, die sie ihm zu entziehen versuchte, hielt er so fest, dass es ihr weh tun musste. «Wir versuchen es schon so lange. Stimmt's, Bella-Schatz?» Das Eis knackte, und unter dem Eis brodelte ein Vulkan. Ben war gespannt, was passieren würde, wenn er ausbrach.

Indessen sprang Ariella auf. Sie war sehr bewegt, legte den Arm um ihren bedauernswerten Gast und ließ in ihrem charmanten Spanisch-Englisch eine warme Flut tröstender Sätze los. Ben johlte innerlich.

Sie müsse sich keine Sorgen machen, sagte Ariella über die Ameisenkönigin gebeugt, auch bei ihnen habe das erste Kind sehr lange auf sich warten lassen, sie hätten schon über Adoption nachgedacht und dann – caramba! – waren vier Jungs da! Steinar nickte andächtig, dann holte er ein Buch, das ihnen, wie er sagte, bei ihren Bemühungen sehr geholfen habe. «Befruchtungs-Yoga», übersetzte er den norwegischen Titel. Mit der Ungezwungenheit eines Norwegers, der sehr wahrscheinlich jeden Abend mit dem halben Dorf nackt in der Sauna sitzt, blätterte er die Seiten mit den kamasutrischen Darstellungen auf und zeigte sie Bella.

«Diese Position ist besonders effektiv.» Steinar deutete auf eine Zeichnung, bei der die Frau ihre Beine fast senkrecht nach oben hielt, während der Mann sie kniend penetrierte.

«It's wonderful», schwärmte Ariella, und ihre Augen leuchteten. Dass zwei ihrer Söhne sich an das Buch herandrängten und die Zeichnung betrachteten, schien sie nicht zu stören. «But even better is this one», fuhr sie fort. «You will love it.» Sie knuffte Bella in den Arm und blätterte ein paar Seiten weiter. Die Ameisenkönigin starrte auf ein Knäuel menschlicher Gliedmaße; Mann und Frau waren in einer Weise miteinander verschlungen, die nicht erkennen ließ, wo der eine Mensch endete und wo der andere anfing.

«Ihr solltet vorher Dehnübungen machen», sagte Steinar mit nüchterner Fachkompetenz. Der Norweger wurde Ben immer sympathischer.

Bella lächelte knapp. Ihr Lächeln erstarrte, als Ariella, die kurz in der Küche verschwunden war, mit dem Nachtisch wieder kam. Es gab Karamellpudding – flambiert. Ben beobachtete Bella genau. Unverwandt starrte sie auf die blaue Flamme, die den süßen Inhalt ihrer Dessertschale krönte. Alle anderen hatten die Flamme längst ausgepustet und begannen zu schlemmen. Die Ameisenkönigin aber stierte wie gebannt auf die Flamme. Würde die Pyromanin zuschlagen? Hier vor aller Augen? Ben war gespannt.

«Du musst die Flamme auspusten», sagte Steinar, der wohl annahm, dass Bella noch nie etwas Flambiertes gegessen hatte.

«Ja», sagte Bella schüchtern.

«Wenn du noch länger wartest», coachte er weiter, «ist

der ganze Alkohol verflogen, dann schmeckt es nur noch halb so gut. Stimmt's, Jungs?!» Er lachte seinen drei Ältesten zu, die ihre Schüsseln schon fast leer geputzt hatten, und erwartungsvoll wanderte sein Blick wieder zurück zu seinem Gast. Bella lächelte schwach und schürzte die Lippen. Sie pustete so vorsichtig, dass die blaue Flamme noch nicht mal ins Wanken geriet. Die Kinder beobachteten den Gast neugierig. Auf Norwegisch plapperten sie auf Bella ein, und zeigten ihr mit vorgestülpten Mündern und stoßweise hervorgepresstem Atem, wie sie zu pusten habe. Zart blies Bella noch einmal auf die Flamme. Ihr Gesicht war gerötet wie das einer Dreijährigen beim Anblick ihrer Geburtstagstorte. Steinar und Ariella schauten belustigt zu. Auch Ben ließ sich keine Sekunde dieses Schauspiels entgehen. Warum traute sie sich nicht, kräftig zu pusten? Das fragte sich auch Steinars Fünfjähriger, der ungeduldig zu Bellas Platz lief, um dieser Frau, die nicht kapierte, wie man richtig pustet, die Arbeit abzunehmen. Doch seine Mutter packte ihn am Hosenbund und hielt ihn unter einem Schwall spanischer Ermahnungen zurück. Sicher erklärte sie ihm, dass man anderen Leuten nicht übers Essen pustet. Bella hingegen schien enttäuscht. Ihr Blick verriet, dass ihr jede Kinderbazille auf dem Dessert lieber gewesen wäre als das Wagnis, selber die Flamme auszublasen. Als ihr Ehemann hätte Ben ihr eigentlich aus der peinlichen Situation helfen müssen. Doch er wollte unbedingt wissen, was da vor sich ging.

«Du musst nur kräftig blasen, Bella-Schätzchen. Du weißt doch, wie das geht.» Er beschenkte sie mit einem zweideutigen Grinsen und erntete die erwarteten Zornesblicke. Wütend stieß die Ameisenkönigin ihren Atem über den Pudding und, was immer Ben erwartet hatte, es passierte nicht. Kein Flammeninferno, kein Feuerhokuspokus. Der Pudding war gelöscht, und Bella fing an zu essen.

Doch plötzlich, der erste Happen war kaum in ihrem Mund verschwunden, sperrte sie ihn mit einem Schrei wieder auf. Ben traute seinen Augen nicht: Eine Flamme schoss hervor, nebst Puddingbröckchen.

KAPITEL 17

Unfassbar! Alle am Tisch klatschten und machten fröhliche Gesichter. Die Kinder umringten sie, und während die drei älteren Mini-Steinars – die Jungs sahen alle vier wie perfekte Klone ihres Vaters aus, vererbungsbiologisch eine sehr interessante Familie – aufgeregt bettelten, sie solle das noch mal machen, kletterte der Jüngste auf ihren Schoß und untersuchte mit seinen Fingern neugierig den Mund, aus dem die Flamme gekommen war.

Sie musste Ben dankbar sein. Er hatte als Erster geklatscht und damit alle davon überzeugt, dass sie der Darbietung einer Hobbyfeuerspuckerin beigewohnt hatten.

«Ist sie nicht phantastisch!», rief er noch einmal voller Begeisterung, und sie musste neidlos anerkennen, was für ein guter Schauspieler er war. «Das macht sie immer so. Wenn keiner was ahnt, schlägt mein kleiner Feuerdrache zu.» Er bedachte sie mit einem herzenswarmen Zwinkern, und Isa dachte, wenn dies nicht die unsägliche Schmierenkomödie wäre, die es war, müsste sie ihn dafür fast lieben.

«Please, again!», bettelte es neben ihr. Steinars Größter versuchte es jetzt auf Englisch, was Isa rührte. Sie strich ihm über den Kopf.

«It doesn't work twice.» Dann stand sie auf und entschuldigte sich. Sie musste sich dringend den Mund mit kaltem Wasser ausspülen.

Als sie zurück an den Tisch kam und alle so entspannt und fröhlich in dieser norwegischen guten Stube beisammensitzen sah, hatte sie eine seltsame Eingebung. Für einen Moment wollte sie, dass dies die Wirklichkeit wäre und kein

Spiel: sie und ihr Ehemann auf einer wundervollen Sommerreise durch ein unbekanntes, schönes Land. Kein *Future Award*. Plötzlich wurde sie von einer Leichtigkeit erfasst, die sie kaum noch kannte. Eine Sehnsucht riss in ihr auf, die sie verblüffte. Plötzlich hatte sie eine Ahnung, wie das Leben sein konnte – und es tat ihr weh, körperlich weh: Vom Magen bis hoch zum Herzen und weiter bis zum Kehlkopf zog der Sehnsuchtsriss.

Ben fing ihren Blick auf und lächelte sie an. Verlegen lächelte sie zurück.

«Wir sollten langsam aufbrechen.» Aus der Wirklichkeit gab es nun mal kein Entrinnen. Dies war kein Urlaub, und Ben war, gottlob, nicht ihr Mann.

«Wir können nicht fahren, Bella.»

«Wieso nicht?»

«Schau mal aus dem Fenster.»

Der Regen war, was kaum möglich schien, noch stärker geworden. Heftige Windböen peitschten ihn gegen die Fenster, und von dem berühmten sommerhellen Nachthimmel des Nordens war nicht mehr zu sehen als ein schwacher Widerschein hinter schwarzen Wolkentürmen.

«In den Nachrichten haben sie einen Orkan gemeldet», schaltete sich Steinar ein. «Wie ich Ben gerade erklärt habe, kann das hier oben in den Bergen sehr gefährlich werden. Besser, ihr bleibt über Nacht hier.»

«You must stay!», bekräftigte Ariella und füllte sogleich die Schnapsgläser voll.

Ben strahlte Isa an.

«Sie haben sogar ein Gästezimmer», sagte er. Und da war es wieder, das unverschämte Grinsen.

«Kann ich dich kurz sprechen?» Unmissverständlich wiesen ihre Augen vor die Tür. Ben blieb nichts anderes übrig, als ihr zu folgen.

Isa hasste Szenen. Insbesondere Szenen vor Publikum und vor allem vor Publikum, wie diesem netten, hilfsbereiten norwegisch-spanischen Paar. Der aufheulende Wind und der peitschende Regen schluckten die Worte, die sie ihm ins Gesicht schleuderte: «Auf gar keinen Fall werde ich mit dir in einem Bett schlafen!»

«Hast du doch schon.»

«Da war ich bewusstlos.»

«Eben. Du solltest es mal bei vollem Bewusstsein probieren.» Er zwinkerte sie fröhlich an. «Jetzt mal Tacheles geredet: Wir können nicht fahren. Der Orkan ist das eine. Es gibt aber noch ein Problem.»

«Und das wäre?»

«Der Volvo springt nicht an.»

«Gib mir die Schlüssel.» Es durfte einfach nicht wahr sein. So viel Pech konnte sie nicht haben. Sie rannte durch den Regen, setzte sich in den Wagen und machte drei Startversuche. Ben schaute ihr aus der Entfernung zu, und obwohl sie ihn durch die Regenwand kaum sehen konnte, hatte sie den Eindruck, dass er wieder grinste wie ein testosterongeimpftes Honigkuchenpferd.

Plötzlich hatte sie einen Verdacht. Sie betätigte den Hebel zum Öffnen der Motorhaube. Zwar gingen ihre Kenntnisse in Sachen Autos nicht über die gelegentliche Lektüre des ADAC-Magazins hinaus. Aber wenn Ben auf die Schnelle etwas manipuliert haben sollte, dann würde ihr das auffallen. Kaum hatte sie sich über die Innereien des Volvo gebeugt, stand Ben auch schon neben ihr.

«Was machst du?»

Wortlos hielt sie ihm das abgerissene Zündkabel hin. Während der Regen auf sie niederprasselte und ihr zum zweiten Mal an diesem Tag die Kleider bis auf die Unterwäsche durchweichte, rieb Ben sich verlegen den Nacken.

«Kann es sein», fragte sie ihn, so ruhig sie konnte, «dass du diese bescheuerte Show abziehst, weil du irgendeinen noch bescheuerteren Plan verfolgst?»

«Was für einen Plan?»

Ha! Da war eindeutig Unsicherheit in seiner Stimme. Dass sie da nicht gleich draufgekommen war! Wie konnte sie so blind sein? Dieser Mann zog hier eine ganz miese Nummer ab! Von wegen Hilfsbereitschaft! Sehr wahrscheinlich hatte er sie auch schon in Oslo ausgetrickst und absichtlich zum falschen Bahnhof gefahren. Ihr war schlecht, denn langsam ahnte sie, wen sie da vor sich hatte.

«Den Plan, mich flachzulegen, Don Juan, um meinen Namen ins Guinnessbuch deiner Eroberungen einzutragen.»

Ben lachte laut auf und schüttelte seine nassen Locken gegen den Wind. Er sah aus wie jemand, der nach einem langen Tauchgang durch die Wasseroberfläche stößt und befreit nach Luft schnappt.

«Sorry, dass ich deine schöne Verschwörungstheorie zerstören muss – du bist nicht mein Typ.»

«Nicht dein Typ?»

«Nein.» Was für eine billige Verteidigung. Isa rümpfte innerlich die Nase.

«Ach was, bei dieser Art Wettkampf ist dem Indianer doch jeder Skalp recht.» Das saß. Er starrte sie an, fast böse.

«Schönes Bild. Ich habe auch eins: Muscheln, die sich beim Erhitzen nicht öffnen, sollte man wegschmeißen.»

«Du vergleichst mich mit einer verdorbenen Muschel?»

«Ja genau. Mit einer Miesmuschel – eingetrocknet und emotional komplett ungenießbar.»

Isa konnte den Blick nicht von Bens Gesicht abwenden. Aufmerksam, als beobachtete sie zwei Blattschneiderameisen bei ihrem komplexen, aus Klopfzeichen und der Abgabe verschiedener Drüsensekrete komponierten Verständigungstanz, studierte sie sein Mienenspiel. Die Linien seiner Falten, der Ausdruck seiner Augen, der Zug um die Lippen, der sein Kinngrübchen je nach Stimmungslage mal nach rechts mal nach links bewegte. Und sie erschrak: Ben meinte es ernst, er glaubte, was er sagte. In seinen Augen war sie kein Mensch, geschweige denn eine attraktive Frau, sondern ein totes Schalentier, etwas, wovon man kotzen musste oder Durchfall bekam, meistens beides.

«Schön!», rief sie und erinnerte sich daran, dass es ihr völlig egal war, was dieser bayerische Sportlehrer/Autoverkäufer von ihr dachte. «Ich gehe davon aus, dass dir die Gesellschaft einer halbtoten, verfaulenden und zum Himmel stinkenden *Mytilus edulis*, vulgo Miesmuschel, äußerst unangenehm ist. Vorschlag zur Güte: Wenn wir Gas geben, sind wir in zwei Stunden in Bangsund, und dann bist du den verdorbenen Meeresmüll los.»

«Und der Orkan?»

«Was für ein Orkan?!!!» Isa schrie es in die wild tobenden Regenböen. «Den hast du dir mit Steinar doch nur ausgedacht!»

KAPITEL 18

Manchmal fragte sich Ben, wann er entdeckt hatte, dass ihm ein besonderes Glück bei Frauen beschert war. Es könnte in der zweiten Klasse gewesen sein, als er, im Wettstreit mit seinen beiden besten Freunden, alle hübschen Mädchen auf dem Pausenhof fragte, ob sie mit ihm gehen wollten, und alle umstandslos mit «ja» antworteten und ihm obendrein ihre Nutellabrote schenkten (sogar Carlotta, zwei Jahre älter als er und eine Berühmtheit, weil sie in einem Kinderfilm mitgespielt hatte). Oder reichte dieser denkwürdige Moment bis in seine Kindergartenzeit zurück? Als Knirps hatte er es schnell herausgehabt, dass ihm die Erzieherinnen nie richtig böse sein konnten, wenn er etwas angestellt hatte. War er zum Beispiel auf den verbotenen Baum geklettert oder hatte auf der Schaukel Überschlag geübt, dann zogen die Damen ihn nur liebevoll am Ohr, während seine Kameraden für dieselbe Straftat ordentlich Ärger bekommen hatten. Vielleicht lag die Entdeckung seines Talentes sogar noch weiter zurück. Ben erinnerte sich an zwei Babysitterinnen, die seine Eltern abwechselnd engagierten, wenn sie abends ausgehen wollten, und die er regelmäßig in sein Bett kriegte: Mit dem Märchenbuch in der Hand schliefen sie an seiner Seite ein, anstatt im Wohnzimmer dem Fernseher Gesellschaft zu leisten. Sein Vater erzählte die Geschichte heute noch gerne.

Ben wischte die Erinnerungsbilder beiseite und konzentrierte sich weiter auf den Kampf der Scheibenwischer gegen die Sturzbäche, die über die Windschutzscheibe hinwegfluteten. Die Ameisenkönigin fuhr; sie hatte darauf bestanden. Möglicherweise fürchtete sie, dass er sie entführen und in der nächstbesten Unterkunft ans Bett ketten könnte. Nach der Sache mit dem Zündkabel traute sie ihm alles zu. Und dabei hatte er diesmal wirklich keine unlauteren Motive gehabt. Da er vorausgesehen hatte, dass Bella wider alle Vernunft darauf bestehen würde, die Reise fortzusetzen, er aber keine Lust hatte, in das Auge eines Orkans zu fahren und sein Leben zu riskieren, musste er so handeln.

Jetzt ärgerte sich Ben, dass er nicht noch geschickter vorgegangen war. Erheblich mehr ärgerte er sich allerdings über Bella. Sie hatte ihn als Ladykiller dargestellt, als jemanden, der weibliche Skalps sammelt. Er war kein Beutejäger, der Strichlisten führte. Im Gegenteil, er liebte und achtete die Frauen. Es konnte sogar passieren, dass er mit einer schlief, nur weil er ihr Bedürfnis, geliebt zu werden, spürte (okay, Voraussetzung war natürlich, dass sie gut aussah – er war schließlich kein Samariter). Und keiner einzigen hatte er je etwas vorgemacht. Dass seine Freundinnen sich immer gleich am Traualtar mit ihm sahen, war nicht seine Schuld. In den letzten Jahren hatte er es sich sogar zur Regel gemacht, direkt am Anfang laut und deutlich zu verkünden, dass er keine feste Beziehung suche. Doch – siehe Sabine – wurde das nur allzu gerne überhört. Langsam kam ihm der Verdacht, dass gerade diese Bindungsverweigerung die unbedingte Bindungswilligkeit beim Gegenüber auslöste. Als wären die Worte «Ich bin Single und will es bleiben» die Zauberformel, um jemanden auf alle Ewigkeit in sich verliebt zu machen.

Ben schaute nach links zu Bella und wunderte sich ein bisschen, dass es ihm so viel ausmachte, was diese Frau von ihm dachte. Er betrachtete sie genauer. Ihr Profil war sehr schön, fast klassisch, und die gebündelte Konzentration, mit der sie seit zwei Stunden schweigend durch die Wassermassen starrte und den Volvo stoisch auf einer Straße lenkte, deren Verlauf man nur erahnen konnte, rührte ihn.

Vielleicht war es das, was ihn am meisten ärgerte: Die Ameisenkönigin rührte ihn. Er hatte hinter ihr kleines Geheimnis geblickt und statt der verrückten Pyromanin einen hilflosen Menschen gesehen. Sofort war sein Schutzinstinkt erwacht, und nun wusste er nicht, was er machen sollte. Es war nicht fair, ihr länger zu verschweigen, wer er war.

«Was ist?» Bella wandte ihm genervt den Kopf zu.

«Nichts ... Ich habe nur überlegt, ob du ein paar Dinge über mich wissen ... Scheiße! Was ist *das* denn? Halt an!»

Erschrocken trat Isa auf die Bremse. Jetzt sah sie es auch. «Wo kommt das Wasser her? Und wo, um Himmels willen, ist die Straße?»

Ben hatte sich über die Landkarte gebeugt. «Das muss der Fluss sein, der parallel zur Straße verläuft.»

Sie stiegen aus, um sich die Sache genauer anzusehen. In dem spärlichen Licht, das der Starkregen vom Dämmer der norwegischen Sommernacht übrig ließ, bot sich ein wortwörtlich mitreißendes Schauspiel. Der Fluss, der nach der Karte eigentlich nur ein kleiner Bach sein durfte, war gewaltig angeschwollen und riss in temporeichen Strudeln Äste und ganze Baumstämme mit sich. Die Straße vor ihnen hatte er vollständig unter seinen Fluten begraben. Mit einem Jeep hätten sie vielleicht die Überquerung wagen können, aber mit dem Volvo war es unmöglich.

«Und jetzt?», fragte Bella.

«Wir fahren zurück zu Steinar und Ariella.»

«Auf gar keinen Fall.»

«Dann müssen wir hier übernachten. Morgen früh, wenn die Sicht besser ist, können wir den Umweg über die andere Bergseite nehmen.»

«Morgen früh muss ich in Bangsund sein.»

«Der Wettbewerb ist doch erst übermorgen.»

«Trotzdem.» Sie verschränkte resolut die Arme vor der

Brust. «Ich muss morgen dort sein, damit ich meinen Gegner kennenlernen kann. Damit ich weiß, wie er tickt, was mich erwartet.»

«Verstehe.» Sollte er jetzt beichten?

«Nein, verstehst du nicht.» Sie warf ihm einen wilden Blick zu. «Warum hab ich nur das Gefühl, dass mir das alles ohne dich nicht passiert wäre?» Wütend stapfte sie durch den Regen zum Auto zurück.

Es musste einen besseren Zeitpunkt zum Beichten geben. Aus dem Kofferraum holte er seinen Schlafsack und eine Decke und stieg ebenfalls ins Auto. Er gab Bella den Schlafsack, wickelte sich selbst in die Decke, und beide kurbelten ihre Lehnen in die Liegeposition. Schweigend starrten sie zur Autodecke und lauschten den endlosen Trommelschlägen, die der Regen auf dem Autodach vollführte. Ben schloss die Augen, doch schlafen konnte er nicht. Bella offensichtlich auch nicht. Geräuschvoll drehte sie sich von einer Seite auf die andere.

«Der Regen ist so laut. Wie soll man da schlafen?!»

Ben griff hinter sich und zog aus einer Tasche eine Flasche Whisky hervor. «Schlummertrunk?»

«Bladnoch Single Malt Scotch», las Bella vom Etikett ab, «das ist ja ein richtiges Juwel.» Verblüffte Anerkennung lag in ihrem Blick.

«Du kennst dich aus», erwiderte Ben ebenso beeindruckt.

«Aus Alkohol mach ich mir eigentlich nichts. Aber für einen Whisky dieser Güte könnte ich meine Großmutter verkaufen. Also nicht meine Lieblingsgroßmutter», schob Bella schnell hinterher, «die andere», beteuerte sie, «die, die ich kaum kenne.»

Die reine Unschuld schaute aus ihren blauen Augen, und Ben lächelte. «Da bin ich ja beruhigt.» Er zauberte zwei Gläser hervor.

«Du reist mit Stil.»

«Immer.» Er reichte ihr das Glas mit dem goldbraunen Feuerwasser, und sie lächelte ihn an – zum ersten Mal, seit sie sich begegnet waren.

«Danke für vorhin.» Er wusste, dass sie ihren Auftritt als Feuerspuckerin meinte. Besser, er enthielt sich jeglichen Kommentars, dachte er. Sie wird nicht darüber reden wollen, und so nickte er nur und stieß mit ihr an.

Nach dem zweiten Glas kam Bella in Plauderlaune. Ein Zustand, den er bei dieser Frau für unmöglich gehalten hatte. Eher hätte er daran geglaubt, einem seiner Affen Algebra beibringen zu können, als auch nur den Hauch einer unterhaltsamen Konversation aus Bella herauszuleiern. Sie unterhielten sich darüber, ob man Pizza lieber mochte oder Pasta. Ob es gesünder war, morgens oder abends zu joggen. Ob es überhaupt gesund war. Darüber, welches Fernsehprogramm man schauen konnte, ohne einzuschlafen. Sehr ergiebig war auch das Thema, was man am meisten hasste, wenn man im Gedränge der Großstadt unterwegs war. Gemeinsame Favoriten: Aggressive Mütter, die ihre Kinderwagen wie Kampfmaschinen vor sich herstießen, Rentner, die sich an der Kasse vordrängelten, und allem voran Hundescheiße, in die man immer dann trat, wenn man Schuhe mit Profilsohle trug.

Irgendwann kamen sie auf den Sinn und Unsinn von Multiple-Choice-Tests bei Universitätsklausuren zu sprechen. Da kam Ben die Idee zu einem Spiel.

«Ich stelle dir eine Frage zu meiner Person und gebe dir drei Antwortmöglichkeiten.»

«Okay.» Bella kicherte und sah in diesem Moment wieder aus wie seine Jugendfreundin, die er leider nie geküsst hatte, weil sie zu früh aus seinem Leben verschwunden war.

«Vor ein paar Jahren hatte ich einen Skiunfall. Dabei habe ich mir a) den Arm, b) das Bein, c) die Nase gebrochen?»

«Die Nase», kam es prompt.

«Ist sie so schief?» Er griff sich an seinen Zinken.

Bella lachte. «Wie der berühmte Turm von Pisa.»

«Das war zu leicht. Noch eine Frage: Wenn ich Stress habe und mich abreagieren muss, gehe ich a) einen saufen, b) raus in die Natur, c) lege ich eine hübsche Frau flach.»

Bella überlegte kurz. «Es ist b). Du fährst raus in die Natur.»

Wow! Er hätte wetten können, sie tippte auf c). «Wie bist du drauf gekommen?»

«Ich habe dich beobachtet.»

«Wie eine deiner Ameisen?»

«Wie eine meiner Ameisen.» Sie zwinkerte ihn frech an. «Jetzt bin ich dran. Ich habe schon einmal einen Wettbewerb gewonnen. War es a) ein Tangomarathon, b) ein Schönheitswettbewerb oder c) ein Rhetorikwettbewerb?»

«Den Schönheitswettbewerb würdest du selbstverständlich gewonnen haben, wenn du daran teilgenommen hättest.» Komplimente vertrug sie nicht. Sie machte eine Laber-du-nur-Grimasse, und er fuhr vergnügt fort. «Also tippe ich auf c), den Rhetorikwettbewerb.»

«Es war der Tanzwettbewerb.»

«Du tanzt Tango?»

«Überrascht?» Sie hätte ihm genauso gut erzählen können, dass sie schon auf dem Mond spazieren war.

«Seit meinem Umzug von Harvard nach Hamburg habe ich leider keinen Tanzpartner mehr.»

Ben konnte sich denken, wer in Harvard mit ihr übers Parkett geschwebt war: Der Mann, dessen Wunsch, sie zu heiraten, Bella in solche Panik versetzt hatte, dass sie den Traualtar abfackelte.

Fast eine Stunde ging es so weiter, und Ben staunte mehr und mehr über das Wesen, das ihm gegenübersaß – es war sensibel, witzig und kreativ. Unter der Eisschicht lag mehr als ein brodelnder Vulkan, der in Ausnahmesituationen Feuer spuckte.

«Kommen wir zu der Frage, die ich dir heute Nachmittag nicht beantwortet habe.» Bella nahm einen Schluck von ihrem dritten Whisky und ließ ihn mit geschlossenen Augen auf der Zunge zergehen. «Mein erster Sex war a) ein romantisches Erlebnis auf einem niedersächsischen Heuboden, b) eine schnelle Nummer im Schullandheim oder c) ein Fiasko im Ehebett seiner Eltern.»

«Ein Fiasko im Ehebett seiner Eltern.»

«Prüfung bestanden. Du kennst mich besser, als ich dachte.»

«Ich tippe auf einen Schlafzimmerbrand.»

«Du kennst mich besser, als mir lieb ist.» Sie schaute ihn nachdenklich an. Ben schien sie sehr verletzlich in diesem Augenblick, und wieder hatte er den Wunsch, sie zu beschützen.

Der Zeitpunkt war jetzt. Jetzt musste er beichten. Einen besseren Zeitpunkt würde es nicht geben. Für diese Beichte gab es überhaupt keinen guten oder richtigen Moment. Es gab nur Momente, die später waren als jetzt, und jedes Später machte es nur schlimmer.

«Bella, ich muss dir etwas sagen.»

«Ja?» O Mann, sie ahnte nichts. Ihr Blick war so blank wie ein leerer Teller, und was er ihr jetzt daraufladen würde, war schlimmer als Pizza mit Spiegelei – für Bella das absolute Kotzgericht, wie er seit einer Stunde wusste.

«Bella, ich hab mich dir nie mit meinem vollen Namen vorgestellt …» Mist, saublöder! Warum hatte er so lange gewartet?

«Ich bin Bernhard Breitenbach.»

Eine Sekunde lang war es ganz still im Auto. Nur das Getrommel des Regens auf dem Blechdach war zu hören. Vielleicht nimmt sie es mit Humor, hoffte Ben. Vielleicht brechen wir beide gleich in schallendes Gelächter aus. Doch schon in der nächsten Sekunde wusste er, dass daraus nichts wurde. Ihr Blick wurde zu Eis. Wortlos riss Bella den Reißverschluss des Schlafsacks auf, stieg in ihre Schuhe.

«Es tut mir leid. Ich hätte es viel früher sagen müssen.» Zwecklos.

Sie stieß die Fahrertür auf, drehte sich im Sitz zu ihm um. «You bloody bastard.» Dass sie nicht einfach «Arschloch» sagte, war irgendwie charmant. Aber auch der noble Klang ihres Oxford-Englisch konnte die Wut nicht abmildern, die ihn traf. Mit dem ganzen Schwung ihrer Empörung trat Bella ins Freie. Und dann passierte etwas, was er nicht gleich verstand: Sie stieß einen lauten, quiekenden Schrei aus. Als er kapierte, was los war, sprang er sofort aus dem Auto.

Durch die beschlagenen Fensterscheiben hatten sie nicht sehen können, dass der Fluss sie eingeholt hatte. Leise und unauffällig hatte er den Volvo vollständig umspült. Es fehlten nur noch wenige Millimeter, und das Wasser würde sich durch die Ritzen der Autotüren drücken. Ben watete zu Bella. Sie wollte ins Auto zurück. Er riss sie von der Fahrertür weg. «Nein!»

«Wieso?» Wieder wollte sie nach der Tür greifen. Doch Ben hielt sie fest. In dem Moment wurde der Volvo angehoben. Und sanft, ganz sanft, als sei er ein Segelboot in einer leichten Brise, wurde er von der Strömung fortgetragen.

KAPITEL 19

Kokosnussmakronen ... Kokosnussmakronen. Isa konnte an nichts anderes mehr denken. War das der für existenzielle Bedrohungssituationen häufig beschriebene Moment, in dem der Geist aus dem Körper tritt? Schwebte ihre Seele schon über ihr und guckte zu, wie sie Nonsens dachte? Isa versuchte sich auf die Situation zu konzentrieren: Das Auto war fort, stürmischer Regen schlug auf ihren Körper ein, der nicht mehr nasser und nicht mehr kälter werden konnte, am linken Handgelenk hatte sie ein Mann gepackt, der sie aufs Übelste hintergangen hatte, den sie dafür hasste. Und sie stolperte hinter ihm her und dachte: Kokosnussmakronen.

Ihre Großmutter – die Lieblingsoma auf Sylt – machte die besten. Saftig und vollaromatisch. Sie nahm immer frische Kokosnüsse dafür, und sie rührte außerdem geriebene Zitronenschale in das Eiweiß, was unorthodox war und so in keinem Rezeptbuch stand, was aber die verführerische Saftigkeit ausmachte. Viele Male hatte Isa ihr dabei zugeschaut. Sie sah die schwarzen Backbleche mit den weiß geflockten Häubchen vor sich, ihre knusperbraunen Spitzen ... Sie roch den süßen, karamelligen Duft, und wieder klammerte sich ihr Geist an dieses gnadenvolle Wort: Kokosnussmakronen. Kokosnussmakronen. Kokosnussmakronen. Ihre Seele lächelte milde von oben herab, und Isa wusste, noch zehn weitere Wiederholungen des Wortes, und ihre Seele würde endgültig überzeugt sein, dass dieses Menschenleben nicht mehr zu retten war, und sie würde sich aufschwingen und abfliegen ins Universum.

«Wir haben Glück.»

Isa sah verwirrt auf zu Ben, der ihr Handgelenk losließ und auf einen Schuppen zuging. Ein kleiner Kiefernhain verbarg die Bretterbude fast vollständig. Isa hätte sie gewiss übersehen. Die Tür war nicht abgeschlossen.

Der Unterstand schien einem Angler zu gehören. An den Wänden hingen Fischnetze und Angelruten in allen Größen und Formen. Sonst gab es nur einen Klappstuhl, eine aus groben Brettern gezimmerte Pritsche und eine Wolldecke.

Isa setzte sich auf den Klappstuhl. Sie wusste nicht, was sie sonst hätte tun sollen. Im Hintergrund ihres ansonsten gedankenleeren Kopfes wisperten immer noch die Kokosnussmakronen, aber sie hörte nicht mehr hin. Allmählich fing ihr Geist wieder an, sich zu beleben, nahm die Reize ihrer Umgebung war: den Staub, der den Raum und alle Dinge darin bedeckte, die Pfütze, die ihre tropfende Kleidung unter dem Klappstuhl bildete – und Professor Doktor Bernhard Breitenbach, Primatenforscher, Frauenheld und Falschspieler, der zu ihrer Verblüffung gerade seine nassen Klamotten von sich schmiss, sein Sixpack und andere Details seines Körpers zur Ansicht bot und sie wieder einmal angrinste.

«Zieh dich aus.»

«Was?» Er hatte sich die Wolldecke um die Schultern gelegt und stand mit ausgebreiteten Armen vor ihr.

«Ich wärme dich. Du wirst dir sonst den Tod holen.»

«Kann dir ja nur recht sein.»

«Du denkst, ich will deinen Tod?»

Den treudoofen Dackelblick konnte er sich wirklich sparen. Wenigstens hatte er inzwischen die Arme heruntergenommen und sich vollständig in die Decke gewickelt. Jetzt konnte sie sich wieder auf sein Gesicht konzentrieren.

«Was ich denke, ist: Du willst den *Future Award,* Professor Breitenbach. Und zwar mit allen Mitteln.»

«Ich wollte dich nur kennenlernen. Du hast es selbst gesagt: Man muss wissen, wie der Gegner tickt.»

«Und? Weißt du es jetzt?»

«Ja. Und jetzt komm her. Du frierst.»

«Ich friere nicht.»

«Deine Zähne klappern.»

«Das tun sie nicht.» Taten sie doch. Sosehr sie auch versuchte, den Kiefer zu entspannen, er zuckte auf und ab, als gehorche er einem eigenen Mechanismus.

«Ach, und wahrscheinlich zitterst du auch gar nicht, und was wie Gänsehaut aussieht, ist nur ein seltsamer Hautausschlag?»

«So ist es.» Sie hätte ihn umbringen können. Etwas ganz Ähnliches dachte er wohl gerade über sie. Denn sein Blick verfinsterte sich.

«Wenn du dich nicht gleich ausziehst, mache ich es.»

«Wag es ja nicht!»

Er griff mit beiden Händen nach ihrem Blusenkragen. Es klang scheußlich, als der Stoff riss. Isa knallte Ben sofort ihre flache Hand auf die Wange, was ebenfalls kein schönes Geräusch machte und Isa erschrocken vor sich selbst versteinern ließ. Diesen Moment der Schwäche nutzte Ben, nahm ihren Kopf in beide Hände und küsste sie. Sie wollte sich wehren, aber aus irgendeinem Grund wurden ihre Knie weich. Sie öffnete die Lippen und schmeckte verdutzt Bens Zunge: Kokosnussmakrone. Ben schmeckte nach Kokosnussmakronen.

Am nächsten Morgen schickte die Sonne ihre Strahlen durch die Ritzen der Bretterbude, als hätte es nie ein Unwetter gegeben. Isa sah den Staub in einem Fächer aus Licht tanzen, als sie erwachte – und sie spürte Bens Arm um ihre Hüfte. Sie nahm den Arm sofort weg und setzte sich auf.

Ben lächelte sie an. «Ameisen küssen nicht.»

«Was?»

«Das hast du im Schlaf gemurmelt.» Ben hörte nicht auf, sie anzusehen. «Du siehst schön aus, wenn du schläfst.»

Isa biss sich auf die Lippen. Sie musste spüren, dass sie noch da war – sie, Frau Professor Doktor Isabella Werner, die Frau, die drauf und dran war, einen der renommiertesten Wissenschaftspreise zu gewinnen. Die Frau, die den Irrungen und Wirrungen der Liebe abgeschworen hatte. Die Frau, die Machos wie Ben verabscheute – die *Ben* verabscheute, weil er sie reingelegt hatte. Wo war sie da bloß reingeraten?

«Hör zu, das alles hat nicht stattgefunden. Es ist einfach nicht passiert.»

«Nein?»

«Nein.» Sie sprang nackt, wie sie war, aus dem schmalen Bett und klaubte ihre Kleider vom Boden auf. «Und noch eins: Wenn wir in Bangsund ankommen – falls wir je dort ankommen –, sind wir wieder per Sie.»

«Ausgezeichnet. Unkomplizierte Affären sind mir die liebsten.» Es klang kühl. Gut so, dachte Isa. Bloß keine Gefühle aufkommen lassen. Gefühle brachten Chaos und verdarben alles. Sie stieg in ihre Jeans, die noch klamm war, schlüpfte in die Bluse. «Verdammt, du hast die Knöpfe abgerissen!»

«Kannst mein Hemd haben.» Ben war inzwischen ebenfalls aus dem Bett gesprungen, hatte sich Hose, Schuhe und T-Shirt angezogen. Er warf ihr das Hemd hin und, ohne sie weiter zu beachten, verließ er den Schuppen.

Missmutig streifte Isa das Hemd über. Sogleich war sie von Bens Duft umhüllt. Es war ein warmer, erdiger Duft. Angenehm ... sehr angenehm, dachte Isa und erschrak über diesen Gedanken. Sie ermahnte ihre dumme Nase, die Empfindung zu ignorieren. Das Hemd war trocken, und das sollte im Augenblick alles sein, was für ihren Körper von Belang war. Eilig folgte sie Ben nach draußen.

Ben war schon weit vorausgelaufen. Sie hatte keine Ahnung, wo er hinwollte. War das der Weg nach Bangsund? Wollten sie die restlichen gut achtzig Kilometer nun zu Fuß bestreiten? Mangels Alternative lief Isa ihm hinterher. Peinigenderweise rief jeder Schritt, den sie tat, die Erinnerung an die gestrige Nacht in ihr wach – einen derartigen Muskelkater im Lendenwirbelbereich hatte nicht einmal ihr Power-Pilates-Kurs anrichten können. Sie hatten es getrieben wie die Karnickel. Eine derbe Platitude, aber leider völlig zutreffend. Einzelne Szenen zogen an ihrem inneren Auge vorbei, und Isa war von sich selbst überrascht. Ob positiv oder negativ, war ihr noch nicht klar. Sie war verwirrt, ein Zustand, den sie hasste.

Ben war indessen an der Stelle angekommen, wo sie gestern ihr Auto verloren hatten. Ihre Powerpoint-Präsentation schwamm vermutlich schon im Atlantik. Den Wettbewerb konnte sie vergessen. Da war es nur ein schwacher Trost, dass das Wasser etwas zurückgewichen war. Und noch immer war der ursprünglich kleine Bachlauf ein ausgewachsener Fluss. Ben blickte flussabwärts in die Ferne, und plötzlich rannte er los. Jetzt sah Isa es auch. Sofort nahm sie ihre Beine in die Hand.

An einer engen Biegung des Flusses waren Äste und ganze Baumstämme aufgestaut worden. Dort war der Volvo hängen geblieben und auf ein Felsplateau gehoben worden. Ben stemmte sich gerade in die Fahrertür, lenkte mit einem Arm, während er mit dem anderen und der Wucht seines ganzen Körpergewichts den Wagen vom Plateau herunterschob, als Isa angerannt kam.

«Was ist? Fährt er nicht?»

«Nein, du kannst gerne unter die Motorhaube schauen.» Zum Beweis setzte er sich hinters Steuer und drehte den Zündschlüssel um. Der Anlasser ließ ein kleines elendes Geräusch hören, und das war's.

«Das gibt es doch nicht!» Ihr war zum Heulen.

«Wahrscheinlich ist ihm das Bad nicht bekommen.»

«Du musst was tun!»

«Was denn?»

«Keine Ahnung. Auf den Anlasser hauen, gegen den Motor treten, Wasser absaugen. Irgendwas eben!» Ihre weinerliche Stimmung ging über in Wut: «Ein Macho wie du muss doch ein Auto reparieren können. Sabotieren kannst du's ja.»

Ben warf ihr einen langen Blick zu, den Isa nicht recht deuten konnte. War er genervt? Wütend? Verletzt? Wollte er ihr etwas sagen? Warum zögerte er dann? Sie hielt dem Blick nicht länger stand. «Habe ich wirklich im Schlaf gesagt ‹Ameisen küssen nicht›?»

«Ja, hast du.»

«Kluge Tiere.» Sie versuchte ein Lächeln. Doch Ben wandte sich ab. Wahrscheinlich war er doch genervt, dachte Isa und sah zu, wie Ben nach seiner Jacke auf der Rückbank griff, sein Handy herauszog und eine Nummer wählte.

Ben hatte die Stiftung in Bangsund informiert, sie versprachen jemanden zu schicken, um sie abzuholen. Jetzt hieß es warten. Seit über einer Stunde schon saß Isa im Schatten einer krummen Kiefer und starrte auf den Monitor ihres Laptops. Sie wollte auf gar keinen Fall mit Ben gemeinsam die Zeit totschlagen. Deshalb hatte sie sich ihren glücklicherweise vollkommen unversehrten Laptop aus dem gestrandeten

Volvo geschnappt und sich diesen Baum am Ufer gesucht, weit weg von Ben. Ihr Vortrag sollte den letzten Schliff bekommen, sie wollte sich endlich, endlich auf den Wettbewerb konzentrieren.

Doch es gelang ihr nicht.

Sie las den Text, las Buchstaben und Wörter und vergaß sofort, was sie las. Sie starrte auf die Bilder ihrer Powerpoint-Präsentation, und zwischen den Fotografien der *Solenopsis invicta* beim Nestbau, bei der Pflege ihrer Königin oder bei der Abwehr von Feinden poppten andere Bilder auf. Bilder der letzten Nacht, ungeordnet und wirr wie der Gefühlsschlamassel, den sie auslösten: Ben über ihr, stark und schön. Ben, der seine Arme um sie schlingt und sie hochhebt, sie auf seine gespannten Oberschenkel setzt. Ben, wie er sich aufbäumt. Ihre Hand auf seiner Hüfte. Seine Zunge auf ihrer Haut. Ihre Zähne in seinem Nacken. Ihre Fingerspitzen eingegraben in seine Brust. Schweißperlen, die zerplatzen. Bens Kinngrübchen, das tanzt, wenn er aufstöhnt. Und immer wieder Bens Blick, der sie festhält, ganz fest, und der tief in sie hinabsinkt, staunend, freudig, furchtsam.

Diese Bilder waren stärker als jeder Gedanke; genau genommen konnte sie im Moment überhaupt nicht mehr denken. Würde sie sich sonst diese völlig inakzeptable Frage stellen? Die Frage, die ihren Magen zusammenzog und ihr Herz in einen Abgrund riss: War sie in Ben verliebt? Er stand an den Volvo gelehnt am Ufer und ließ energisch kleine Steine übers Wasser springen.

War sie verliebt?

Himmel, nein! Isa zwang sich zur Vernunft. Sie wollte sich nicht mehr verlieben. Dieses Versprechen hatte sie sich selbst gegeben, als sie im angekokelten Hochzeitskleid den Rauchfahnen über der Kirche auf Martha's Vineyard nachsah. Und sollte sie doch eines Tages schwach werden und Angst davor haben, allein zu sterben, dann würde der Auserwählte bestimmt keiner wie Ben sein. Nein, bestimmt nicht! Denn einer wie Ben meinte es niemals ernst. Einem wie Ben konnte man nicht trauen.

Wieder zog sich ihr Magen zusammen und riss ihr Herz mit. Ihre eben noch klaren Gedanken stolperten. Die Gespräche gestern Nacht im Volvo fielen ihr ein. Sie hatte sich verstanden gefühlt. Seine Blicke auf ihrem Lager in der Bretterbude fielen ihr ein. Sie hatte sich gesehen gefühlt. Seine Stimme, als er ihr heute Morgen sagte, dass sie schön sei, fiel ihr ein. Es hatte warm und ehrlich geklungen.

Herrje! Am liebsten hätte sie sich selbst geohrfeigt. Was tat sie da nur? Sie fiel auf das berechnende Mienenspiel eines Casanovas herein! Heftig klappte Isa ihren Laptop zu. Im selben Moment sah sie Ben auf sich zukommen. Als er vor ihr stand, wirkte er unsicher. Ein ganz neues Bild.

«Bella», setzte er an und wischte sich eine Locke aus der Stirn und dann noch eine, wo gar keine war. Unfassbar, der bayerische Macho war tatsächlich verlegen! Auf der Stelle vergaß ihr Herz alle Vorsicht. Verblüfft beobachtete Isa, wie ihre Gedanken einen Salto rückwärts machten: Vielleicht geht es ihm genau wie dir, raunte es in ihrem Kopf. Vielleicht ist auch er durcheinander. Vielleicht ist er … verliebt?

«Ich möchte dir etwas sagen. Es ist mir wichtig …» Isa vergaß einen Moment das Atmen.

«Die letzte Nacht …» Sie schaute ihn an, völlig gebannt. «… also, die hat mir … das heißt, du hast mir …» Ein lautes Hupen übertönte ihn. Aus dem Auto, das neben dem gestrandeten Volvo hielt, sprang eine junge Frau mit flachsblondem langem Haar, das ihr um das hübsche Gesicht wehte. Lachend und winkend kam sie auf sie zu.

«Das glaub ich nicht! Siri!», rief Ben laut, drehte Isa den Rücken zu und lief in die ausgebreiteten Arme der hübschen

Blonden. Sie küssten sich rechts und links auf die Wangen. Schließlich zog die Blonde Bens Mund zu sich und küsste ihn unbefangen.

Toll, Isa!, beglückwünschte sie sich selbst sarkastisch. Hatte sie tatsächlich geglaubt, jemand wie Ben könnte sich ernsthaft verlieben? Ihre Fähigkeit, logisch zu denken, musste beschädigt worden sein. Sie sollte besser keinen Whisky mehr trinken. Und eventuell sollte sie auch Sex von der Liste ihrer Betätigungen streichen. Besonders, wenn er gut war, führte er augenscheinlich zu erheblichem Realitätsverlust.

Ein Niesanfall befreite Isa aus der Pein ihrer Gedanken und schüttelte sie so heftig, dass sich beide zu ihr umdrehten. Isa lächelte der Blonden zu und ignorierte Ben.

KAPITEL 20

Noch nie im Leben hatte Ben einen Kopfstand gemacht. Aber seit heute Morgen glaubte er zu wissen, wie es sich anfühlt. Es ist eine radikale Erfahrung, wenn unten plötzlich oben ist und man gezwungen wird, die Welt aus einem völlig neuen Blickwinkel zu sehen. Er stand zwar noch auf seinen beiden Füßen, doch seine Gefühle, also ausgerechnet der Teil von ihm, um den er sich bisher wenig Sorgen machen musste, standen Kopf. Wie schwindelig ihm dabei wurde, wollte er sich vor den beiden Frauen auf keinen Fall anmerken lassen. Bella sprach auf der anderthalbstündigen Fahrt nach Bangsund kein einziges Wort. Sie hatte ihn gedrängt, auf dem Beifahrersitz neben Siri Platz zu nehmen, verschanzte sich auf der Rückbank hinter ihrem Laptop und hackte wie wild in die Tastatur. Und als sie, endlich am Ziel ihrer Reise angekommen, auf dem Stiftungsgelände aus dem Wagen stiegen und sie das erste Mal wieder das Wort an ihn richtete, nannte sie ihn plötzlich Herr Professor Breitenbach. Sie siezte ihn konsequent, so wie sie es angedroht hatte. Dass sie immer noch sein Hemd trug, welches ihr viel zu weit war und was sicher auch Siri seltsam erscheinen musste, ignorierte Bella genauso wie allen anderen Austausch, den sie in den letzten vierundzwanzig Stunden miteinander hatten. Es war, als hätte jemand bei ihr die Reset-Taste gedrückt.

Er verstand Bella nicht, und er verfluchte den Augenblick, in dem Siri aufgekreuzt war. Nichts gegen Siri. Siri Egeland war klasse. Vor zwei Jahren auf einem Symposium in Wien hatte sie ihn auf ein Bier eingeladen und selbstbewusst vorgeschlagen, eine Nacht ohne Reue miteinander zu verbringen. Danach hatte er nichts mehr von ihr gehört. Dass sie die Assistentin des Stiftungspräsidenten hier in Bangsund war, wusste er nicht. Es war eine ebenso große Überraschung wie ihr Auftauchen als Rettungsengel. Das Timing allerdings war miserabel.

Ben dachte an den Augenblick zurück, als er vor Bella stand, bereit, ihr alles zu sagen, was ihm in der einsamen Stunde am Flussufer durch den Kopf gegangen war.

Es war schwer gewesen, seine Gedanken und Gefühle zu ordnen, so schwer, wie die kleinen flachen Steine über den Fluss springen zu lassen. Zu unruhig und schnell war die Strömung, die meisten Steine riss es sofort in die Tiefe. Ben versenkte eine Menge Steine. Doch am Ende war ihm eines klargeworden: Die letzte Nacht hatte etwas verändert. Alles, was vorher galt, galt jetzt nicht mehr.

Bella hatte etwas Revolutionäres vollbracht. Etwas, das er noch nicht ganz begriff. War das Liebe? Hatte Michel, der alte Romantiker, am Ende doch recht, und es gab sie, die große Liebe, die schicksalhafte Verbindung zweier Menschen, die sich so ergänzten, dass sie zu einem vollständigen Kosmos wurden?

Er wusste es nicht. Aber er wusste, dass er die Zeit nicht ungenutzt verstreichen lassen durfte. Er wollte mit Bella reden. Ganz gleich, was sie selbst dachte oder fühlte. Sie sollte auf jeden Fall erfahren, dass bei ihm etwas passiert war letzte Nacht. Etwas ganz und gar Erstaunliches.

Und dann kam Siri.

Er wusste nicht, ob er noch einmal die Kurve kriegen würde. Der Schwung war irgendwie weg, und außerdem waren sie jetzt hier auf dem Stiftungsgelände in einer völlig anderen Realität, einer Realität, die Bella und ihn zu Gegnern machte.

Ben warf an Siri vorbei einen verstohlenen Blick auf Bella, während sie mit ihrem Gepäck zu einem der Gästehäuser wanderten. Sie beachtete ihn nicht, ihre ganze Aufmerksamkeit schien bei Siri zu sein. Wie es aussah, waren die beiden Wissenschaftlerinnen sich sympathisch. Sie lachten viel miteinander und unterhielten sich angeregt über die Stiftung. Schließlich schlug Siri vor, einen kleinen Umweg zu machen, damit sie ihnen alles zeigen konnte. Ben riss sich zusammen und versuchte seinen Fokus wieder nach außen zu richten.

Der Sitz der SSGF, der Stiftung für *Science And Society In Global Future*s, war ein architektonisch-ökologisches Gesamtkunstwerk aus Solarzellen, Holz, Glas und Naturstein. Um das Haupthaus gliederten sich im Halbkreis verschiedene Nebengebäude, alle mit Blick über die steil abfallenden Klippen und auf das offene Meer. «Wie in einem Wikingerdorf», erklärte Siri. Nur auf den halbkreisförmigen Palisadenwall im Rücken der Häuser habe man verzichtet; von dort seien heute keine Angreifer und Räuber mehr zu erwarten. Die, sagte sie lachend, kämen heute übers Internet. Ben lachte herzlich. Auch Bella lachte. Verstummte aber sofort, als sein Blick sie traf. Ihre abweisende Miene signalisierte nur eines: Sprich mich bloß nicht an!

War das wirklich dieselbe Frau, mit der er gestern Nacht in diesem unglaublichen Feuerwerk aus Lust verschmolzen war? Ben merkte, dass es ihm schmerzhaft die Eingeweide zusammenzog. Besser, er dachte nicht weiter über sie nach. Schnell konzentrierte er sich wieder auf Siri, die gerade berichtete, dass die Stiftung fünfzig feste Mitarbeiter beschäftige und noch mal so viele Gäste aus aller Welt, die hier ihre Forschungssemester absolvierten. Ben nickte gedankenverloren. Merkwürdig, er spürte immer noch seine Eingeweide. Auch das war neu.

Er hörte Siri nur mit einem Ohr zu und kam sich unhöflich vor, weil er keine interessierten Fragen stellte. Aber ihn interessierte nur noch Bella: Was fühlte sie? Was dachte sie? Im Gegensatz zu ihm war sie sehr wohl in der Lage, Fragen zu stellen; sie und Siri waren längst in eine geistreiche Debatte über zukunftsrelevante Forschung vertieft.

«Da sind wir», sagte Siri plötzlich und reichte Bella und ihm je einen Schlüssel. «Eure Apartments sind beide im Erdgeschoss. Wir sehen uns später.» Bella ging sofort ins Haus.

«Frau Professor Werner.»

Sie drehte sich zu ihm um. «Herr Professor Breitenbach.»

«Das ist doch Quatsch.» Überrascht bemerkte er die Wut in seiner Stimme.

«Was ist Quatsch?»

«Dieses ganze Gesieze. Dass wir so tun, als wäre nichts zwischen uns.»

«Da ist auch nichts.» Ihre Stimme klang schneidend. «Du hast bekommen, was du wolltest: Erste-Hand-Informationen über deine Gegnerin und – nicht zu vergessen – einen weiteren Skalp.» Ihr Blick war eisig. «Mehr als das wird ein Typ wie du nie bekommen.» Sie machte auf dem Absatz kehrt. Sein Hemd flatterte um ihre Hüften, als sie mit forschem Schritt im Gästehaus verschwand.

Ben stand noch am Eingang. Er spürte seinen Magen nicht mehr, als wäre er einfach weg, aufgelöst. Er erinnerte sich ein ähnliches Gefühl gehabt zu haben, als ihm mit sechzehn ein Hooligan bei einem Bayernspiel einen Tritt gegen den Solarplexus verpasste. Damals wurde ihm schwarz vor Augen. Heute war er härter im Nehmen.

Sein Handy klingelte und riss ihn aus seiner Erstarrung. Überrascht nahm er das Gespräch an.

«Marie! Was gibt's? Alles in Ordnung bei dir?»

Ihre Stimme klang ungewöhnlich rau. Sie ließ einen unverständlichen Wust von Entschuldigungen vom Stapel: «Es tut mir so leid … Ich kann nicht anders … Sorry, echt … aber ich habe keine Wahl … und der Zeitpunkt ist auch echt beschissen … sorry … aber mein Vater macht Druck … total uncool … ich wollte das wirklich nicht … ganz ehrlich …»

«Marie, was ist los? Was wolltest du nicht?» Er hörte Marie tief atmen.

«Das Kind ist von dir.»

Er setzte sich, wo er stand, auf den Boden. Zwei Faustschläge in die Magengrube waren einer zu viel.

«Ich wollte das eigentlich alleine durchziehen, wirklich», sprudelte Marie hervor. «Ich dachte, ich brauche keinen Vater für die Kleine, und das denke ich im Grunde auch jetzt noch. Nur, ich will das Studium machen, und dazu brauche ich Geld. Wenn ich arbeite und die Kleine versorge, komme ich nicht zum Lernen. Es funktioniert einfach nicht …»

Sie plapperte jetzt wie ein Wasserfall, Ben ahnte schon, worauf es hinauslief: Maries Vater würde ihr wieder das Studium bezahlen, wenn sie ihm sagte, wer ihr das Baby gemacht hatte.

Er hatte richtig geraten.

«Er wollte deine Telefonnummer haben. Ich denke, er ruft dich heute noch an.» Ben konnte wieder spüren, dass er einen Magen hatte, und nicht nur das: Jedes einzelne Atom seines Köpers wurde ihm bewusst, jede Zelle war vollgepumpt mit Adrenalin, hellwach und angriffsbereit, während sein Geist im Schnellverfahren Lösungsszenarien durchspielte.

«Gib mir die Nummer von deinem Vater. Mir ist lieber, ich rufe ihn an.» Er stellte sein Handy auf laut und tippte die Ziffern ein.

«Ben, es tut mir wirklich leid.» Sie stockte. «Ich hab es nicht über mich gebracht …» Der Rest ging in einem herzzerreißenden Schluchzer fast unter. «… sie wegmachen zu lassen.» Der nächste Schluchzer ging ihm vollends unter die Haut. Er erinnerte an einen aufheulenden Hundewelpen.

«Es ist gut, Marie. Du hast alles richtig gemacht. Alles okay.» Er schluckte, seine Kehle war verdammt trocken.

«Wirklich?» Sie schniefte.

«Wirklich. Ich rufe dich an, wenn ich mit deinem Vater gesprochen habe. Okay?»

«Okay.»

«Nur ...»

«Ja?»

«Dass du sie tatsächlich Ursula genannt hast ... das ist ...»

«Was?»

«Es ist ...» Er tat so, als suche er nach dem richtigen Wort. «... verdammt unzeitgemäß ... irgendwie ... nicht hip.»

Einen Moment war es am anderen Ende still, dann war das befreite Lachen zu hören, auf das er gehofft hatte.

«Ist das dein einziges Problem?», fragte sie glucksend.

«Nein, aber mein größtes.» Sie lachten beide wie Kinder, und Ben wünschte, es wäre so.

KAPITEL 21

Isa rannte fast den Flur hinunter. Den Rollkoffer hinter sich herziehend, das restliche Gepäck geschultert, konnte sie es nicht erwarten, auf ihr Zimmer zu kommen. Endlich Ruhe. Endlich ein paar Momente für sich. Endlich eine Dusche, um das Chaos des letzten Tages, einschließlich der Duftmarke, die Ben auf ihr hinterlassen hatte, abzuwaschen. Unwillkürlich blickte sie an sich herunter – sie hatte noch immer sein Hemd an. Irritiert haftete ihr Blick an dem Kleidungsstück, als sie mit ungebremstem Sturmschritt in jemanden hineinlief.

«Hoppla!» Die sonore Stimme kam ihr vertraut vor. Sie schaute an der Brust hoch, an der sich ihre Nase gerade gestoßen hatte. «Professor Heise!» Sofort stand sie stramm, wie ein kleines Mädchen, das etwas verbrochen hat und erwischt wurde.

«Isa, wie schön! Wir haben Sie schon vermisst.»

«Wir? Wer ist denn noch da?» Sie war verwirrt – wurde allmählich ihr Dauerzustand. «Das ist doch nicht wieder so ein Überraschungsdings und das ganze Institut …»

«Nein, nein. Nur die gute Meyer und ich sind hier.»

Wie schön, die Meyer war da!

«Aber wieso?»

«Erklär ich Ihnen beim Mittagessen. Die Meyer sitzt schon in der Kantine und wartet. Kommen Sie.»

«Ich müsste dringend duschen.»

«Das können Sie doch später noch.»

«Ich bin ein wenig verschwitzt.» Sie spreizte die Arme von sich, als müsse sie Sturzbächen von Schweiß ungehinderten Abfluss gewähren. Doch Heise lachte nur gutmütig. «Sie wirken frisch wie der neue Morgen.» Er musste einen eingebauten Weichzeichner auf seinen Linsen haben. Wie auch immer, sie hatte keine Chance. Andreas Heise ließ sie nur eben ihr Gepäck aufs Zimmer bringen, wobei er ihr, ganz Gentleman, die schwersten Gepäckstücke abnahm. Dann spazierten sie zum Haupthaus. Noch immer hatte sie Bens Hemd an, sein warmer, erdiger Duft stieg ihr in die Nase.

Die Begrüßung mit der Meyer fiel so herzlich und so aufsehenerregend aus, wie Isa es erwartet und ein bisschen auch befürchtet hatte. Als sei sie über Jahre verschollen gewesen, fiel die Meyer ihr unter lauten Begrüßungs- und Koseworten um den Hals und drückte sie in einem seltsamen Ritual dreimal fest an sich, wobei sie jedes Mal mit leichtem Erstaunen ausrief: «Gut siehst du aus!» Auf der voll besetzten Holzveranda des Speisesaals, der eher an ein hübsches Ausflugslokal erinnerte als an eine Kantine, drehten sich alle Köpfe zu ihnen um. Wirklich alle! Isa freute sich trotzdem. Meyers Anwesenheit ließ sie aufatmen, eine Ahnung keimte in ihr auf, dass vielleicht doch noch alles gut werden könnte.

Bei einem Mittagessen, das sehr gesund aussah und erstaunlich lecker schmeckte (der Stiftungsvorstand hatte sich der makrobiotischen Vollwertkost verschrieben – biologisch, nachhaltig und fleischlos), gab Isa eine zensierte Version ihrer Odyssee zum Besten. Es war nicht schwierig, sie musste nur alles weglassen, was mit Feuer oder Sex zu tun hatte. Beunruhigend war nur, dass die Meyer ihr merkwürdig wissende Blicke zuwarf, wann immer sie auf Ben zu sprechen kam. Ahnte sie etwas?

«Das ist doch nur von Vorteil», sagte Heise, als sie ihren Bericht schloss. «Jetzt kennen Sie Ihren Gegner.»

«Der Vorteil ist genauso auf seiner Seite», warf sie ein. «Er kennt seine Gegnerin auch.» Wieder so ein merkwürdiger Blick von der Meyer. Isa spürte, wie ihr die Röte ins Gesicht schoss. Zeit, das Thema zu wechseln. Mit immer noch heißen Wangen lächelte sie Heise an. «Sie haben mir noch nicht erzählt, wieso Sie eigentlich hier sind.»

Andreas Heise blinzelte und räusperte sich. War er auch verlegen? War er verlegen, weil er spürte, dass sie verlegen war, oder hatte er einen eigenen Grund, verlegen zu sein? War *sie* der Grund? Machte *sie* ihn verlegen? Noch mehr Hitze stieg in ihr auf, während ihr Chef ungewöhnlich unbeholfen nach Worten suchte.

«Also … ich dachte, dass …» Er schaute sie an, verlor den Faden und setzte von neuem an. «Es wäre vielleicht von Nutzen, dachte ich, wenn Sie Unterstützung … Nicht dass ich nicht glauben würde, dass Sie es nicht auch alleine …»

«Ich habe ihn gezwungen», unterbrach die Meyer ihn.

Heise lachte erleichtert. «Sie hat gedroht, an die Philosophische Fakultät zu wechseln.»

Fragend schaute Isa die Meyer an. Allmählich wuchs in ihr die Sorge, die Meyer könnte ihm doch etwas von dem Brand auf der Fähre erzählt haben, und dass sie deshalb hier waren. Dann, folgerte Isa, wäre Heise auch nicht verlegen wegen ihrer schönen blauen Augen (Ben hatte sie ozeanblau genannt – komisch, dass ihr das jetzt einfiel).

«Der Täubner von den Philosophen will mich schon lange abwerben», beteuerte die Meyer. Sie legte viel Nachdruck in ihre Stimme und machte runde, ehrliche Kulleraugen. Als sie jedoch sah, dass Isa nicht überzeugt war, änderte sie die Strategie. «Also, ich sag's, wie es ist: Wir haben uns beide Sorgen gemacht. Eine Bärenmutter schickt ihre Jungen auch nicht gleich allein auf die Jagd. Oder?»

«Eine Bärenmutter?»

«Was Meyer meint, ist, Sie sind noch sehr jung, Isa. Und da könnte ein wenig Beistand doch nicht schaden.»

«Du hast ihm von dem Brand auf der Fähre erzählt!» Zornig stieß sie die Tür zur Damentoilette auf.

«Nein, das habe ich nicht. Ich breche keine Versprechen.» Isa sah die Meyer zweifelnd an. «Aber ich wette, du-u-u …» Sie stieß ihren glitzersteinchenbewehrten Acrylfingernagel gegen Isas Brust. «… hast nicht ein einziges Mal die Aufnahme mit dem autogenen Training gehört.» Das war leider wahr.

«Aber wieso ist er dann hier?»

«Dreimal darfst du raten.» Meyer grinste so selig-süßlich, als wären sie nicht auf einer Damentoilette, sondern in ihrer Lieblingskonditorei.

«Du meinst …» Isa fiel Heises nervöses Blinzeln von vorhin ein.

«Es gibt keinen Zweifel mehr: Er ist in dich verschossen.» Schwungvoll verschränkte Meyer die Arme vor der Brust, zufrieden mit ihrem Jahrhundertstatement.

«Oh.» Mehr fiel Isa dazu nicht ein. Jedenfalls im Moment nicht. Ihre Kapazität zur Aufnahme emotionaler Ereignisse war am Limit.

«War wirklich keine Kunst, ihn zu dieser Reise zu überreden», setzte Meyer nach. «Er hatte das Ticket quasi schon in der Tasche.»

Isa nickte stumm. Sie war geschmeichelt und fühlte, wie eine warme Welle in ihr aufstieg. Doch dann kam ihr ein unangenehmer Gedanke.

«Was hat er den Kollegen erzählt?»

«Nichts. Er hat einfach zwei Tage Urlaub genommen. Ich übrigens auch.»

«Die wissen gar nicht, dass ihr hier seid?»

«Nö.» Isa atmete auf. Ihre Phantasie hatte ihr schon einen hämisch grinsenden Stöcker gezeigt, der sich das Maul darüber zerriss, dass Heises Professorenküken auf dem internationalen Wettbewerbsparkett alleine nicht klarkam.

«So. Und jetzt bist du dran.» Isa wusste nicht, was die Meyer meinte.

«Spann mich nicht länger auf die Folter», drängelte sie. «Ich will wissen, was zwischen dir und diesem Breitenbach läuft.»

«Gar nichts!», rief Isa so laut und empört, dass die Frau, die gerade den Waschraum betrat, erschrocken zurückwich, bevor sie ihren Weg zur Toilettenkabine fortsetzte. «Da läuft nichts», wiederholte Isa jetzt flüsternd und fügte eindringlich hinzu: «Er ist das größte Arschloch, das ich kenne, ein unerträglicher Macho, und er sieht nicht halb so gut aus, wie du glaubst.»

«Und warum trägst du dann sein Hemd?»

Noch Stunden später, als Isa vor ihrem Badezimmerspiegel stand und sich für den Stiftungsempfang aufhübschte, fragte sie sich, woher die Meyer wusste, dass es Bens Hemd war. Meyers sechster Sinn war beeindruckend, und Isa war kurz versucht gewesen, ihr alles zu beichten. Doch dann entschied sie, der ganzen Geschichte mit Ben nicht so viel Wert beizumessen. Wenn sie darüber redete, würde die Sache größer werden, als sie war. Sie hatte einen schwachen Moment gehabt, die Umstände hatten das ihre dazu beigetragen. Mehr nicht. Besser, sie löschte das alles aus ihrem Gedächtnis. Jetzt zählte nur noch der Wettbewerb. Entschlossen zog Isa einen kräftigen Lidstrich um ihr Auge – ozeanblau, schoss es ihr durch den Kopf. Sie schüttelte den Gedanken ab. Ihre Augen waren gar nicht ozeanblau. Sie waren blau. Einfach blau.

KAPITEL 22

Der Stiftungsrat hatte sich das Buffet etwas kosten lassen. Ben konnte sich nicht erinnern, wann er je im Leben ein solch phantastisches Angebot verschiedener Speisen auf einem Platz gesehen hatte. Bunt und appetitlich lachten ihn die Köstlichkeiten an. Doch er konnte nicht zurücklachen. Denn er wurde das Gefühl nicht los, dass im Götterhimmel alle weiblichen Mitglieder ihren Zorn gegen ihn richteten. Mit einem Mal verfolgten sie ihren einstigen Liebling mit dem Rachedurst aufgebrachter Furien. Nicht nur, dass Maries Vater ihm eine halbstündige Standpauke gehalten hatte, in der jeder zweite Satz das Wort «verantwortungslos» enthielt. Auch Sabine war wieder auf dem Plan: Mit beneidenswerter Ignoranz ging sie davon aus, dass ihre kleine Werkstatt-Trickserei vergeben und vergessen war. Und so hatte sie ohne die Spur eines schlechten Gewissens bei ihrer Ankunft am Abend zuvor dafür gesorgt, dass er wieder das Bett mit ihr teilen musste, indem sie sich kurzerhand als seine Verlobte ausgab. (Sie spielte die Rolle so gut, dass er sich zwischenzeitlich verunsichert fragte, ob er ihr tatsächlich irgendwann einen Ring angesteckt hatte.) Und schließlich: Er war plötzlich Vater. Der Vater von Maries Kind. Marie war süß, aber er liebte sie nicht. Er liebte Bella. – Jetzt war es raus! Er hatte es zum ersten Mal gedacht, gespürt: Er *liebte* Bella – Bella, die ihn hasste.

Verfluchter Bockmist! Ben formte unwillkürlich mit der Hand, die das Besteck hielt, eine Faust. Am liebsten hätte er sie donnernd zum Himmel erhoben. Hatte er das alles wirklich verdient? Sosehr er sich auch das Hirn zermarterte und in seinem Herzen forschte, er war sich keiner Schuld bewusst. Marie hatte nie durchblicken lassen, dass sie ernsthaft in ihn verliebt war. Von der kleinen Ursula wusste er bis vor kurzem nichts (gut, er sollte in Zukunft vielleicht Kondome auf seine Einkaufsliste setzen). Und Sabine? Na, Sabine war eben Sabine, ein Turbo, der, wenn er einmal losging, nicht mehr zu stoppen war. Sein einziger Fehler bestand darin, ihr irgendwann begegnet zu sein.

Ben schaute noch einmal auf die lange Reihe der wundervollen Gerichte. Mutlos ließ er Messer und Gabel auf seinen leeren Teller sinken. Er hatte keinen Appetit. Gerade wollte er Teller und Besteck zurücklegen, als jemand seine Schulter berührte. Er drehte sich um und schaute in das fröhliche Gesicht von Siri.

«Es ist überwältigend, nicht wahr? Man weiß nicht, wo man anfangen soll.»

«Ich fürchte, ich habe gar keinen Hunger.»

«Der kommt beim Essen.» Siri schenkte ihm ein verführerisches Lächeln und nahm ihm den Teller ab. «Ich stell dir etwas zusammen. Es wird dir gefallen.» Sie zwinkerte ihm zu. Wenn ihn nicht alles täuschte, war das eine Einladung zu einer weiteren Nacht ohne Reue. Normalerweise wäre er sofort darauf eingestiegen. Doch jetzt gelang ihm nur ein mattes Lächeln als Antwort.

Als Siri ihm den Teller vollgeladen hatte, schaute sie sich nach einem Platz für sie beide um. Sie entdeckte Tor Randers, den Stiftungsvorsitzenden. Zu spät bemerkte Ben, dass auch Bella mit ihrer gesamten Entourage dort saß. Gerne hätte er sich verdrückt. Doch das war jetzt nicht mehr möglich. Tor Randers schenkte ihm bereits sein rotwangiges Lächeln und sorgte mit ausladenden Gesten dafür, dass am Tisch für ihn und Siri Platz gemacht wurde. Er saß genau vis-à-vis von Bella, was sie mit einem eisigen Blick quittierte. Erschrocken stellte er fest, dass er sie schöner und begehrenswerter fand als je eine Frau zuvor. Er versuchte, das zu ignorieren. Aber er konnte nicht verhindern, dass ihm ein Kälteschauer den Rücken hinunterlief und sich gleichzeitig sein Magen in einem entsetzlichen Krampf zusammenzog. War das Liebe? Dann hatte er ja Glück, dass er bisher in seinem Leben von ihr verschont worden war.

Noch nie hatte er sich so elend gefühlt, und ihm war kein bisschen nach Smalltalk zumute, eine Disziplin, die er sonst glänzend beherrschte. Tor Randers ahnte natürlich nichts von Bens Verfassung und nahm ihn sofort in Beschlag. Die Fragen sprudelten nur so aus dem kleinen runden Mann mit den gesunden roten Wangen. Zwangsläufig richteten sich alle Augen am Tisch erwartungsvoll auf Ben. Was für ein Kraftakt, so locker zu parlieren, als wäre er immer noch der, der er war, bevor die unnachahmlich kühle und unnachahmlich bezaubernde Isabella Werner ihn vernichtet hatte! Mühsam erinnerte er sich an den lässigen Forscher und Abenteurer, der seine Zuhörer mit Geschichten aus dem Dschungel begeisterte, und er hoffte inständig, wenigstens noch ein Abziehbild dieses Mannes abzuliefern.

Es war die reine Qual: Bella zeigte ihm mit jeder ihrer Gesten und Mienen, dass sie ihn für einen Aufschneider hielt, einen Hanswurst, der mit Affen gut konnte, aber im Wissenschaftsbetrieb nichts verloren hatte. Noch mehr aber irritierte ihn dieser Heise, Bellas Chef. Lief da was zwischen den beiden? Dieser Kerl ließ Bella kaum einen Moment aus den Augen. Außerdem behandelte er Ben mit ausgesuchter Höflichkeit und Freundlichkeit. Ein untrügliches Zeichen: Er hatte ihn als Konkurrenten erkannt und musste als zivilisierter Mensch seine Feindseligkeit tarnen. Wären sie Affen, sie wären brüllend aufeinander losgegangen.

Heise entspannte sich erst, als Sabine aufkreuzte und sich mit einem deutlich vernehmbaren «Schatz, mach mal Platz!»

neben Ben pflanzte, ihre Arme um ihn schlang und ihm einen feuchten Kuss aufdrückte.

Siri zog amüsiert eine Augenbraue hoch und flüsterte ihm ins Ohr: «Wusste gar nicht, dass du deine Freundin dabeihast.»

«Ist nicht meine Freundin», zischte er ihr leise zu, während er zu Bella hinüberschaute, deren Blick sich verdüsterte – dunkler und bedrohlicher als der Gewitterhimmel, der gestern Nacht über Westnorwegen hinwegtobte. Schaute sie ihn wegen Sabine so an oder wegen Siri, oder einfach nur, weil sie ihn abgrundtief hasste?

Ben beschloss, sich wieder auf Tor Randers zu konzentrieren. Der war begeistert von seinen Geschichten aus dem Dschungel, hakte eifrig nach und wollte immer neue Anekdoten hören. Ebenso die lustige, dralle Sekretärin aus Bellas Institut. Sie hing förmlich an seinen Lippen, was ihn sehr für sie einnahm. Auch Siri hörte gerne zu und lachte herzlich über seine Pointen. Moment mal! Wenn er es recht bedachte, galt das für den gesamten Tisch. Sogar die beiden Juroren und der junge Kollege aus Siris Abteilung bildeten keine Ausnahme. Eigentlich war es das gewohnte Bild: Seine Zuhörer liebten ihn. Nur Bella verweigerte sich (und bei Heise war er nicht sicher, wie viel Prozent seines Interesses in Wirklichkeit Feindbeobachtung war). Kaum weniger als ein Schimpanse, der sich zum ersten Mal im Spiegel sah, staunte Ben darüber, wie stark ein verliebtes, leidendes Herz die Perspektive verzerren konnte. Seine Fixierung auf Bella hatte ihm den Boden seines Selbstvertrauens unter den Füßen weggezogen.

Ben fing allmählich an, die Liebe zu fürchten, und während er eine Frage von Tor Randers mit einer weiteren kleinen Affengeschichte beantwortete, schwor er sich, Bella aus seinem Herzen zu jagen. Es war grober masochistischer Unfug, eine Frau zu lieben, die ihn nicht wollte. Einen solchen

Schwachsinn hatte er noch nie verzapft, und er sollte jetzt wirklich nicht damit anfangen.

Während die Mehrheit seiner Zuhörer noch vom Lachen geschüttelt wurde, wendete Ben sich mit mäßigem Appetit seinem Essen zu. Doch Tor Randers war unermüdlich:

«Jetzt müssen Sie uns aber unbedingt noch von dem norwegischen Abenteuer erzählen, das Sie und Frau Professor Werner erlebt haben.»

«Ihr hattet ein *Abenteuer*?», ertönte spitz Sabines Stimme neben ihm. Alle Augen flogen interessiert zwischen ihm, Sabine und Bella hin und her. Dieser Tag hatte zweifellos beschlossen, ihn fertigzumachen. Während er ein Fischreisbällchen zwischen seinen Zähnen hin und her schob, suchte er nach Worten. Welche Version hatte Bella wohl ihren Leuten erzählt? Er schaute zu ihr rüber in der Hoffnung, dass sie etwas sagen würde. Aber sie war in Kühle erstarrt. Ob sie überhaupt noch atmete?

«Na ja», begann er zaghaft, «wir gerieten in dieses Unwetter gestern und kamen dabei einem Fluss zu nahe, der Hochwasser führte. Wir konnten uns gerade noch aus dem Auto retten, bevor die Wassermassen es mitrissen. Am nächsten Morgen fanden wir es zum Glück wieder und zum Glück auch unsere Sachen.» Bella schien mit dieser Kurzversion zufrieden, ihre Gesichtszüge entspannten sich etwas, was man von Sabine nicht behaupten konnte.

«Aber wie haben Sie denn die Nacht überstanden?», meldete sich Siris junger Kollege Erik zu Wort. «Es war doch sicher scheußlich kalt?»

«Oh, wir hatten das Glück, eine Anglerhütte zu finden. Dort gab es sogar eine Wolldecke.»

«Nur eine?» Sabine wollte es natürlich genau wissen. Bella zuckte unmerklich zusammen, und Professor Heise runzelte die Stirn.

«Das klingt ja richtig romantisch!», rief Professor Tara Brown von der Columbia University, eine der Jurorinnen.

«Fast wie in einem Hollywoodfilm», ergänzte ihr Jurorenkollege Arne Swenson von der Universität Stockholm und strich sich vergnügt den weißen Vollbart. Siri neben ihm grinste, Sabine auf seiner anderen Seite bekam schmale Lippen. Er wusste wirklich nicht, was er antworten sollte.

«Romantisch war es ganz und gar nicht», meldete sich Bella überraschenderweise zu Wort. «Es war in erster Linie dreckig und unbequem.» Ihr Blick schoss kampfeslustig über den Tisch und traf ihn hart. Im selben Moment raunte Siri ihm amüsiert ins Ohr: «Du hast mit ihr geschlafen!» Kam sie darauf, weil Bella die Worte *dreckig* und *unbequem* benutzte? Das verwirrte ihn jetzt doch sehr. Aber bevor er etwas zurückflüstern konnte, kitzelte es an seinem anderen Ohr. Sabine zischte: «Was findest du nur an diesem Besenstiel?!» Weibliche Intuition war ihm wirklich ein Rätsel. Sogar die Jurorin von der Columbia schien wissend zu schmunzeln. Und die nette Meyer war ebenfalls sofort im Bilde – loyal warf sie Heise einen besorgten Blick zu. Indessen funkelten ihn Sabine und Bella böse an. Er schaute zu Siri. «Soll ich dich retten?», fragte sie leise. Er nickte. «Komm mir in fünf Minuten nach», flüsterte sie und stand auf.

Kichernd wie Sechzehnjährige, die mit knapper Not einer quälenden Familienfeier entkommen sind, liefen sie vom Hauptgebäude weg. Kaum hatten sie Sand unter den Füßen, zerrten sie an ihren Kleidern und fielen ausgelassen übereinander her. Nach all den Fausthieben dieses ausgewachsenen Scheißtages war das genau die Entspannung, die Ben brauchte.

Danach passierte allerdings etwas Seltsames. Statt der seligen Mischung aus Sattheit und Mattheit, die er gewohnheitsmäßig nach dem Sex empfand, überfiel ihn eine eigenartige Leere. Er kannte das nicht, und er konnte sich keinen Reim darauf machen.

Siri entzündete am Grillplatz ein Feuer. Er war dankbar für die Wärme. Seltsam, er fror nie nach dem Sex. Die Flasche Wein, die Siri vom Buffet stibitzt hatte, trank er fast alleine, obwohl das Zeug ihm überhaupt nicht schmeckte. Er wollte, dass dieses miese Gefühl verschwand, dieses graue, zähe Nichts, mit dem sich seine Eingeweide so plötzlich vollgesogen hatten. Noch nie im Leben hatte er sich derart verloren gefühlt.

Ben kam eine Antwort Bellas bei ihrem Multiple-Choice-Spiel in den Sinn. Auf die Frage, was Ben macht, wenn er gestresst ist, hatte sie getippt, dass er in die Natur geht, und er hatte es bestätigt. Aber das stimmte nicht. Wenn er richtig Stress hatte, tat er in aller Regel das, was er auch jetzt getan hatte: Er vögelte durch die Gegend. Doch Bella sah ihn – überraschenderweise und vielleicht nur in diesem einen Moment – anders, und deshalb hatte er gelogen. Er hatte so sein wollen, wie Bella ihn sah. Es war ein schöner Moment gewesen, und eigentlich wollte er sie da schon küssen.

Jetzt küsste ihn Siri. Sie schwang sich auf seine Lenden und lud ihn schaukelnd zu einer zweiten Runde ein. Automatisch ging er auf ihren Rhythmus ein, berührte ihre Brüste. Aber schockierenderweise fühlte Ben nur, dass er nichts fühlte. Das Feuer konnte ihn nicht wärmen, der Wein ihn nicht füllen. Er hielt es nicht mehr aus. «Es tut mir leid, Siri, ich muss gehen.» Er stand auf, versuchte ein entschuldigendes Lächeln und ließ – unbegreiflich – eine halbnackte, verdutzte Schönheit am Strand zurück.

KAPITEL 23

Isa lag im Bett und stellte sich Kohlenstoffverbindungen vor. Auf eine große, leere Tafel malte sie die chemischen Strukturformeln mit all ihren Einfach-, Doppel- und Dreifachbindungen der Atome, ihren zahlreichen Cs, Os und Hs. Das tat sie immer, wenn sie nicht schlafen konnte. Die ordentlichen Muster aus Buchstaben und Strichen beruhigten sie. Normalerweise.

Sie hätte den Absacker mit der Meyer nicht trinken dürfen. Anstatt sie zu sedieren, hatte der Alkohol sie noch mehr aufgewühlt. In lebhaften Bildern zog der Tag an ihr vorüber und vereitelte immer wieder ihre Versuche, die Kohlenstoffstrukturen auf der imaginären Tafel zu vervollkommnen. Statt eine schöne und besänftigende Anordnung von Atomen vor Augen zu haben, tummelten sich Ben, Siri, Sabine, Heise und die Meyer in ihrem Kopf und ließen Gesprächsfetzen in ihren Ohren summen.

«Du hättest mir ruhig sagen können, dass du eine heiße Nacht mit Breitenbach verbracht hast», hatte sich die Meyer an der Bar beschwert. Und dann: «Du liebe Güte, der arme Heise! Es wird ihm das Herz brechen.» Würde es das? Isa war sich nicht sicher. Heise hatte sich nichts anmerken lassen. Freundlich und warmherzig wie immer hatte er sich von ihr verabschiedet. Er sei müde, hatte er gesagt, und wolle deshalb nicht mehr mit ihnen an die Bar gehen. Aber vielleicht war das nur ein Vorwand, und er war enttäuscht von ihr und wollte alleine sein. O Gott, die Vorstellung, dass Heise von ihr enttäuscht sein könnte, war unerträglich.

Der Meyer hatte sie erklärt, Ben sei lediglich ein Ausrutscher gewesen. Doch stimmte das wirklich? Sie hatte ihr geglaubt, und wenn die Meyer mit ihrem sagenhaften sechsten Sinn ihr glaubte, dann sollte sie sich selbst die Geschichte allemal abnehmen können. Aber warum, zum Henker, kreisten ihre Gedanken dann ständig um Ben? Warum die Tortur quälender Bilder in ihrem Kopf, die ihn abwechselnd mit der schönen Siri oder der aufreizenden Sabine zeigten? Das sollte ihr doch wirklich schnuppe sein! Sollte er doch mit beiden in die Kiste springen, und mit einem ganzen Harem dazu!

Höchstwahrscheinlich waren es nur die Hormone, die verrückt spielten. Die weibliche Biologie ist nun einmal darauf ausgerichtet, sich beim Sexualakt zu öffnen – Spermien sollten möglichst hindernisfrei die reife Eizelle erreichen. So zumindest hatte sich das Mutter Natur vor Urzeiten einmal gedacht, lange bevor es die Pille und Singlehaushalte gab. Die beim Sex ausgeschütteten Hormone schließen die Frau auf, machen sie weich und empfänglich – physisch wie psychisch. Da war es eben nicht so einfach, hinterher gleich wieder zuzumachen. Man musste dem Körper Zeit geben, die Hormone abzubauen.

Ja, beruhigte sie sich, das musste die Erklärung sein. Alles nur Hormonsache! Wirklich, Ben war doch absolut nicht ihr Typ! Ein grob gestrickter, oberflächlicher Macho war er. Einer, der nur zum One-Night-Stand taugte. So hatte sie es der Meyer erklärt. Und so erklärte sie es sich jetzt selbst – wie ein Mantra betete sie es sich immer wieder vor: Er ist grob, oberflächlich, ein Macho, ich will ihn nicht. Er ist grob, oberflächlich, ein Macho, ich will ihn nicht …

Isa war am Verzweifeln. Morgen war der Wettbewerb, und sie sollte schlafen. Sie stand auf und ging zu dem kleinen Rucksack, den die Meyer ihr gepackt hatte. Die gregorianischen Choräle waren jetzt vielleicht ihre Rettung. Sie holte den iPod und ging zurück ins Bett.

Isa lauschte den vielstimmigen Klängen und setzte alles daran, in ihrer Vorstellung statt Ben in lustvoller Umarmung mit Siri und Sabine ernste Mönchsgesichter in dämmrigen Altarräumen zu sehen. Ungeduldig wartete sie darauf, dass die sakralen Gesänge sie einlullten und in den Schlaf wiegten. Vergeblich – sie war so wach wie zuvor und dachte immer noch an Ben. Das war doch zum Kotzen!

Ben war kein Mann für sie. Heise, tönte plötzlich eine überraschend überzeugte Stimme in ihrem Kopf, das war schon eher ein Mann für sie! Die Meyer hatte vollkommen recht: Andreas Heise hatte das Potenzial, der Richtige zu sein. Heise, der jetzt womöglich traurig in seinem Bett lag und sich fragte, was sie an einem Kerl wie Ben fand. Wie vom Blitz getroffen setzte sie sich auf, zog die Kopfhörer ab und sprang aus dem Bett. Endlich wusste sie, was sie zu tun hatte. Ein kurzer Blick in den Spiegel, dann rannte sie los, wie sie war, im Schlafanzug.

Ihr Herz raste wie verrückt, als sie an Heises Tür klopfte. Doch das war ihr egal, da musste sie durch. Es galt hier etwas Wichtiges klarzustellen, und wenn sie das hinter sich hatte, konnte sie endlich Ruhe finden und schlafen.

Die Tür öffnete sich, und Isa sah in das gleichermaßen verblüffte wie verschlafene Gesicht von Professor Heise. Für einen Moment wurde sie unsicher. Was tat sie da nur? Sie stand im Pyjama vor ihrem Chef – ebenfalls im Pyjama –, um ihm etwas mitzuteilen, was ihn eventuell gar nicht so brennend interessierte, wie sie in maßloser Selbstüberschätzung eben noch gedacht hatte. War das wirklich eine gute Idee? Doch zum Überlegen war jetzt keine Zeit mehr. Sie musste etwas sagen. Wenn sie noch zwei Sekunden länger so stumm vor dem Mann verharrte, den sie aus dem Schlaf geschreckt hatte, wurde es peinlich.

«Es ist nicht, wie Sie denken», schleuderte sie die erstbesten Worte heraus, die ihr einfielen. Heise sagte nichts und guckte nur. «Ich meine Ben … Professor Breitenbach und ich das war nur … da ist nichts.»

«Isa», sagte Heise voller Erstaunen, machte einen Schritt auf sie zu und nahm ihren Kopf in seine Hände. Sein Kuss war unendlich zart und unendlich überraschend. Während Isa sich noch fragte, was da gerade passierte und wieso, und ob es richtig war, taumelten sie küssend durchs Zimmer und fielen aufs Bett. Offensichtlich zog Sex noch mehr Sex nach sich, dachte Isa. Und auch wenn sie gerade dabei war, ihre Grundsätze (zum wiederholten Male!) zu verraten – es war richtig. Endlich wurde ihr gemarterter Kopf angenehm leer. Kein Ben, keine Siri, keine Sabine, nur noch der Wunsch Haut zu spüren. Isa wollte gerade die Hand in Heises Pyjamahose schieben, als er sich jäh aufsetzte: «Wir sollten vernünftig sein.»

«Wieso?»

Ihr schien sehr vernünftig, was sie taten. Wenn sie mit Heise knutschte, musste sie nicht an Ben denken. Nach dem Sex würde sie schlafen wie ein Baby, ausgeruht würde sie den Wettbewerb gewinnen, und alles würde gut. Zugegeben, es gab einen Haken: Sie würde Sex mit ihrem Chef gehabt haben, eine Katastrophe, die sie immer zu vermeiden versucht hatte. Da sie aber seit zwei Tagen in einem permanenten Katastrophenszenario lebte, kam es auf eine Katastrophe mehr oder weniger auch nicht mehr an. Außerdem: Vielleicht hatten sie und Heise ja Glück und wurden, ganz so wie die sibyllinische Meyer es schon lange voraussah, ein solides, festes Paar. Nach diesem Kuss wollte Isa nichts mehr ausschließen. Es war immerhin der Kuss, der die Ben'sche Bilderflut aus ihrem Kopf gespült hatte.

«Ich finde nicht, dass wir vernünftig sein sollten», sagte

sie und küsste ihn. Aber er zuckte zurück, nahm ihre Hände von seinem Nacken und hielt sie fest.

«Versteh mich bitte nicht falsch. Es ist genau das, was ich mir immer gewünscht habe.» Er lächelte sie mit einem kleinen, frechen Zug um die Lippen an. «Eine aufregende Frau wie du, die mich mitten in der Nacht überfällt.»

«Super, dann lass uns weitermachen.» Sie sah wirklich nicht ein, was dagegensprach.

«Isa», seine sonore Stimme wurde ganz rau und ernst, «du bist für mich ein ganz besonderer Mensch. Ein One-Night-Stand mit dir, das wäre nicht richtig.» Das war verwirrend. Hieß das jetzt, dass *er* einen One-Night-Stand im Sinn hatte, oder hieß es, dass er glaubte, *sie* sei auf einen aus? Hielt er sie für ein Flittchen? Isa schluckte. Er sah ihr betretenes Gesicht.

«Ich wollte dich nicht verletzen. Es ist völlig okay, nur seinen Spaß haben zu wollen. Aber ich kann das nicht, nicht mit dir. Du bist mir zu wichtig.» O Gott ja, er hielt sie für ein Flittchen!

«Aber», wollte sie protestieren. Doch er legte ihr den Finger auf den Mund, küsste sie ganz sanft auf die Stirn.

«Gute Nacht, mein Engel.»

Wie betäubt stand sie auf und ging zur Tür hinaus.

KAPITEL 24

Ben wurde wach, weil eine schlanke Hand über seine Brust glitt und ein schlankes Bein sich zwischen seine Oberschenkel schob. Er schlug die Augen auf und erwartete, Siri zu sehen. Einen wirren Moment lang hatte er geglaubt, Siri sei ihm vielleicht hinterhergelaufen und habe die Nacht bei ihm verbracht. Aber es war Sabine. Sofort fiel ihm wieder ein, wie er gestern müde, betrunken und durchgefroren ins Apartment zurückgekommen war. Er hatte sich aufs Bett fallen lassen, und Sabine hatte ihn ohne Vorwürfe umschlungen – eine bemerkenswerte neue Taktik. Er hatte sich nicht gewehrt und war sofort eingeschlafen.

Wie es aussah, wollte Sabine jetzt nachfordern, was sie gestern Nacht nicht bekommen hatte. Ihr warmer Körper schob sich über ihn. Ben drückte sie weg und setzte sich auf.

«Was ist?» Sabines Stimme klang überraschenderweise nicht enttäuscht, sondern besorgt. Er sah wohl so beschissen aus, wie er sich fühlte.

«Ich weiß nicht, mir geht's nicht gut.»

«Kater?»

Er schüttelte den Kopf. Ein Kater war das nicht. Jedenfalls nicht vom Alkohol. Konnte man einen Kater vom Poppen bekommen? Ben zog es ernsthaft in Erwägung. Deprimiert schlurfte er ins Bad und stellte sich unter die Dusche. So heiß, wie er es nur aushalten konnte, ließ er das Wasser auf sich herabprasseln. Das miese Gefühl konnte er nicht abwaschen. Wäre ja auch zu schön gewesen. Er trocknete sich ab und schaute in den Spiegel. Der Kerl, den er da sah, gefiel ihm ganz und gar nicht mehr. Irgendetwas war total aus dem

Gleichgewicht geraten, und er hatte die beunruhigende Ahnung, dass es ihm unmöglich werden würde, sein Leben so weiterzuführen wie bisher. Doch jetzt war nicht der Augenblick, sich den eigenen Dämonen zu stellen. In drei Stunden begann der Wettbewerb. Und dafür war es verdammt wichtig, dass er sich gut und selbstsicher fühlte. Ben beschloss, auf Autopilot zu schalten: Bis der Wettbewerb vorbei war, würde er nicht weiter in seinem Innenleben wühlen. Er würde sich auf das Wesentliche konzentrieren, den Tunnelblick einschalten und funktionieren. Das konnte er gut. Auch Bella würde daran nichts ändern, denn ab sofort war sie wieder die Ameisenkönigin für ihn – die Frau, die es zu besiegen galt.

Er nahm sich vor, beim geringsten Anflug von Schwäche an seine Orang-Utans im Regenwald von Borneo zu denken, an ihren Lebensraum, der durch Rodung zerstört wurde, an die Orang-Utan-Babys, die elend zugrunde gingen, weil ihre Mütter von Wilderern erschossen wurden. Bella war nicht mehr wichtig, Borneo war wichtig. Seine Affen sollten leben, und deshalb würde er heute gewinnen. Mit allen Mitteln, wenn es sein musste. Er kannte seine Gegnerin gut, und er würde das zu nutzen wissen. Ben warf seinem Spiegelbild ein gewinnendes Lächeln zu. Im Selbst-Coaching war er ein echtes Talent.

«Besser?» Sabine saß noch im Bett. Die Beine dicht an sich gezogen, umarmte sie ihre Knie und ließ von ihrem schönen Busen nur den Ansatz sehen.

«Ja, es geht wieder.»

«Du», setzte sie an, «ich will gar nicht wissen, wo du gestern Nacht warst. Aber ich muss wissen, wie es mit uns weitergeht.» Er hätte Lust gehabt, genervt zu stöhnen. Doch er hatte auf Autopilot geschaltet, und seine Antwort kam prompt.

«In zweieinhalb Stunden muss ich einen Vortrag halten und einen Wettbewerb gewinnen. Können wir danach reden?»

«Klar.»

Das war das Gute am Autopiloten: Man wurde so unnahbar, dass man keine Angriffsfläche mehr bot.

«Ich geh frühstücken.» Er machte keine Anstalten, auf Sabine zu warten.

Er hatte sich gerade mit seinem Kaffee und zwei Brötchen an einen Tisch in der Kantine gesetzt, als Siri vorbeikam. Sie drückte ihm einen Kuss auf und setzte sich zu ihm.

«Du siehst schlecht aus.»

«Ja, danke, ich weiß.»

«Ist es wegen des Wettbewerbs? Machst du dir Sorgen?»

«Nein, das ist es nicht. Das wird schon laufen.» Er versuchte ein freches Grinsen. «Schätze, ich habe heute Nacht nur zu wenig Schlaf bekommen. Bei dir alles okay?» Er dachte daran, wie er sie gestern Nacht am Strand hatte sitzen lassen.

«Ja, ja. Alles bestens.» Siri forschte in seinem Gesicht. Wonach suchte sie? Hoffentlich nicht nach einer Erklärung für gestern oder – schlimmer – nach großen Gefühlen. Der Gedanke ließ ihn zusammenzucken.

«Du machst dir doch nicht etwa Sorgen wegen mir?» Ihre Stimme war auf einmal sehr sanft, und ihre Augen bekamen einen irritierend treuherzigen Ausdruck.

«Äh, wegen dir?» Verdammt, was war mit seinem Autopiloten los? Dies war kein Gespräch, das er heute Morgen führen wollte.

«Na ja, wir hatten diese tolle Nacht, und vielleicht denkst du jetzt, du müsstest dich um mich kümmern. Aber ich kann dich beruhigen, um mich kümmert sich schon einer.»

Er entspannte sich auf der Stelle. «Schön, das freut mich.» Erleichtert lächelte er Siri an. Dem Himmel sei Dank, endlich war einmal eine Frau genau so, wie er sie eingeschätzt hatte.

«Weißt du, wieso ich so gerne mit dir schlafe?» Ben horchte erwartungsvoll auf. Ein paar Komplimente konnte sein Ego heute Morgen gut gebrauchen.

«Du bist so herrlich unkompliziert.»

«Unkompliziert?» Er hatte auf ein Adjektiv wie ‹ausdauernd› oder wenigstens ‹kreativ› gehofft.

«Ja, man weiß von vornherein, dass es keine Probleme geben wird. Du verlierst dich nicht in irgendwelchen Gefühlen.» Er fühlte Protest in sich aufsteigen.

«Also, so ist das auch wieder nicht, ich mag dich schon sehr.»

«Ja, ich weiß. Aber auf so eine … Na, wie sagt man auf Deutsch? … Auf so eine lockere Art.» Siri überlegte kurz. «Nein, locker ist nicht das richtige Wort.» Siri dachte nach, und er wartete gespannt, welche Vokabel sie aus ihrem bemerkenswert reichen deutschen Wortschatz fischen würde.

«Oberflächlich», rief sie, «das ist es! Du liebst leidenschaftlich, aber oberflächlich, und das macht dich zum perfekten Liebhaber für verheiratete Frauen.»

«Was?»

«Deine Oberflächlichkeit ist extrem attraktiv. Sie macht alles leicht und zauberhaft einfach. Hat dir das noch nie jemand gesagt?»

«Äh … nein.»

Sie blickte ihn fröhlich an. «Danke für die schöne Nacht – auch wenn sie etwas abrupt endete.» Schmatzend drückte sie ihm einen Kuss auf. «Ich muss los, wir sehen uns später.»

Er blickte ihr nach. Oberflächlich. Wow! Da freute sich das miese Gefühl in seinem Leib – so viel gute Nahrung hatte es gar nicht erwartet.

Ben spülte seinen Kaffee herunter und gab sich einen Ruck – er hatte noch eine gute Stunde und sollte sich allmählich vorbereiten. Bis jetzt hatte er sich noch nicht einmal den Vortragssaal angesehen, geschweige denn ausprobiert, ob er mit dem technischen Equipment klarkam.

Als er vom Tisch aufstand, glaubte er, Bella am Buffet stehen zu sehen. Sein Herzschlag geriet in einen wilden Galopp, und er hatte Fluchtgedanken – wie ein blutiger Anfänger, dachte er beschämt. Er zwang sich zu einem aufrechten, lässigen Gang. Er würde ihr einen kühlen Gruß zuwerfen und weitergehen. Borneo, denk an Borneo, sagte er sich. Doch als die Frau sich umdrehte, war es gar nicht Bella. Die Mischung aus Erleichterung und Enttäuschung, die er empfand, ärgerte ihn fast noch mehr als seine pubertären Fluchtgedanken.

Ein paar Minuten später sah er sie wirklich. Sie hatte dieselbe Idee wie er gehabt und ließ ihre Präsentation im Vortragssaal Probe laufen. Bella sah ihn nicht kommen, und so konnte er sie einen Moment unbemerkt beobachten, was ihm half, sein aufs Neue losgaloppierendes Herz zu zügeln. Klein und zierlich stand sie vor einer Ameisenkolonie, die überlebensgroß auf die weiße Wand hinter ihr projiziert wurde. Die Ameisen waren fast so groß wie sie. Die Ameisenkönigin und ihr Volk, dachte er grimmig und bekam endlich wieder die Hoffnung zu fassen, dass sein Wille, diese Frau zu besiegen, doch stark genug war. Aber dann bemerkte sie ihn, und ein kaum wahrnehmbarer Zug um die Augen, ein Weiten der Pupillen, verriet sie und zeigte ihm ihre Verletzlichkeit. Plötzlich glaubte er fest daran, dass Bella das Gleiche fühlte wie er. Dass sie hin und her gerissen war zwischen dem Drang zu kopfloser Flucht und dem überfallartigen Wunsch, auf ihn zuzustürzen und ihn zu küssen. *Sein* Wunsch zu fliehen hatte sich verflüchtigt, er wollte sie nur noch küssen. Jetzt, auf der Stelle.

«Professor Breitenbach.» Die Kälte ihrer Stimme ernüchterte ihn. «Sie sind jetzt nicht dran, Sie hatten Ihren Timeslot heute früh um neun.»

«Äh … wirklich?» Verlegen kratzte er sich am Kopf. Flüchtig erinnerte er sich an ein Blatt Papier, das Siri ihm gegeben hatte.

«Ich brauche nur ein paar Minuten.»

«Tut mir leid, die werden Sie nun nicht haben.»

«Wieso? Sie sind doch fast fertig.» Die letzte Seite ihres Vortrags war aufgeblättert.

«Nein, bin ich nicht. Mir stehen noch dreißig Minuten zu, und die werde ich auch brauchen – bis zur letzten Sekunde.» Sie blickte ihn herausfordernd an. Nur zu, dachte er, zeig mir deine Krallen. Noch nie hatte er die aufsteigende Hitze seiner Wut so begrüßt. Bella wusste genauso gut wie er, dass in einer halben Stunde der Vortragssaal geschlossen werden würde, damit die Fernsehteams ihre Kameras aufbauen und vorab ein Interview mit Tor Randers führen konnten.

«Da werden Sie wohl ohne Probe in den Wettbewerb gehen müssen.» Sie lächelte frostig. «Für Sie doch sicher kein Problem.»

Das war der Freibrief, den er brauchte. ‹Mit allen Mitteln›, rief er sich seinen Schwur von heute Morgen vor dem Spiegel in Erinnerung. Mit allen Mitteln.

«Auf einen fairen Wettkampf.» Er streckte ihr die Hand hin. «Ich wünsche Ihnen viel Erfolg.»

Zögernd ergriff sie seine Hand, doch dann schüttelte sie sie fest. «Danke. Möge der Bessere gewinnen.» Ihr Blick war kampfeslustig. Gut so, dachte Ben.

KAPITEL 25

Gut. Sehr gut, dachte Isa, als Ben ihr die Hand schüttelte. Bens Handschlag war wie eine Aufforderung, alles Private, was zwischen ihnen vorgefallen war, zu vergessen. Ab sofort würden sie sich wieder als die Wissenschaftsprofis begegnen, die sie waren. Wäre doch gelacht! Die Nacht mit Ben kam ihr ohnehin zunehmend unwirklich vor. Besonders nach ihrem Auftritt in Heises Zimmer gestern. Das Gute an sich überschlagenden Ereignissen war, dass die Emotionen nicht lange bei einer Sache verweilen konnten: Hatte sie gestern in der ersten Hälfte der Nacht keinen Schlaf gefunden, weil sie sich nicht über ihre widerstreitenden Gefühle zu Ben klarwerden konnte, so ging der zweite Teil der Nacht mit quälenden Gedanken an Andreas Heise drauf. Bis in die Morgendämmerung hinein sah sie sein Gesicht vor sich und daneben die Frage: «Was jetzt?»

Immerhin hatte das ganze Gefühlschaos ihrem Nervensystem keine Energie übrig gelassen, um Nervosität wegen des Wettbewerbs zu erzeugen. Sie war so ruhig und gelassen, dass es ihr schon unheimlich vorkam. Es schien ihr, als ginge nicht sie selbst, sondern eine Doppelgängerin in den Wettbewerb, während ihr eigentliches Ich damit beschäftigt war, den Dschungel ihrer wild wuchernden Gefühle zu lichten. Isa sah das grüne Dickicht bildlich vor sich. Man müsste eine Machete haben, dachte sie, oder noch besser, einen Bulldozer.

«*Da* bist du!» Meyers Stimme riss sie aus ihren Gedanken. «Du willst doch nicht etwa *so* in den Wettbewerb gehen?»

Isa schaute an sich herunter. Sie hatte eine schwarze Hose,

eine hellblaue Bluse und einen schwarzen Blazer an. «Wieso? Ist doch gut.»

«Und was ist aus dem Kostüm geworden?»

«Liegt im Koffer.»

«Schätzchen, so geht das nicht.» Meyers Ton wurde bestimmt. «Zwei Drittel der Juroren sind Männer. Da entscheidet das Auge mit.»

«Das ist nicht dein Ernst?!»

Zehn Minuten später stand Isa in ihrem korallenroten Kostüm vor dem Spiegel in ihrem Apartment. «War der Rock nicht länger?» Sie drehte sich zur Meyer um. «Der war doch länger?»

«Der Rock ist perfekt.»

Isa schob den Rock tiefer auf ihre Hüfte, zog am Saum. «So einen kurzen Rock hab ich nicht gekauft, das weiß ich genau.»

«Du musst deine Beine nicht verstecken, sie sind so perfekt wie der Rock.»

Isa drehte sich vor dem Spiegel und prüfte den Rock von allen Seiten. «Kann es sein, dass er in der Reinigung eingelaufen ist? Das sind doch mindestens …»

«Zehn Zentimeter.» Meyer nahm ihr die Worte aus dem Mund und warf ihr einen ihrer goldwarmen Blicke zu. «Ich habe ihn kürzen lassen, nachdem ich ihn für dich aus der Expressreinigung geholt hatte.»

«Meyer!»

«Was denn? Du hast das unverschämte Glück zu den 0,02 Prozent der Frauen zu gehören, die schlanke, makellose Knie haben. Nur für dich und diese Handvoll Frauen sind Miniröcke gemacht worden!»

Isa schaute in den Spiegel.

«Gib zu, es sieht umwerfend aus.»

Es sah umwerfend aus. Aber Isa musste an Heise denken. «Jetzt wird er mich erst recht für ein Flittchen halten.»

«Wer?»

«Heise.» Mit einem großen Seufzer ließ Isa sich neben der Meyer aufs Bett fallen. Sie musste einfach endlich loswerden, was vorgefallen war.

Meyer hörte ihr mit glänzenden Augen zu und fällte ein völlig unverständliches Urteil: «Das ist doch toll!»

«Toll?»

«Ja. Im Grunde hat er dir gesagt, dass er dich liebt. Du brauchst ihm jetzt nur noch zu sagen, dass du ihn auch liebst.»

«Aber das weiß ich doch gar nicht.»

«Warum bist du dann zu ihm gegangen?»

«Weil … weil …» Eigentlich war sie zu Andreas Heise gegangen, weil sie Ben nicht aus ihren Gedanken vertreiben konnte. Doch das wollte sie der Meyer nicht auf die Nase binden, sie würde nur falsche Schlüsse ziehen. Und dann war da noch dieser andere Grund … «Weil ich nicht wollte, dass Andreas denkt, ich hätte etwas mit Ben.»

«Da hast du's!»

«Was?»

«Dir liegt etwas an ihm.»

«Aber das heißt noch nicht, dass ich ihn liebe.»

«Wie war denn der Kuss?»

Sofort war die Erinnerung körperlich präsent, und Isa spürte, wie ihr das Blut in die Wangen stieg. Die Meyer brauchte ihre Antwort gar nicht mehr abzuwarten.

«Ich hab immer geahnt, dass Heise gut küsst.» In diesem Moment sah sie sehr zufrieden aus, wie ein glücklicher kleiner Buddha, der weiß, dass das Leben ihm früher oder später alle Geheimnisse offenbaren würde. Isa wünschte, sie hätte dieselbe Gewissheit.

«Was soll ich denn jetzt machen?»

«Du gewinnst den Wettbewerb.»

Gute Idee – der Wettbewerb! Sie sollte sich jetzt wirklich auf den wahrscheinlich wichtigsten Moment ihrer Karriere konzentrieren, anstatt weiterhin so zu tun, als gäbe es da eine mentale Doppelgängerin, die das für sie erledigt. Sie gab der Meyer einen Kuss.

«Wofür war das denn?»

«Du hast mich auf den rechten Weg zurückgebracht. Das Einzige, was zählt, ist die Wissenschaft.»

«So habe ich das aber nicht gemeint.»

«Ganz egal, wie du es gemeint hast, du musst jetzt gehen. Ich hab nur noch dreißig Minuten.» Sie schob die Meyer zur Tür.

«Halt, halt, halt!» Die Meyer stemmte sich gegen sie. «Zwei Sachen noch.» Was kam jetzt? «Die Schuhe sind zu flach.» Meyer stieg aus ihren hochhackigen Pumps und schubste sie ihr vor die Füße. «Die müssten dir passen.»

«Die haben ein Schleifchen auf der Schuhspitze.» Es war mehr ein entsetzter Aufschrei als eine Feststellung.

«Aber ansonsten sind sie schlicht und elegant.» Das musste Isa zugeben, vor allem waren sie schwarz und nicht grellpink oder froschgrün. Die Meyer nickte ihr aufmunternd zu, aber Isa schüttelte den Kopf.

«Hohe Schuhe trage ich nur zum Tanzen.»

Grummelnd zog die Meyer ihre Pumps wieder an. «Du hast wirklich Glück, dass deine Beine so schlank und deine Knie so schön sind. Wir normalen Frauen *müssen* zu so einem Rock hohe Schuhe tragen.»

Isa lachte. «Was war die zweite Sache?»

«Lippenstift. Benutzt du welchen?» Meyers Gesicht und Tonfall war abzulesen, dass die Frage rhetorisch war.

«Zu besonderen Anlässen.»

«Das ist ein besonderer Anlass!» Augenblicklich strahlte Meyers Gesicht wieder. «Wo hast du den Rucksack, den ich dir mitgegeben habe?»

Isa fiel der korallenrote Lippenstift wieder ein, und sie holte ihn.

«Unglaublich.» Isa schaute auf ihren geschminkten Mund im Spiegel. Das Korallenrot zauberte eine Frische in ihr Gesicht, die sie nach der schlaflosen Nacht weiß Gott nicht verspürte.

«Und er ist sogar kussecht.» Meyers lächelndes Gesicht schob sich neben Isas Spiegelbild. Isa konterte mit einer Grimasse. Küssen würde sie heute ganz bestimmt nicht.

KAPITEL 26

Ben juckte es gewaltig in den Fingern. Er musste sich beherrschen, nicht vor aller Augen die Faust im Triumph zu erheben oder doch wenigstens ein kleines Victory-Zeichen zu machen. Er war in Bestform, vom Podium aus hatte er sein Publikum im Griff. Rund fünfhundert Spitzenwissenschaftler aus aller Welt hörten ihm gebannt zu, und die neun Juroren hatten ihre zunächst krampfhaft neutralen Gesichter längst aufgegeben. In den vergangenen fünfundvierzig Minuten hatte er sie mit seinen Forschungsergebnissen zum Gefühlsleben der «sanften Barbaren», wie er seine Affen nannte, zum Lachen, zum Staunen und einmal fast zum Weinen gebracht. Jetzt leuchtete das letzte Foto seiner Präsentation hinter ihm auf. Es zeigte eine Orang-Utan-Mutter beim Spielen mit ihrem Jungen. Sie kitzelte es am Bauch, und das Kleine wälzte sich vor Vergnügen am Boden und lachte wie ein Menschenkind.

«Wenn wir etwas über unsere Zukunft wissen wollen, müssen wir in unsere biologische Vergangenheit schauen.» Ben brauchte für die Schlussbemerkung seine Notizen nicht mehr. Er sprach frei und aus dem Herzen. «Emotionalität», fuhr er fort, «war und ist die wichtigste Überlebensstrategie unserer tierischen Vorfahren. Ursprünglich notwendig, um das Überleben der Affenbabys, die in ihren ersten vier bis neun Lebensjahren vom Muttertier abhängig sind, zu garantieren, entwickelte sich die Fähigkeit zur Emotion schließlich zur Geheimwaffe der Evolution.» Ben schaute herausfordernd zum Tisch der Juroren. «Es sind unsere Gefühle, die unseren Intellekt stimulieren. Und unsere Gefühle sind es, die uns zu Höchstleistungen antreiben. Aber vor allem: Ohne Emotionalität, meine Damen und Herren, gibt es keine Kreativität und ohne Kreativität keinen menschlichen Fortschritt. Ich danke Ihnen.»

Getragen von einem kräftigen Applaus, ging er zu seinem Platz in der ersten Reihe zurück. Dabei schaute er sich nach der Ameisenkönigin um. Schon während seines Vortrags hatte er sie vermisst. Ihr Platz war leer, und Ben malte sich aus, wie Flammen ihr den Weg zum Vortragssaal versperrten, ein Inferno ausgelöst von ihrem eigenen Lampenfieber. Eine Sekunde lang beunruhigte ihn dieser Gedanke, und er war versucht, aufzustehen und in ihrem Apartment nach ihr zu sehen. Doch dann erinnerte er sich an die Härte, mit der sie ihm vorhin jede Kollegialität verweigert hatte. Sie würde sicher alle Register ziehen, um ihn zu schlagen – und genau das sollte er auch tun. Ihm fiel wieder ein, wie Vincent Summers ihm von dem kleinen Feuerproblem seiner Ex erzählt und wie er sich damals den Kopf zermartert hatte, auf welche Weise er das Handicap der Ameisenkönigin beim Wettbewerb zu seinen Gunsten nutzen könne. Mittlerweile wusste er, wie: Man brauchte sie nur in die Enge zu treiben.

Inzwischen hatte Tor Randers das Podium erklommen. Er bedankte sich herzlich für den Vortrag und ging dann dazu über, dem Publikum Frau Professor Doktor Isabella Werner vorzustellen, indem er, wie zuvor bei ihm, einige Highlights ihrer Berufskarriere vortrug. Sie würde also gleich kommen. Wahrscheinlich hatte sie es vorgezogen, seinen Vortrag in einem Nebenraum am Bildschirm zu verfolgen, überlegte Ben. Klar, so musste es sein. Die Ameisenkönigin war um Distanz bemüht. Nur so konnte sie skrupellos all ihre Geschütze gegen ihn auffahren.

Als sie dann endlich die Bühne betrat, erschrak er fast: Ihr Auftritt war noch stärker als der in Ariellas Morgenmantel.

Besorgt schaute er zu den Juroren – sechs von den neun waren Männer. Er sah seine Chancen schwinden. Zwar hatten sie wieder ihre neutralen Mienen aufgesetzt, aber ihn konnten sie nicht täuschen. Er wusste genau, was sie dachten.

«Ob die ein Höschen darunter trägt?» Sein Sitznachbar, ein bekannter Experimentalphysiker in einem kindischen, bunten Schlabber-T-Shirt und modisch zerrissener Jeans, hatte ihn angestupst und grinste dreckig. Sein Grinsen dauerte keine Nanosekunde, dann hatte er Bens Faust im Gesicht.

KAPITEL 27

Ich bringe ihn um. Gebt mir ein Jagdgewehr, und ich knall ihn ab. – Eine wundervolle Vorstellung, und so klar und deutlich wie dieses Bild vor ihrem inneren Auge stand, wurde es langsam gefährlich für Professor Breitenbach. Jüngste interdisziplinäre Forschungen der Neurobiologie und der Quantenphysik hatten gezeigt, dass die Kraft der Gedanken eine nicht zu unterschätzende physische Größe war. Einige, wenn auch umstrittene Wissenschaftler behaupteten sogar, dass alles, was gedacht wurde, in einem Paralleluniversum auch geschah. Das wollte sie im Moment nur allzu gerne glauben.

Gerade hatte sie auf dem Podium ihren ersten einleitenden Satz ausgesprochen, als Breitenbach Dany Kerschowitz aus dem Stuhl haute. Kerschowitz hatte im letzten Jahr den *Future Award* gewonnen. Ein perfekter Skandal. Sofort ging ein Raunen und Wispern durch den Saal. Viele waren von ihren Sitzen aufgesprungen. Auch die Juroren hielt es nicht mehr auf ihren Stühlen. Keiner von ihnen sagte etwas, nur Professor Tara Brown wiederholte unablässig, wie eine Sirene: «Oh my God! Oh my God!» Tor Randers eilte mit hochroten Wangen zu Kerschowitz und Breitenbach. Keiner schaute mehr zum Podium.

Ich bringe ihn um. Wenn sie es tausendmal dachte, würde er in tausend Paralleluniversen sterben.

Isa kamen nur zwei mögliche Gründe in den Sinn, warum Breitenbach zugeschlagen hatte: Entweder es ging wieder mal um eine Frau, also um Sex. Oder es war ein gezieltes Störmanöver. Wahrscheinlich Letzteres, entschied Isa in dem Augenblick, wo sie verblüfft mit ansehen musste, wie sich der Konflikt in Sekundenschnelle in Nichts auflöste. Tor Randers war kaum bei den beiden Männern angelangt, als sie sich schon die Hand reichten. Beide entschuldigten sich bei Randers mit dem Charme von Schuljungen, die zwar wissen, dass sie über die Stränge geschlagen haben, sich aber sicher sein können, dass man es ihnen nicht übelnehmen wird – schließlich sind sie die Klassenbesten.

«Eine Privatsache», hörte Isa Breitenbach sagen, es tue ihm außerordentlich leid. Kerschowitz grinste verlegen und beteuerte sogar, dass er die Schläge verdient habe, alles sei in bester Ordnung.

Für Isa klang das nach einem abgekarteten Spiel. Wahrscheinlich kannten sich die beiden aus Berkeley. Bestimmt waren sie alte Saufkumpane. Wenn sie jetzt im Besitz einer Schrotflinte wäre … *tausend Paralleluniversen, tausend Tode …*

Isa bemühte sich, ihre Imagination in den Griff zu kriegen. Inzwischen war Randers neben sie getreten und richtete auf seine joviale Art ein paar erklärende Worte an das Publikum. Sie konzentrierte sich auf eine Atemübung, die sie einmal in einem Rhetorikkurs erlernt hatte. Es half. Auch weil ihr in derselben Sekunde klarwurde, dass ihr Breitenbach eine wunderbare Steilvorlage geliefert hatte.

«Die menschliche Emotion», begann sie, «von Professor Doktor Breitenbach als Geheimwaffe der Evolution gepriesen, hat, wie er uns selbst soeben eindrucksvoll demonstrierte, auch ihre Schattenseiten.» Damit hatte sie die Lacher auf ihrer Seite und war sogleich mitten in ihrem Thema. In den nächsten fünfundvierzig Minuten segelte sie durch ihren Vortrag wie durch ein schönes Gewässer unter leichter Sommerbrise.

Am Ende hatte sie das gute Gefühl, ihren Wissenschaftskollegen die Schönheit und Weisheit der Ameisenvölker vor Augen geführt zu haben.

«Wenn die Definition stimmt, dass Vernunft die Einsicht in die Notwendigkeit ist, dann ist die Ameise der menschlichen Spezies an Vernunft bei weitem überlegen. Eine Ameise tut nichts, was nicht notwendig wäre. Nichts, was nicht in Übereinstimmung mit dem Wohl des gesamten Ameisenvolkes stünde. Sie kann das deswegen so gut, weil Emotionen im Leben einer Ameise keine Rolle spielen. Als asexuelles Wesen, das die Fortpflanzung an eine Königin delegiert, ist die Ameise frei von Begierden und kann sich harmonisch in das große Ganze einfügen.» Zufrieden drückte Isa eine Taste auf dem Laptop, die letzte Serie von Bildern wurde auf die Leinwand hinter ihr projiziert – gestochen scharfe Aufnahmen, die vielfach vergrößert das Teamwork von Ameisen in freier Natur zeigten: Afrikanische Weberameisen, die beim Nestbau zwischen den Blättern eines Strauches Ketten bilden, um ineinandergehakt und mit vereinter Kraft neue Nestkammern aus dem Blattwerk zu formen. Treiberameisen, die bei ihren Wanderungen Gewässer überwinden, indem sie mit ihren Leibern lebendige Brücken bauen. Blattschneiderameisen, die in schier endlosen Kolonnen saftig grüne Blattstückchen ins Nest tragen und dabei von Leibwachterameisen gegen Feinde aus der Luft beschützt werden.

«Der Mensch», schloss Isa ihren Vortrag, «wird sich in seinem sexuell motivierten Machtstreben, seinen selbstsüchtigen Emotionen und seinem aberwitzigen Konkurrenzkampf voraussichtlich irgendwann selbst eliminieren, während die Ameisen, von Begierden unbehelligt, weiterhin fleißig Staaten gründen werden.» Isa schaute zur Leinwand, wo sich das letzte Bild zusammensetzte. Es war ein Patchwork aus den verschiedenen Großaufnahmen. In seiner Gesamtheit wirkte es wie ein modernes Gemälde. Isa fand es wunderschön. Sie blickte zum Publikum zurück. «Wenn wir eine Zukunft haben wollen, sollten wir von den Ameisen lernen.» Ihr Blick blieb an Ben hängen, als der Applaus losbrach.

Vor dem Beginn der Podiumsdiskussion war eine zwanzigminütige Pause angesetzt. Isa wollte sie nutzen, um aufs Klo zu gehen. Bei aufregenden Ereignissen verwandelte sich ihre Blase immer in die eines Vorschulkindes. Sie beeilte sich, an den Menschentrauben im Foyer vorbeizukommen. Doch schon nach wenigen Schritten lief sie Heise in die Arme. Das Tomatenrot ihres Gesichts biss sich garantiert gerade gewaltig mit dem Korallenrot ihres Kostüms und löste einen ästhetischen Super-GAU aus. Sie hatte Heise seit gestern Nacht nicht mehr gesehen. Am Morgen hatte er ihr einen Blumenstrauß zukommen lassen und ein Kärtchen, auf dem *Toi, Toi, Toi* stand.

«Großartig, Isa. Ganz großartig.» Er stand etwas steif vor ihr und reichte ihr die Hand. Diese formelle Begegnung der Hände war komisch. Gestern noch steckte ihre Hand in seiner Pyjamahose.

«Danke für die schönen Blumen», sagte sie tapfer. «Es muss schwer gewesen sein, hier welche zu bekommen.»

«Ach das.» Heise wischte seine Mühen, im abgelegenen Winkel von Bangsund einen Floristen aufzutreiben, mit einer Handbewegung weg. Sie lächelten sich verlegen an. Isa musste immer noch auf die Toilette. Gleichzeitig entdeckte sie im Augenwinkel Breitenbach. Er stand mit ein paar Leuten zusammen und beobachtete sie. Er schien auf den rechten Moment zu warten, sie ansprechen zu können. Bloß nicht! Sie durfte ihm keine Gelegenheit bieten.

«Würden Sie mich auf die Toilette begleiten?», fragte

sie strahlend. Der leicht erschrockene Ausdruck in Heises Gesicht ließ sie selbst erschrecken: Sie hatte soeben die perfekte Einladung für einen Toilettenquickie ausgesprochen.

«O nein!», versuchte sie auf der Stelle sämtliche Gedanken zu stoppen, die Heises Phantasie zwangsläufig produzieren musste. «Ich meinte natürlich *zur* Toilette, nicht *auf die* Toilette …» Sie hatte das Gefühl, es nur schlimmer zu machen. Heises Blick war irgendwo zwischen Verwirrung, Entsetzen und Verlangen.

«Also … weil … weil die Pause doch so kurz ist», hörte sie sich selbst stammeln, «und ich dachte … wir … äh … könnten vielleicht auf dem Weg noch ein paar Takte reden. Nur reden …»

Sie hatte ihren Peinlichkeitsrekord gebrochen. Auch wenn Heises Gesichtszüge sich entspannten und er ihr lächelnd seinen Arm darbot, änderte es nichts daran, dass sie sich am liebsten in das tiefste Innere eines Ameisenbaus verkrochen hätte. Bedauerlicherweise war sie keine Ameise. Also hakte sie sich bei Heise ein und tat dabei so unbefangen, als wäre er ein alter Sandkastenfreund. In dem Moment trat ein Schatten aus dem äußeren Rand ihres Gesichtsfeldes auf sie zu. Übellaunig drehte sie sich zu dem Mann, bereit, diesen Oberaffen kühl abblitzen zu lassen. Doch es war nicht Breitenbach.

«Fritz! Was machst du denn hier?»

KAPITEL 28

«Meiner wunderbaren Tochter zu ihrer hervorragenden Arbeit gratulieren.» Die kräftige Stimme des gutaussehenden Mittsechzigers war nicht zu überhören. Das war also der Vater der Ameisenkönigin. Ein Alphatier, das erkannte Ben mit einem Blick. Der würde noch mit achtzig reihenweise Frauen erobern. Bella hatte ihren Vater nur einmal erwähnt, in der Sturmnacht, als sie im Auto festsaßen. Ben erinnerte sich, dass Bella davon überzeugt war, ihr Vater könne sie nicht leiden. Und sie hatte einen guten Grund, das anzunehmen: Als Kind hatte sie ihn bei einem Seitensprung erwischt, woraufhin die Mutter sich umgehend scheiden ließ. Details wollte Bella nicht erzählen. Sie sagte nur: «Gepetzt habe ich nicht», und dass sie ihren Vater abgöttisch geliebt habe als Kind. Falls sie ihn jetzt noch liebte, zeigte sie das nicht. Sie mutierte wieder einmal zur Frostbeule.

«Du hättest nicht herkommen müssen, Fritz.» Es klang deutlich nach «Du hättest nicht herkommen *sollen*». Ihr Vater überhörte den feindlichen Ton und setzte unbeirrt auf Herzlichkeit.

«Aber Schatz, was redest du da? Das ist doch ein großer Moment für dich, da will ich dabei sein.» Auf Ben wirkte er nicht wie einer, der seine Tochter nicht leiden kann.

«Schön», hörte er Bellas Stimme scharf durch die Luft schneiden, «aber du musst mich jetzt entschuldigen.» Dann stellte sie mit knappen Worten Heise und ihren Vater einander vor und ließ sie stehen.

Ben eilte ihr hinterher. Vor der Damentoilette fing er sie ab.

«Es tut mir leid, Bella. Aber Kerschowitz hatte es verdient.»

«Oh, natürlich.» Der Sarkasmus in ihrer Stimme traf ihn wie eine gepfefferte Ohrfeige. «Hast du etwa auch meinen Vater herbestellt?»

«Was?» Wie kam sie auf diesen absurden Gedanken?

«Los, los, los!» Siri kam angerannt. «Wir müssen euch noch verkabeln. Kommt!» Siri packte sie beide an den Armen und zog sie mit sich in einen Raum hinter dem Vortragssaal.

Als Ben die Mikros betrachtete, sah er die Katastrophe voraus. Die winzigen Hightech-Geräte wurden direkt am Körper befestigt. Das Mikrophonteil war ein flaches, fleischfarbenes Plättchen, nicht größer als ein Hemdknopf, und wurde mit einem hautfreundlichen Spezialkleber unterhalb der Wange angebracht. Der Sender sah aus wie ein Minikugelschreiber, man clippte ihn an die Kleidung. Beides war kabellos und fiel so gut wie gar nicht auf – ein Traum für jeden Talkshowproduzenten. Aber möglicherweise ein Albtraum für Bella. Auch wenn er nicht die geringste Ahnung hatte, was die Ursache für ihr verrücktes Problem mit dem Feuer war, so war ihm doch sofort klar, dass diese Mikros eine Gefahrenquelle darstellten. Ebenfalls sofort klar war ihm, dass das seine Chance war – und dass er sie *nicht* nutzen würde.

«Habt ihr keine anderen Mikros?»

«Andere?» Siri sah ihn erstaunt an. «Das sind die besten, die es gibt. Was stört dich daran?»

Er warf einen kurzen Blick zu Bella. Sie erwiderte ihn kühl.

«Mir wäre ein Tischmikrophon lieber, es gibt keine Strahlung ab.»

Siri schaute ihn an, als lerne sie ihn gerade erst kennen,

neugierig und ein wenig befremdet. «Benutzt du auch kein Handy?»

«Nur in Notfällen», log er, «ich bekomme Kopfschmerzen von den Dingern. In zehn Jahren wird man wahrscheinlich rausfinden, dass es so etwas wie Strahlungsallergiker gibt – und ich bin einer von ihnen. Frau Professor Werner übrigens auch.» Er nutzte die Sekunde zwischen Überraschung und Zorn in Bellas Gesichtszügen und setzte nach: «Wir haben uns ausgiebig über unser gemeinsames Leiden ausgetauscht. Bei Frau Werner löst die Strahlung Migräneanfälle aus. Stimmt's?»

«Bitte, was?» Das *bitte* klang noch nach Überraschung, aber unter dem schrill tönenden *was* braute sich bereits ein vernichtender Eissturm zusammen. Er warf ihr einen durchdringenden Blick zu.

«Es brennt wie *Feuer* in Ihrem Kopf, sagten Sie nicht so?» Sie konnte ihn nicht missverstehen.

«Lieber Kollege», hob sie an, so übertrieben zuckersüß, dass es ihm bitter schmeckte, «ich habe ausgezeichnete Migränetabletten.» Sie wandte sich Siri zu. «Ich möchte kein anderes Mikro.»

Siri runzelte die Stirn. Ihr war offensichtlich nicht entgangen, dass es in dem kurzen Dialog zwischen Bella und ihm irgendeinen merkwürdigen Subtext gab. «Wir können Tischmikrophone nehmen», sagte sie aufgeräumt, «kein Problem, wir haben welche da.»

«Danke, nein.» Die Antwort war für Siri bestimmt, aber Bella schaute ihn dabei an. Ihre Augen blitzten.

«Aber Bella, warum sich unnötig quälen?» Konnte sie nicht sehen, dass er sich ernsthaft um sie sorgte? Entschlossen wandte er sich an Siri: «Wir nehmen die Tischmikrophone.»

«Ich sagte: Nein.» Es klang drohend.

«Und ich sage: Feuer.» Er wurde laut.

«Und wenn Sie noch hundertmal Feuer sagen, es ist mir scheißegal!»

«Scheißegal? Dein Kopf könnte explodieren, Bella, und dir ist das scheißegal?!»

«Ja, verdammt!» Sie schrie es ihm ins Gesicht.

«Mir aber nicht!», schrie er zurück.

«Dein Problem», sagte Bella jetzt ganz ruhig, drehte ihm den Rücken zu und wandte sich an Siri: «Tut mir leid. Können wir jetzt weitermachen?»

Siri nickte, den Blick noch voller Fragezeichen. Zu gerne hätte sie wohl gewusst, welcher Kampf hier ausgefochten wurde.

«Was ist jetzt mit dir, Ben, willst du das Tischmikrophon?»

«Nein.»

«Und deine Kopfschmerzen?»

«Was sie aushalten kann, kann ich schon lange.» Er nahm Siri das Mikroplättchen aus der Hand, pappte es sich unter die Wange, clippte den Sender an seinen Hosenbund und stampfte aus dem Zimmer. Sollte die Ameisenkönigin doch in die Katastrophe rennen. Was scherte er sich überhaupt darum? Ihr Untergang würde sein Sieg sein.

KAPITEL 29

Möglicherweise war sie paranoid. Aber auch wenn man es nüchtern betrachtete: Konnte sie einem Mann über den Weg trauen, der ihr erstens seine wahre Identität verschwiegen, sie zweitens quasi entführt und drittens in einem alten Schuppen flachgelegt hatte? Wohl kaum. Es war doch sicher klüger anzunehmen, dass sich hinter Breitenbachs Bitte um Tischmikrophone irgendein finsterer Plan verbarg. Auch wenn ihr nicht einfallen wollte, was man mit einem Tischmikrophon Gemeines anstellen konnte. Sie hatte instinktiv reagiert. Der archaische Teil ihres Gehirns hatte Gefahr signalisiert, und sie hatte spontan mit Abwehr reagiert. Zum Überlegen blieb gar keine Zeit.

Erst jetzt, als sie auf das Podium zuschritt und die beiden Teile des Mikros am Körper spürte, kam ihr der Gedanke, dass ein Tischmikrophon vielleicht doch besser gewesen wäre. Denn anders als beim Vortrag war sie jetzt nervös – sehr nervös. Diskussionen lagen ihr nicht besonders, sie geriet schnell ins Hintertreffen. Und ihre Nervosität vertrug sich nun mal nicht mit Feuer oder Elektrizität.

Isa nahm ihren Platz auf dem Podium ein. Man hatte eine Gruppe bequemer Ledersessel im Halbkreis aufgestellt, um eine lockere Gesprächsatmosphäre zu schaffen. Isa wäre eine steife Tischrunde lieber gewesen. Schließlich war das kein Plauderstündchen vorm Kamin. Außerdem machte sie sich Sorgen um ihren zu kurzen Rock. Sie musste aufpassen, wie sie sich hinsetzte. Schon sah sie die peinlichen Bilder vor sich. Der eine oder andere Kameramann würde sich vielleicht gerne einen Spaß machen und zwischen ihre Beine filmen, und die biederen Wissenschaftskanäle, für die die Veranstaltung aufgezeichnet wurde, kämen zu ungewöhnlichen Bildern, die sicher bald im Internet kursierten.

Breitenbach saß ihr gegenüber. Er hatte ebenfalls eine ausgezeichnete Sicht auf alles, was der Rock nicht verbarg. Danke, Meyer!

Isa presste die Knie zusammen und spürte wieder ihre Blase. Jetzt würde der Druck von Minute zu Minute größer werden. Ein weiterer Nervositätsfaktor.

Die Juroren hatten mittlerweile alle auf den Sesseln zwischen ihr und Breitenbach Platz genommen. Isa lauschte Tor Randers, der am Rand des Podiums stand und unbegreiflicherweise Witze erzählte. Das Publikum lachte und applaudierte. Vielleicht wäre Randers ja lieber Entertainer geworden. Isa hoffte, dass von ihr nicht dieselbe Lockerheit erwartet wurde.

Während Randers noch einen weiteren Witz zum Besten gab («Treffen sich ein Physiker, ein Mathematiker und ein Philosoph …»), suchten ihre Augen das Publikum ab. Fritz hatte einen Platz in der dritten Reihe ergattert. Sie konnte ihn gut sehen, er lächelte ihr zu. Das letzte Mal hatte sie ihren Vater vor fünf Jahren gesehen. Das war so ungefähr der Rhythmus, den sie hatten. Damals hatte er sie anlässlich ihrer Doktorfeier in Harvard besucht und ihr bei der Gelegenheit seine vierte Frau vorgestellt. Es war schon fast Tradition: bei jedem Treffen eine neue Ehefrau. Bestimmt war die hübsche Blonde auf dem Platz neben ihm seine Neue – jung genug war sie.

Isa lächelte nicht zurück. Sie fragte sich stattdessen, wieso ihr Vater überhaupt hier war. Seine Neugier auf wissenschaftliche Theorien konnte jedenfalls nicht der Grund sein. Er war Zahnarzt und eher praktisch veranlagt. Man konnte ihn mit Ingenieurskunst beeindrucken, mit neuester Medizintechnik. Aber die Verhaltensmuster von Ameisen oder Affen interessierten ihn nicht mehr als ein Staubkorn auf seinem lässigen Designeranzug.

Natürlich glaubte Isa auch nicht wirklich, Breitenbach hätte ihren Vater herbestellt. In ihrer Wut hatte sie nur etwas gebraucht, das sie ihm entgegenschleudern konnte.

Warum nur war ihr Vater in Bangsund? Doch nicht wirklich einzig und alleine wegen ihr? Es musste noch einen anderen Grund geben. Das letzte Mal, bei ihrer Doktorfeier in Harvard, waren es seine Flitterwochen in New York mit Ehefrau Nr. 4 gewesen. Isa konnte sich allerdings nicht vorstellen, dass ihr Vater eine Hochzeitsreise durch Norwegen unternahm. Das war nicht sein Stil: zu viel Landschaft, zu wenig Sonne.

Vielleicht war seine neue Frau Norwegerin, überlegte Isa weiter, oder er hatte Freunde hier in der Nähe, die er besuchen wollte … oder … Tja, oder er war wahrhaftig wegen ihr gekommen. Die Vorstellung machte sie nicht nur in der üblichen Hilfe-mein-Vater-ist-hier-Weise unsicher. Es ließ ihre Nerven durchdrehen wie adrenalingedopte Laborratten im zu engen Käfig.

Somit war ihre Nervosität um Faktor drei erweitert: Diskussionsschwäche, Blasenschwäche, Vaterschwäche. Eigentlich war sie schon jetzt erledigt.

Zehn Minuten später war die Podiumsdiskussion in vollem Gange, die Juroren schossen ihre Fragen zur aktuellen Evolutionsforschung ab: Welche Spezies starben aus und warum? Was bedeutete das für den zukünftigen Weg des Menschen? Isa war auf diese Fragen bestens vorbereitet, sie kannte jede Veröffentlichung, die je zu diesem Thema geschrieben worden war. Doch es half ihr nichts: Kämpferisch wie ein Wikinger auf Raubzug warf sich Breitenbach in die Debatte. Neben seinen selbstbewusst in den Raum geschmetterten Worten kamen ihr die eigenen Sätze blass und schwach vor.

Isa spürte, wie ihre Hände schweißnass wurden. Und sie spürte noch etwas: Das Mikrophon, das unterhalb ihrer linken Wange klebte, wurde heiß. So heiß, dass sie versucht war, sich die Karaffe Wasser, die auf dem Beistelltisch neben ihr stand, ins Gesicht zu schütten. Jetzt hätte sie alles für ein Tischmikrophon gegeben. Und für ein Klo. Die krampfhaft übereinandergeschlagenen Oberschenkel taten ihr schon weh. Sie hätte wirklich vorhin auf die Toilette gehen sollen. Warum nur traf sie immer die falschen Entscheidungen?

Inzwischen beeindruckte Breitenbach wortgewaltig Publikum und Juroren. Längst hatte er die Diskussion auf seine Lieblingsthese hingelenkt: Die Überlegenheit menschlicher Emotion und Kreativität im Überlebenskampf der Arten. Während ihr Konkurrent brillierte, wurde das kleine unscheinbare Hightech-Teil auf ihrer linken Wange immer heißer. Sie hatte das Gefühl, es müsse leuchtend rot glühen wie eine Warnblinklampe: *Achtung, Achtung, Systemausfall, Feuergefahr! Bitte begeben Sie sich zu den Notausgängen!*

«Sie irren sich gewaltig», wandte sich Breitenbach plötzlich an Isa. Er sprach mit vollem Körpereinsatz, lehnte sich weit aus dem Sessel und reckte die Arme vor, als wolle er sie gleich greifen und fressen. «Ihre Forschung in Ehren, werte Kollegin, aber Sie sind komplett auf dem Holzweg, wenn Sie der Rationalität den Vorzug vor Emotion und Kreativität geben. Ameisen mögen Meister der vernünftigen Arbeitsteilung sein, aber werden sie jemals ein Spaceshuttle bauen?» Die Frage zielte auf Lacher im Publikum – mit Erfolg. Bewusst verließ Breitenbach die wissenschaftliche Ebene und argumentierte, als wollte er Schlagzeilen für ein Boulevardblatt formulieren. Er wusste, wie er sie ärgern konnte.

Isa versuchte ihren Zorn im Zaum zu halten. «Ameisen

brauchen kein Spaceshuttle. Als gut angepasste und somit *vernünftige* Spezies wirtschaften sie nachhaltig und müssen nicht wie der Mensch diesen Planeten eines Tages verlassen, um einen neuen zu finden, dessen Ressourcen sie *kreativ* ausbeuten können.»

«Ha», lachte Breitenbach laut auf. «Wollen Sie wirklich mit diesen abgestandenen Horrorszenarien argumentieren? Sie übersehen, dass der Mensch – *dank* seiner Kreativität – erfolgreich dazulernt.» Das Brennen auf ihrer Wange wurde unerträglich. Wenn sie noch länger durchhielt, würde sie den Wettbewerb mit einem Brandmal im Gesicht verlassen. Aber eine Antwort wollte sie noch geben:

«Tut er das? Ist es nicht eher so, dass die Kreativität dem Menschen hilft, die alten Fehler und Schwächen, seinen unersättlichen Trieb nach Sex und Macht, hinter immer neuen und besseren Masken zu verbergen?» Damit hatte sie nicht nur die Menschheit im Allgemeinen gemeint, sondern auch ihn, Breitenbach, im Besonderen. Sie konnte noch sehen, dass er den Wink verstanden hatte. Dann sprang sie aus ihrem Sessel und rannte aus dem Saal.

KAPITEL 30

Als Ben die Tür zur Damentoilette aufstieß, brüllte er los: «Verdammt noch mal, was ist eigentlich los mit dir?!» Bella war in einer Kabine verschwunden. Er konnte sie nicht sehen, aber hören: Ein satter Strahl donnerte gegen das Porzellan der Kloschüssel.

«Verschwinde!»

«Erst wenn du mir sagst, was los ist.»

«Verschwinde!»

«Nein.»

«Ich kann nicht pinkeln, wenn du zuhörst.»

«Du pinkelst doch längst.»

Die Spülung rauschte. Einen Augenblick später trat Bella aus der Tür. «Ich würde aber gerne noch mehr pinkeln.» Ihr Gesicht war rot vor Wut, merkwürdigerweise aber nur die eine Hälfte.

«Du bist mir eine Erklärung schuldig.»

Bella antwortete nicht, stattdessen wandte sie sich dem Waschbecken zu und ließ das Wasser laufen.

«Was sollte das eben auf dem Podium?»

«Ich denke, du hast mich sehr gut verstanden.»

«Kreativität macht aus uns allen Arschlöcher, und ich bin der Oberarsch, ja? Ist es das, was du sagen wolltest?»

Sie hatte sich die Hände gewaschen, jetzt hielt sie die feuerrote Wange unter den Hahn. «Deine eigene Forschung beweist es», tönte es aus dem Waschbecken.

«Dass ich ein Arschloch bin?»

Bellas Kopf tauchte aus dem Waschbecken auf. Ben hielt ihr eine Handvoll Papiertücher hin. Sie nahm sie, machte die

Tücher nass und drückte sie gegen ihre Wange. Sie sah aus wie jemand mit schrecklichem Zahnweh, was sie aber nicht davon abhielt, ihren kühlen Höhere-Töchter-Blick auf ihn abzufeuern.

«Worauf ich hinauswill, ist, dass der Evolutionsprozess aus dem Menschen ein immer raffinierteres Wesen macht, das nicht nur immer bessere Werkzeuge und Maschinen baut, sondern seine kreative Intelligenz auch dazu nutzt, psychologisch geschickt zu agieren. Primaten benutzen psychologische Strategien, richtig?»

«Ja, stimmt, aber …»

Sie ließ ihn nicht zu Wort kommen. «Nimm nur das Groomen. Die rangniederen Affen lausen die ranghöheren. Richtig?»

«Richtig.»

«Du nennst das ‹Stärkung der sozialen Bindung›.»

«Ja, die Rangfolge wird so bestätigt und der innere Friede gewahrt.»

«Ich nenne es den smarten Betrug der Schwachen: Sie beschwichtigen den Starken, gaukeln ihm Unterwürfigkeit vor, kraulen ihm im wahrsten Sinne des Wortes den Bart, und alles nur, um im nächsten unbeobachteten Moment eines der begehrten Weibchen in den Busch zu locken und sich heimlich und ungestraft zu paaren.»

«Das kommt vor, aber …»

Bella ließ ihn nicht ausreden, sie war in Fahrt gekommen. Rosig glühte jetzt ihr ganzes Gesicht.

«Es kommt *häufig* vor. In deinen Forschungsberichten beschreibst du dieses Verhalten in den verschiedenen Affengruppen immer wieder. Es ist ein regelmäßig auftretendes Muster, sodass man durchaus von einer psychologischen Strategie der rangniederen Affen sprechen kann. Sie nutzen ihre emotionale Intelligenz, um auf kreative Art und Weise zu betrügen. Sie heucheln Loyalität, wo sie doch eigentlich nur an sich denken.»

Ben schaute sie verblüfft an. Bella widerlegte ihn mit seiner eigenen Forschung. Das konnte er nicht auf sich sitzen lassen, allein schon wegen dieses strafenden Untertons, so als wäre er selbst der illoyalste aller Affen. Er argumentierte dagegen, und ehe sie es sich versahen, waren sie in eine ausgezeichnete Debatte über die Zukunftsfähigkeit menschlicher Gefühle verstrickt. Sie stritten laut und lebhaft, als ginge es nicht um Theorien, sondern um alles, was im Leben zählt. Dabei machte es ihn schier wahnsinnig, dass sie so uneinsichtig war.

«Bella, siehst du das denn nicht?» Er hätte sie am liebsten geschüttelt. «Dein Ideal der geordneten Rationalität schließt jede spontane Entwicklungsmöglichkeit aus.» Bella schnappte nach Luft, doch er war schneller. «Das ist der Grund, warum Ameisen Millionen Jahre nach ihrem Erscheinen in der Evolutionsgeschichte immer noch Ameisen sind und keine Ingenieure, Dichter und Denker. Reine Rationalität ist eine Sackgasse, Bella, evolutionsgeschichtlich bedeutet sie Stillstand.»

«Und die menschliche Zivilisation bedeutet Fortschritt?» Missbilligend zog sie eine Augenbraue hoch.

«Ja, absolut.»

«Nein, absolut nicht. Schau dich doch um: Selbst in unseren hoch entwickelten Wirtschafts- und Gesellschaftssystemen wird gelogen und betrogen. Sie geben sich freiheitlich, humanistisch und demokratisch, dabei sorgen sie Tag für Tag dafür, dass unsere Umwelt dem Profit geopfert wird. Es ist dieselbe alte Gier, die schon die mittelalterlichen Feudalherrn, die Kaiser Roms oder die Pharaonen Ägyptens dazu angetrieben hat, Völker auszubeuten und Leben zu opfern. Die menschliche Zivilisation ist nichts weiter als ein fortschreitender Zugewinn an Hinterlist und Raffinesse. Wer am geschicktesten betrügt, besitzt die Macht. Das hat sich nie geändert – da ist kein Fortschritt, fortgeschritten sind nur die Methoden der Täuschung.»

«Nicht alles im Leben ist Lug und Trug.»

«Nein, gewiss nicht!» Ihren sarkastischen Ton ertrug er nur schwer. «Der Mensch hat ja Moral und Religion erfunden, Werte wie Liebe, Barmherzigkeit, Aufrichtigkeit und vieles Schönes mehr. Aber wer hält sich daran? Hast du dich daran gehalten, als du mich verführt hast? Oder hast du an deine Karriere gedacht? An deinen Vorteil?» Auch wenn er die ganze Zeit gewusst hatte, dass sie nicht bloß eine wissenschaftliche Debatte führten, traf ihn ihr Vorwurf hart. Durch sein Verhalten hatte er ihr den letzten Beweis für ihre Gleichung *Emotion = Desaster* geliefert. Er selbst war der Schlusspunkt unter ihrer traurigen Theorie. Aber noch etwas ging ihm auf: Er musste Bella tief verletzt haben, und das hieß möglicherweise – nein, verbesserte er sich –, ganz sicher hieß es, dass ihr die Nacht in der Hütte etwas bedeutet hatte.

«Bella, das ist alles ein schreckliches Missverständnis. Anfangs war ich nicht ehrlich, zugegeben … aber dann … Bella, ich habe mich in dich …»

«Wag es nicht, von Liebe zu reden!» Sie stemmte ihre Hände in die Luft, als wollte sie sich einen Angreifer vom Leib halten. «Was ist mit Sabine? Was mit Siri?»

«Bella …» Er wollte protestieren, aber sie plapperte ihn einfach nieder. «In jedem Labor 'ne andere Maus. Das ist dein Stil, nicht wahr? Ja, Professor Breitenbach, du bist wirklich ein besonders potenter Affe! Nur an deinen Täuschungsmethoden solltest du noch feilen.» Sie schmiss ihm die zerknäulten, feuchten Papiertücher vor die Füße und rannte hinaus. Sie war so verdammt selbstgerecht.

«Und du hast Angst vorm Leben!», brüllte er ihr auf den Flur hinterher. «Das, Frau Professor Werner, ist das ganze Geheimnis deiner verfluchten Ameisenfaszination. Du idealisierst ein seelenloses Insekt, weil du dich vom eigenen Gefühl bedroht fühlst!» Er wollte ihr noch mehr hinterherbrüllen. Dass sie ein elender Kontrollfreak war und dass sie sich ruhig weiter vorm Leben verstecken sollte. Sollte sie doch da hocken in ihrem kleinen Schmollwinkel und ihre Ersatzfeuerchen zünden, während sie den anderen dabei zusah, wie sie durch die echten Feuer des Lebens gingen, wie sie liebten, einander verließen, litten und sich wieder verliebten. Doch er brüllte nichts mehr. Stattdessen haute er mit der Faust gegen die Tür, maßlos wütend auf sich selbst.

KAPITEL 31

Isa betrat die Bühne. Alle starrten sie an, die Juroren in ihren Sesseln, Tor Randers, der aufgestanden war, das Publikum, das immer noch vollzählig auf den Stühlen saß. Es war mucksmäuschenstill. Isa räusperte sich. Sie wollte sich gerade für ihre Unpässlichkeit und die kurze Unterbrechung entschuldigen, als sich plötzlich im Publikum einige Menschen von ihren Sitzen erhoben und laut zu klatschen anfingen. Keine Sekunde später war der ganze Saal auf den Füßen und applaudierte. Isa blickte verwirrt um sich. Ben trat aus der Tür, durch die sie selbst gerade gekommen war, und stellte sich neben sie. Der Applaus im Publikum wurde noch lebhafter, und auch die Juroren standen jetzt auf, strahlten wie überraschte Gewinner einer Tombola und klatschten kräftig in die Hände.

«Was ist hier los?», fragte sie Ben flüsternd und unwillig, denn er war der Letzte, den sie irgendetwas fragen wollte.

«Dein Mikrophon», raunte er und hielt es ihr hin. Sie hatte es am Waschbecken vergessen.

Sie nahm es und pappte es sich wieder auf die Wange. «Was ist damit?»

«Du hattest es nicht ausgeschaltet, oder?»

Isa schaute Ben erschrocken an. «Sie haben alles …?»

Ben nickte, und ihr wurde schlagartig schlecht. *Lieber Gott, nein! Mach, dass es nicht wahr ist!* Alle diese Menschen, die ihr applaudierten, waren darüber im Bilde, dass sie mit Breitenbach im Bett gewesen war, Breitenbach, den sie soeben vor aller Ohren einen «potenten Affen» getauft hatte. Dann fiel ihr das Gespräch übers Pinkeln ein. Isa schloss die

Augen – ein nutzloser Reflex, den Schrecken auszublenden. Im selben Moment spürte sie die explosionsartige Hitze an ihrer Wange. Den Feuerschein der Flamme nahm sie nur für den Bruchteil einer Sekunde wahr – so lange, wie es dauerte, die Augenlider zu öffnen und sie sofort wieder zu schließen vor dem Schwall Wasser, der ihr ins Gesicht klatschte. Als sie die tropfnassen Lider ihres frisch geduschten Gesichts wieder öffnete, traf ihr Blick Ben, der mit einer leeren Wasserkaraffe vor ihr stand.

«Ich hab dir gesagt, diese Mikros sind nichts für dich.»

ZWEITER TEIL

«Wer nicht mehr liebt und nicht mehr irrt,
der lasse sich begraben.»

JOHANN WOLFGANG VON GOETHE

KAPITEL 1

Was für ein Tag! Ein goldener Oktobertag, das konnte man ohne jede Übertreibung sagen. Golden stand die Sonne am wolkenlosen Mittagshimmel. Sie färbte Häuser, Straßen und Bäume in satte warme Farben und trieb das Thermometer auf dreiundzwanzig Grad, und das in Hamburg. Ein wirklich vortrefflicher Tag zum Heiraten.

Isa war aufgeregt, als sie mit dem Taxi vor der Kirche eintraf. Doch noch viel aufgeregter war die Meyer. Bisher kannte sie ihre Sekretärin und beste Freundin (diesen Titel hatte sich die Meyer nach den Katastrophen von Bangsund wirklich verdient) nur als erstklassigen und nervenstarken Coach für alle Lebenslagen. Dass die Meyer einmal die Nerven verlieren könnte, wäre ihr nie eingefallen. Aber Isa wäre auch nie eingefallen, dass die Meyer, die seit dreißig Jahren mit ihrem Costas zusammen und seit fünfundzwanzig standesamtlich mit ihm verheiratet war, zu ihrer Silberhochzeit auf einer kirchlichen Trauung bestehen würde, und zwar unter Androhung der Scheidung, falls Costas sich weigerte. Jetzt saß sie mit ihr im Fond des Taxis, und die Braut sträubte sich dagegen auszusteigen.

«Ich mach's nicht.»

«Meyer, das ist nicht dein Ernst?» Vor der Kirche hatten sich bereits Freunde und Verwandte versammelt, ihre neugierigen, erwartungsvollen Blicke waren auf das Taxi gerichtet.

«Es ist falsch, ganz furchtbar falsch, und bescheuert ist es auch.» Meyers Stimme brach. «Und wie ich aussehe! Was hab ich mir nur dabei gedacht, in Weiß zu gehen?» Sie schluchzte herzerschütternd. «Weiß steht mir überhaupt nicht … Du hättest es mir verbieten müssen … ich seh aus wie ein Leichenlurchi.»

«Wie ein was? Nicht heulen, die Schminke!» Isa griff nach Meyers Hand, um sie zu beruhigen, mit der anderen hielt sie ihr ein Taschentuch unter die Augen.

«Leichenlurchi», schniefte die Meyer, nahm das Taschentuch und prustete hinein.

«Meyer, alles wird gut. Was immer ein Leichenlurchi ist, du siehst nicht aus wie einer. Für was gehst du auf die Sonnenbank?»

«Aber Weiß ist die Farbe der Unschuld, ich hätte wenigstens Creme wählen sollen oder Eierschale. Champagner wäre auch gegangen.»

«So ein Quatsch.» Isa wurde ungeduldig, der Taxifahrer auch. «Wer heiratet denn heute noch unschuldig.» Die Meyer warf ihr einen kummervollen Blick zu, und Isa besann sich. Sie sollte mit der Meyer nicht schimpfen, auch wenn das jetzt wirklich kindisch war. Mit Bräuten musste man geduldig sein – wie schnell stand eine Kirche in Flammen.

«Man heiratet in Weiß, weil es festlich ist. Du willst doch nicht wirklich in so einem Seht-her-ich-bin-eine-alte-Schachtel-Beige gehen?»

Endlich lächelte sie wieder. Isa schaute zur Kirche, zu den Menschen, die darauf warteten, dass die Autotür aufschwang und eine bezaubernde Braut ihr glückseliges Strahlen verströmte.

«Jetzt renovieren wir dein Gesicht, und auf geht's!» Isa holte ihr Schminktäschchen hervor. Sie hatte sogar an feuchte Tücher gedacht. Konnte es sein, dass sie als Trauzeugin tatsächlich zu gebrauchen war?

«Trotzdem …», quengelte die Meyer.

«Halt still, sonst kann ich nicht tupfen.»

«Es ist ein Fehler.» Die Kirchenglocken begannen ihr verheißungsvolles Geläut. Isa tupfte schneller.

«Das geht schief … ach, Isa! Total schief geht das.»

«Nein, nicht! Nicht weinen! Ich hab dich doch gerade erst … O nein!» Dammbruch. Die Tränen fluteten Meyers Augen. Da half kein Taschentuch mehr. Isa drückte Meyer an ihre Brust. Die kunstvolle Hochsteckfrisur war damit auch hinüber. Auf dem Kirchplatz entdeckte sie die ersten besorgten Gesichter. Isa wurde nervös. Wie es aussah, machte sie ihren Job doch nicht so gut. Wenn es als Trauzeugin zu ihren Pflichten gehörte, dafür zu sorgen, dass die Braut in tadellosem Zustand am Altar erschien, dann hatte sie jedenfalls jetzt schon versagt.

«Willst du Costas denn nicht mehr heiraten?»

«Doch», klang es kläglich, «aber es wird schiefgehen.»

«Wieso das denn? Ihr seid seit dreißig Jahren glücklich miteinander.»

«Eben drum. Man sollte nicht dran rühren.» Langsam tauchte Meyers zerflossenes Gesicht aus der Versenkung an Isas Schulter wieder auf. «Nichts verändern, weißt du.» Isa sah in dieses Gesicht, und hinter dem bunten Aquarell von zerfließendem Kajal, Lidschatten, Make-up und Rouge erkannte sie plötzlich etwas, das ihr selbst sehr vertraut war.

«Meyer, ich muss jetzt ein ernstes Wort mit dir reden.»

Die Meyer guckte sie mit großen Augen an.

«Du hast Costas, der ein überzeugter Atheist ist, in jahrelanger Zermürbungsarbeit dazu gebracht, in die Kirche einzutreten, um dir vor einem katholischen Priester das Jawort zu geben. Du hast die halbe griechische Familie, die sich eine orthodoxe Heirat gewünscht hat, gegen dich aufgebracht. Deine eigene Familie hat dich für verrückt erklärt. Dem Pfarrer, der nicht glaubt, dass es Costas ernst ist mit der Religion, musstest du versprechen, jeden Sonntag im Chor zu singen. Und jetzt willst du alles abblasen?»

«Na ja … Ja.»

«Schäm dich, du hast nur Schiss in der Büx.»

Die Meyer guckte sie erschrocken an. Dann, zögernd, sagte sie: «Stimmt. Ist doch unheimlich, so viel Glück zu haben, oder?»

Isa lächelte. «Nein, unheimlich ist hier nur eins – dein Gesicht.» Sie hielt der Meyer ihren Taschenspiegel vor die Nase.

«Ach, du Schreck! Kriegst du das wieder hin?»

«Kriegst du das mit dem Heiraten hin?»

Statt einer Antwort schwang die Meyer ihre Arme um Isa und drückte ihr in der üblichen herzlichen Art die Luft ab.

Als der Brautstrauß durch die Luft flog, stand Isa in sicherer Entfernung. Es gab genügend Töchter, Nichten und Cousinen, die mit glühenden Gesichtern darauf brannten, dem albernen Ritual zu huldigen. Aus ihrem stillen Winkel im Innenhof des griechischen Lokals sah Isa belustigt zu, wie die heiratswilligen Frauen in die Luft sprangen und ihre Hände reckten, als Heise sie entdeckte und auf sie zutrat. Just in diesem Moment schien Melissa, eine von Meyers beiden Töchtern, den Brautstrauß zu fangen. Doch die Blumen flogen zu hoch, streiften Melissas Finger nur und fielen einen Meter hinter ihr zu Boden – direkt vor Heises Füße. Heise hob den Strauß auf.

«Der gehört wohl dir.» Die Situation ließ ihr keine Wahl. Alle klatschten, als sie den Strauß entgegennahm, und Heise – Andreas, wie sie ihn seit geraumer Zeit nannte – zeigte sein warmes Lächeln.

Isa wusste nicht, wo sie hinsehen sollte. «Ich bin nicht abergläubisch», sagte sie in dem Gefühl, sich entschuldigen zu müssen.

«Das macht nichts», rief Melissa und bedachte sie mit demselben frechen Augenzwinkern, das sie von der Meyer so gut kannte. «Du wirst trotzdem die nächste Braut sein.»

«Darauf trinken wir einen», lachte Andreas und nahm zwei Sektgläser vom Tablett eines Kellners. «Darauf und auf unsere Freundschaft.» Er reichte ihr das Glas, und sie stießen an. Seine Augen blitzten so vergnügt und lausbubenhaft, dass Isa es wieder fühlte: einen winzig kleinen, piksenden Hüpfer in ihrer Brust.

Seit sie aus Bangsund zurück waren, traf sie sich regelmäßig mit ihrem Chef. Es hatte sich ganz unspektakulär entwickelt: Zeitnot, Berge von Arbeit und der Wunsch, sich trotzdem gut zu ernähren, hatten es zur Gewohnheit werden lassen, dass sie im «Rosaria» gemeinsam zu Mittag aßen. Und da sie beide abends immer die Letzten im Institut waren, ergab es sich, dass sie auch immer öfter nach der Arbeit bei dem Bio-Italiener vorbeispazierten. Irgendwann redeten sie nicht bloß von der Arbeit. Isa erzählte, dass sie früher leidenschaftlich gerne Tango getanzt hatte, und erfuhr, dass auch Heise mit seiner Exfrau Tangokurse besucht hatte. Sie vereinbarten, es miteinander zu versuchen, und verabredeten sich für eine Milonga. Erstaunlicherweise harmonierten sie auf dem Parkett ausgezeichnet miteinander. Von da an gingen sie jeden Freitagabend Tango tanzen. Isa fand es schön mit Andreas. Sie teilten die Arbeit und den größten Teil ihrer Freizeit, und auf eine bezaubernd altmodische Art war alles sehr romantisch. Nur – geschlafen hatten sie noch nicht miteinander. Irgendwie stand die Nacht in Bangsund, in der sie ihn überfallen hatte, zwischen ihnen. Zumindest glaubte Isa das. Vielleicht war es aber auch etwas anderes.

«Na, so nachdenklich?» Erwischt! Sie hatte wohl zu lange ins Sektglas gestarrt.

«Nur etwas müde.» Über fehlenden Sex wollte sie mit Andreas jetzt wirklich nicht reden. «Komm, schauen wir uns die Geschenke an.» Sie zog ihn ins Innere des Lokals, wo in einer Nische der Gabentisch aufgebaut war. Geschenkpapier in allen Mustern und Farben zierte den Berg aus Paketen und Päckchen, dazwischen in Zellophan verpackte Geschenkkörbe und bunte Glückwunschkarten.

«Hatten sie sich nicht Geld für eine Reise gewünscht?», fragte Andreas.

«Die Verwandtschaft war wohl der Meinung, dass sie eher ein paar neue Töpfe und Pfannen brauchen.» Sie wies auf ein fünfteiliges in Zellophan verpacktes Küchenset. Doch Andreas sah nicht hin, denn Costas nahm ihn soeben in Beschlag. Meyers frischgebackener Bräutigam wollte Andreas unbedingt seine Nichte aus Athen vorstellen, die ebenfalls Biologin und, wie Isa wusste, auf Jobsuche war. Isa besah sich indessen die Geschenke und las einige Grußkarten. Manchmal konnte man vom Text auf den Inhalt der Päckchen schließen. Plötzlich fiel ihr Blick auf ein schmuckloses, braunes Postpaket. Sie sah es sich genauer an und las verblüfft den Namen des Absenders: Ben Breitenbach. Das musste ihr die Meyer sofort erklären.

«Dass dich das überhaupt interessiert.» Die Meyer tat harmlos. Unbeirrt konzentrierte sie ihre ganze Aufmerksamkeit auf die herrlichen Vorspeisenplatten, die in der Restaurantküche ihrer Schwägerin angerichtet wurden. Aber Meyers Unterton war lauernd. «Hattest du nicht gesagt, du willst von diesem – ich zitiere: – ‹sexgeilen Gorilla mit Doktortitel› nichts mehr hören?» Das Zitat war korrekt. Isa erinnerte sich, wie, kaum dass sie aus Norwegen zurück war, eine E-Mail von Breitenbach kam:

«Hi, Professor, der halbe Erfolg von Bangsund scheint dir zwar zur Hälfte recht zu geben. Ich werde dir aber beweisen, dass du vollkommen falsch liegst. Eine Welt des absoluten Verstandes ist die Hölle. Nur unsere Gefühle können uns davor bewahren. Im Anhang findest du Aufsatz Nr. 1 zur Beweisführung.»

Isa hatte die E-Mail gelöscht und den Aufsatz nie gelesen. Der Meyer gab sie den Auftrag, ihr einen neuen E-Mail-Account einzurichten und dafür zu sorgen, dass sie nie mehr von Breitenbach belästigt werden würde. In diesem Zusammenhang hatte sie die zitierten Worte benutzt.

«Dieser Mensch sollte aus meinem Leben verschwinden, ganz genau», warf Isa den Ball zurück, «das war meine einfache Bitte an dich, aber was machst du? Du ...»

«Moment! Hat er dir oder mir das Päckchen geschickt?» Natürlich hatte die Meyer recht, aber Isa war zu aufgebracht, um ihr recht zu geben.

«Wieso schickt er dir überhaupt ein Päckchen? Wieso weiß er von der Hochzeit?»

«Weil wir eine nette E-Mail-Freundschaft haben.»

«Ihr habt was?»

«Jetzt reg dich mal wieder ab. Nur weil er in deinem Leben nicht mehr vorkommen darf, heißt das ja wohl nicht, dass er auch für mich tabu ist.» Isa fiel vom Glauben ab. Flirtete ihre Freundin etwa mit Breitenbach?

Die Meyer schien ihre Gedanken zu erraten. «Herrgott, Isa, ich heirate gerade zum zweiten Mal meinen Mann. Was denkst du denn? Nein, ich habe weder Telefon- noch Internetsex mit Breitenbach! Ich verwalte nur die Aufsätze, die er dir schickt, und nebenbei mailen wir ein wenig. Er ist wirklich nett.»

«Er schickt immer noch Aufsätze?»

«Jede Woche einen. Sie liegen alle in einem Ordner mit

der Kennzeichnung B.» Die Meyer machte eine kurze Pause und fügte dann hinzu: «Auf dem zentralen Desktop, du kannst jederzeit darauf zugreifen.»

«Aber ich will sie nicht. Warum hast du sie nicht gelöscht?»

«Weil sie dafür zu gut sind.»

Isa runzelte die Stirn. Das tat sie gerne, wenn sie sich einen ätzenden Kommentar verkneifen musste.

«Du solltest sie wirklich mal lesen.»

Ihre Stirn runzelte sich noch mehr.

«Sie sind brillant.» Bei aller Liebe, aber was verstand Meyer schon von der Qualität eines wissenschaftlichen Aufsatzes?

«Sagt Andreas.»

«Andreas hat sie gelesen?»

«Sind ja keine Liebesbriefe.» Da war er wieder, dieser lauernde Unterton. Natürlich waren es keine Liebesbriefe!

«Du hättest sie alle löschen sollen.»

Statt zu antworten, schnaubte die Meyer plötzlich. Ein tiefes, ungeduldiges Ein- und Ausatmen. Sie verschränkte die Arme vor der Brust und baute sich vor Isa auf. Offensichtlich hatte sie das Lauern und Versteckspielen satt.

«Und du solltest dich langsam mal fragen, ob es Sinn macht, mit Andreas zu flirten, während dein Herz für einen anderen schlägt.»

«So ein Quatsch!»

«Meine Meinung. Mach damit, was du willst. Ich habe es endlich gesagt, war höchste Zeit. Und jetzt feiere ich meine Hochzeit.» Die Meyer rauschte in ihrem weißen Satingewand davon.

Isa fühlte sich plötzlich sehr allein gelassen mit Gedanken, die sie nicht denken wollte. Der letzte Abend in Bangsund drängte unaufhaltsam in ihr Bewusstsein. Der Abend ihres gemeinsamen Sieges, der Abend, an dem sie einen korallenroten Kuss verlor. Das Unglaubliche war geschehen …

Die Erinnerung tat ihr nicht gut, und Isa schüttelte sie entschlossen ab. Sie bemerkte, dass die Kellner begonnen hatten, die Vorspeisenplatten nach draußen zu tragen. Sie hatte Hunger, und draußen wartete Andreas, und das war im Moment alles, was zählte. Ein Ordner voll Aufsätze würde daran nichts ändern.

KAPITEL 2

«Ah, ist das nicht herrlich!» Michel schritt neben ihm stramm voran, blinzelte in die Sonne und breitete die Arme aus, als wollte er das Bergmassiv, das vor ihnen aufragte, umarmen und an sein Herz drücken.

Ben grinste. «Herrlich ist, dass du endlich mal wieder einen Samstag für mich Zeit hast.» Michels schuldbewusster Blick verriet alles. «Jetzt spuck's schon aus. Wer ist sie?»

«Ich wollte es dir eigentlich erst sagen, wenn wir oben in der Hütte sind.»

«Jetzt mach es doch nicht so spannend.»

«Du wirst vielleicht ein Bier brauchen, wenn du's hörst.»

«Kenn ich sie?»

Michel nickte und warf ihm einen schwer zu deutenden Blick zu. Dann blinzelte er wieder gegen die Sonne, als gäbe es jetzt nichts Spannenderes, als die Berge zu betrachten, und schwieg.

«Es ist Sabine!», rief Ben verblüfft. War das wirklich möglich? «Sabine? Meine Sabine?»

«Jetzt ist sie *meine* Sabine.» Michel ließ endlich von den Bergen ab und schaute ihn finster an. «Vielleicht erinnerst du dich: Du hast mit ihr Schluss gemacht.»

«Mehrfach.»

«Aber endgültig, oder?»

Ben musste lachen. «Entspann dich.» Er boxte Michel spielerisch. «Sabine ist Vergangenheit.»

«Puh!» Michel atmete erleichtert aus. «Und ich dachte schon, ich muss meinem besten Kumpel alle Knochen brechen.»

«Vorsicht, ja! Ich habe in Norwegen mit Lachsen gekämpft.» Sie lachten und setzten ihre Wanderung fort. Doch Ben merkte, dass es in ihm arbeitete. «Auf die Gefahr hin, dass du mich doch noch vermöbelst: Sorry, aber Sabine ist keine Frau für dich.»

«Aber für dich, ja?»

Ben wollte nicht streiten, aber er konnte Michel auch nicht blind ins Unglück rennen lassen. «Sie ist eine Verrückte. Sabine hat etwas von einer Stalkerin. Wenn du sie eines Tages loswerden willst, wird es die Hölle.»

«Ich will sie aber nicht loswerden.»

«Ja klar, du bist noch besoffen vom Sex mit ihr.»

«Es ist nicht nur der Sex», widersprach Michel, «wir machen total viel zusammen.»

«Zum Beispiel?»

Michel überlegte, und in Ben stieg schon ein kleines schadenfrohes Grinsen auf – es war eben doch nur der Sex ...

«Wir gehen Bergwandern.» Ben glaubte, sich verhört zu haben. Sabine und Wandern? Er sah es förmlich vor sich, wie ihre schlanken Fesseln in Highheels sich in null Komma nix in gebrochene Haxen mit Gipsverband verwandelten.

Michel musste ihm den Gedanken von der Stirn abgelesen haben. «Du kennst sie gar nicht richtig. Sie ist völlig anders. Wusstest du zum Beispiel, dass sie fast jede Vogelstimme imitieren kann? Oder dass sie ein Faible für gute Kinderbücher hat?» Ben nahm es staunend zur Kenntnis. «Abends liest Sabine mir immer was vor.» Spätestens jetzt begann Ben sich Sorgen ganz anderer Art zu machen.

«Aber Sex habt ihr auch?»

Michel grinste. «Ich hab ein paar ganz neue Dinge gelernt.» Ben war erleichtert, er befürchtete schon, Michel sei in die Trösterfalle getappt – viel Seelengemeinschaft, kein Sex. Allmählich wurde er neugierig.

«Wie hat es angefangen?»

«Als sie aus Bangsund zurückkam – ziemlich fertig übrigens –, hat sie mich gefragt, ob ich mit Obermeier vom Zoologischen Institut reden könne. Sie wollte sich um die Vakanz in seiner Abteilung bewerben.»

«*Du* hast das vermittelt!»

«Komm, ich habe euch beiden damit einen Gefallen getan.»

«Wohl wahr», grummelte Ben, «wenn man davon absieht, dass ich jetzt doppelt so viel arbeiten muss.»

«Was offenbar noch zu wenig ist.» Michel sah seinen entrüsteten Blick und erklärte: «Dir bleibt genug Zeit, jede Woche einen Aufsatz für die Ameisenkönigin zu schreiben.»

Ben hob drohend den Finger. «Hey, nur ich darf sie Ameisenkönigin nennen.»

«Du solltest sie vielleicht besser die große Schweigerin nennen. Sie wird dir nie antworten.»

Ben zuckte die Achseln. «Dann war es trotzdem nicht umsonst.»

Michel schaute ihn fragend an.

«Ich habe mir überlegt, dass ich ein neues Buch herausbringen werde. Die Essays sind gut, die werden ihr Publikum finden.»

«Bin froh, dass du das sagst.»

«Wieso?»

«Ich hatte schon Angst, du verschwendest dein Talent an ein kaltes Herz.»

«Du Poet», lachte Ben. Doch wenn er ehrlich war, hatte ihn genau diese Angst lange umgetrieben. Er musste an den Urlaub in Norwegen zurückdenken, als er nach dem Wettbewerb mit dem Auto von einer einsamen Hütte zur nächsten reiste, die Gedanken immer bei Bella und dem, was in ihrer letzten gemeinsamen Nacht in Bangsund geschehen war.

Sie zu küssen, war der verdammt noch mal verblüffendste Höhepunkt seines bisherigen Lebens. Sie nicht mehr küssen zu können, war dagegen ein endloser Abgrund. Bisher hatte er keinen Liebeskummer gekannt, und er fürchtete schon, dass er dieser Krankheit nun auf ähnlich gefährliche Weise ausgeliefert war wie jemand, der im Erwachsenenalter zum ersten Mal die Masern oder Mumps bekam. So etwas konnte tödlich enden. Die Aufsätze waren seine Rettung gewesen. Sie hatten ihm das Gefühl gegeben, Bella nahe zu sein. So trügerisch dieses Gefühl auch war, es war eine gute Medizin. Und jetzt war er kuriert.

«Keine Sorge, Bella ist überstanden, das Leben hat mich wieder.» Er blieb stehen, denn er hatte seinem Freund auch eine Neuigkeit zu verkünden. «Nächste Woche ziehen Marie und die Kleine bei mir ein.»

«Ist nicht wahr?» Ben war zufrieden, auch seine Überraschung war gelungen. «Ist praktischer, so können wir uns besser um Ursula kümmern.»

«Ihr macht also quasi 'ne WG?»

«Nö, wir versuchen es miteinander.»

«Du liebst sie?»

Das war der Moment, innerlich einen großen Seufzer zu tun. Wenn Ben eins begriffen hatte, dann, dass er von Liebe nichts verstand.

«Sagen wir so: Ich gehe neue Wege.»

Michels ungläubigem Staunen hatte er nichts entgegenzusetzen, lieber wollte er das Thema beenden. «Komm, lass uns einen Zahn zulegen. Ich könnte jetzt wirklich ein Bier gebrauchen.»

Sportlich liefen sie weiter, den majestätischen Bergen entgegen. Eine Ameisenstraße lief parallel zu ihrem Weg. Ben sah sie, aber er beachtete sie nicht.

KAPITEL 3

Isa saß vor einer Kiste mit Spielsachen und wühlte darin. Eigentlich waren es keine richtigen Spielsachen. Es war vielmehr ein Sammelsurium bunt durcheinandergewürfelter Gegenstände: Tücher in verschiedenen Farben, kurze und lange Seile, Muscheln, ein Würfel, verschiedene Bälle, ein Porzellanei, Stoffblumen, eine Pistole aus Plastik, kleine Püppchen, ein Herz aus Drahtgeflecht und vieles mehr. Und sie kramte auch nicht zum Zeitvertreib darin, sondern um etwas zu finden, das ihre Gefühle beim Wettbewerb in Bangsund widerspiegeln konnte. Stöcker hatte ihr das eingebrockt – Gestalttherapie.

Er hatte ihr nicht verziehen, dass er ihretwegen jetzt an Ratten statt an Hunden forschen musste. Sein Zorn war seit ihrer Rückkehr von Bangsund noch gewachsen, und Isa war sich sicher, dass ihre neue Nähe zum Chef ihm täglich Nadelstiche versetzte, die er nur ertrug, indem er unermüdlich nach ihren Schwächen Ausschau hielt. Er beobachtete sie mit Argusaugen. So war es kein Wunder, dass Stöcker irgendwann ihre kleinen Brandunfälle spitzbekam. (Wirklich nur Kleinigkeiten – ein explodierter Bunsenbrenner, eine verschmorte Kaffeemaschine, zwei Kabelbrände. Keine Verletzten.) Er bauschte die Sache bei Andreas auf, echauffierte sich, man könne nicht zulassen, dass die Schusseligkeit einer unerfahrenen Professorin die Sicherheit von Studenten und Mitarbeitern gefährde, und drohte damit, zum Dekan zu gehen. Andreas war gezwungen zu handeln. Leider fiel ihm nichts Besseres ein, als sie wieder zur Therapie zu schicken. Doch diesmal suchte sie sich den Therapeuten selber aus.

Frau Doktor Wiegand war eine strenge, aber herzenswarme und geduldige Therapeutin, die Isa ein wenig an ihre Sylter Lieblingsoma erinnerte.

«Schließen Sie ruhig einen Moment die Augen, gehen Sie noch einmal in das Gefühl hinein, bevor Sie auswählen.»

Isa schloss die Augen. Wie albern. Sie wollte die Augen schon wieder öffnen, aber die Stimme der Therapeutin hielt sie sanft zurück.

«Atmen Sie tief. Konzentrieren Sie sich ganz auf den Atem.» Hörbar ließ Doktor Wiegand ihren Atem ausströmen. Kräftig atmete sie wieder ein. Unwillkürlich wiederholte Isa es in ihrem eigenen Atemrhythmus. Sie entspannte sich.

«Fühlen Sie in Ihren Körper.» Wieder vernahm Isa den sanft strömenden Atem ihrer Therapeutin. Ein. Aus.

«In Ihren Unterleib.» Ein. Aus. Isa atmete.

«Ihren Bauch.» Ein. Aus. Isa atmete tiefer.

«Ihren Brustkorb.» Ein. Aus. Isa atmete und fühlte.

«Lassen Sie die Bilder langsam aufsteigen.» Ein. Aus. Isa fühlte. Ein. Aus. Fühlte mehr. Ein. Aus. Noch mehr. Bilder schienen direkt aus ihren Eingeweiden emporzuströmen. Auf einmal war alles wieder da: der korallenrote Kuss, der Doppelsieg. Isa sperrte die Augen auf und griff aus der Kiste das Herz und die Pistole.

«Interessant. Sind das Ihre Gefühle für Ben?»

Isa nickte, verstört über die Ausdruckskraft der Gegenstände, die sie vor sich hingelegt hatte. Die Erinnerung an ihren letzten Abend in Bangsund brandete mit so lebendigen Bildern und heftigen Empfindungen in ihr auf, dass sie ohne ihre übliche Zurückhaltung zu erzählen begann.

Nach der Podiumsdiskussion mit ihrem denkwürdigen Höhepunkt auf der Damentoilette war Isa sich sicher gewesen, den Wettbewerb verloren zu haben. Sie hatte sich nicht vorstellen können, dass der Applaus ihr als Wissenschaftlerin galt. Er war, dachte sie, bestenfalls der kollektive Versuch, eine peinliche Situation zu retten, schlimmstenfalls der ungewollte Lohn für eine Schmierenkomödie, die alle gut unterhalten hatte. Eine halbe Stunde später verkündete Tor Randers die Entscheidung der Jury: Zum ersten Mal in der Geschichte des *Future Award* sollte der Preis geteilt werden. Isa war benommen vor Glück, gleichzeitig war ihr die ganze Sache unendlich peinlich.

Das anschließende Fest mit viel Wodka-Orange zu begehen, war die einzige Möglichkeit, ihre widerstreitenden Gefühle davon abzuhalten, sie in den Wahnsinn zu treiben. Sie brauchte Unmengen Alkohol an diesem Abend. Und irgendwann brauchte sie Luft. Sie lief in die taghelle norwegische Nacht hinaus, zum Strand hinunter, atmete die Seeluft ein und dachte gerade, wie verrückt das alles war, als mit einem Mal Ben neben ihr stand. Er musste ihr nachgelaufen sein. Denn er hatte eine Flasche Sekt und zwei Gläser dabei. Sie wollte schon loswettern, dass sie mit ihm nicht anstoßen werde. Doch Ben schnitt ihr das Wort ab: «Toller Lippenstift.»

«Korallenrot und kussecht.» Sie wusste nicht, warum ihr das rausrutschte. Plötzlich musste sie lachen. Sie lachte wie ewig nicht mehr – ein völlig kindisches, idiotisches, losgelöstes Lachen. Ben stimmte ein, genauso kindisch, idiotisch und losgelöst. Sie konnten sich gar nicht mehr einkriegen. Immer wenn sich ihre Blicke trafen, brüllten sie aufs Neue los. Es war zugleich absurd und wunderschön. Als sie sich endlich doch beruhigten, blickte Ben sie nachdenklich an, einen eigenartigen stillen Moment lang. Dann nahm er ihren Kopf in die Hände und küsste sie. Kokosnussmakronen, kam es ihr wieder in den Sinn, wundervolle, köstliche Kokosnussmakronen. Sie war versucht, weiterzuküssen. Aber sie brach ab. «Ameisen küssen nicht!», flüsterte sie mit rauer, aber entschlossener Stimme und lief weg.

«Ameisen küssen nicht – wie bescheuert.» Isa lachte verlegen in das aufmerksame Gesicht ihrer Therapeutin. «Aber wenigstens habe ich für einen winzigen Augenblick in diesem ganzen norwegischen Chaos einen klaren Kopf bewahrt», schloss sie ihren Bericht.

Doktor Wiegand legte ihren Kopf ein wenig schief. «Glauben Sie das wirklich, dass Sie in diesem Moment klar waren?»

Isa saß an ihrem Computer im Labor, aufgewühlt und unruhig. Denn sie hatte das Verbotene getan: Sie hatte den Ordner mit der Kennzeichnung *B* geöffnet. Mehrmals war sie in Versuchung geraten, immer hatte sie widerstanden – bis heute.

Reines wissenschaftliches Interesse, sagte sie sich. Sie musste doch wissen, was die Konkurrenz trieb. Außerdem konnte es jederzeit sein, dass Andreas sie auf die Aufsätze ansprach. Wäre doch peinlich, wenn sie nichts darauf zu antworten wüsste.

Jede Woche einen Aufsatz. Tatsächlich. Isa öffnete die erste Datei. Ihr Herz klopfte bis zum Hals, und sie hasste es dafür. Es gab keinen Grund für Aufregung, ermahnte sie ihr dummes Herz. Sie machte nur ihre Arbeit. Doch als sie zu lesen begann, schlug das dumme Herz noch höher. Sie sollte lieber vorsichtig sein, in solchen Erregungszuständen bestand Brandgefahr. Isa rückte etwas vom Computer ab und legte ein Papiertaschentuch über die Maus – besser, ihre Hand hatte keinen direkten Kontakt.

Eigentlich wollte sie den Text nur überfliegen, aber er war

einfach zu gut. Gebannt las sie Wort für Wort. Absatz für Absatz. Dreißig Seiten, und ihre Aufregung wuchs mit jeder Seite.

«Hier brennt's doch!» Stöcker stand im Türrahmen, übellaunig und mit einem Feuerlöscher im Anschlag.

Instinktiv drückte Isa die Datei weg und sah sich erschrocken um. Jetzt roch sie es auch – von irgendwoher kam Rauch. Panisch suchten ihre Augen Schreibtisch und Computer ab. War es doch passiert? Aber da war nichts, nicht die kleinste Glut.

Stöcker war inzwischen hereingekommen und inspizierte mit strenger Miene jeden Gegenstand in ihrer Nähe. Jedes Kabel nahm er einzeln in die Hand. Er untersuchte den Computer, den Drucker, das Telefon, die Schreibtischlampe. Sogar die Schubladen zog er auf. Wie ein übereifriger Fernsehkommissar, dachte Isa empört und wollte schon fragen, ob er einen richterlichen Durchsuchungsbeschluss hatte. Sie hob ihre Nase in die Luft und ging dem Brandgeruch nach. Er führte sie zur Verbindungstür zum benachbarten Labor. Sie stieß sie auf, und fünf Studenten sahen sie erschrocken an. Zwei von ihnen schlugen gerade mit ihren Laborkitteln eine Flamme nieder, die einen Arbeitstisch zu vernichten drohte.

«Ihre Tutorengruppe, Herr Stöcker?»

In seinem Gesicht mahlten die Kiefer.

«Sie sollten sie mit den Brandschutzbestimmungen vertraut machen.»

Die Lippen zusammengepresst, schoss Stöcker an ihr vorbei. Isa zog die Tür hinter ihm zu, um seine Schimpftiraden nicht in voller Lautstärke mit anhören zu müssen. Die Studenten taten ihr leid. Allerdings verspürte sie auch Erleichterung – diesmal war sie es nicht!

Als sie sich wieder vor ihren Computer setzte, um Bens Aufsatz zu Ende zu lesen, hatte sie plötzlich wieder das ungute Gefühl, etwas Verbotenes zu tun. Schon eben, als Stöcker hereinschneite, hatte sie sich wie ertappt gefühlt. Der Gedanke, dass die Meyer oder Andreas sie beim Lesen der Aufsätze «erwischten», bereitete ihr noch mehr Unbehagen. Es war Blödsinn, aber sie konnte sich nicht dagegen wehren: Wenn sie die Aufsätze lesen wollte, musste sie das zu Hause tun – heimlich. Reichlich irritiert sah Isa sich selbst dabei zu, wie sie den Ordner einer E-Mail anhängte und das Ganze an ihre eigene Adresse schickte.

«So ein BLÖDSINN!», murmelte sie, während sie das sausende Geräusch der davonfliegenden E-Mail hörte. Sie fühlte Blödsinn, und sie tat Blödsinn. Unwillkürlich musste Isa an die Therapiestunde von heute Morgen denken – Pistole und Herz.

Den Kuss abzubrechen und Ben zu verlassen, war die einzig richtige Entscheidung. Was wäre denn die Alternative gewesen? Dass sie sich in ein Abenteuer stürzte mit einem Hallodri?

Entschlossen öffnete Isa eine Excel-Tabelle. Sie wollte etwas arbeiten und ihre Gedanken nicht länger an Blödsinn vergeuden. Angestrengt studierten ihre Augen die Zahlen, doch ihr Hirn verweigerte die Mitarbeit. Es lauschte dem Echo der Frage ihrer Therapeutin: «Glauben Sie das wirklich, dass Sie in diesem Moment klar waren?»

Isa stöhnte laut auf. Voller Unruhe stand sie von ihrem Schreibtisch auf und ging zum Fenster. Es dämmerte bereits, und in allen Räumen des Instituts, in denen noch gearbeitet wurde, brannte Licht. Isa konnte zu Andreas' Büro im angrenzenden Gebäudetrakt hinübersehen. Er saß am Schreibtisch und las.

Dieser ganze vermaledeite Blödsinn lag bestimmt nur daran, dass Andreas und sie immer noch keinen Sex gehabt hatten. Das ging so nicht weiter, sie musste sich etwas einfallen lassen. Kurz entschlossen packte Isa ihre Sachen zusammen. Heute würde sie einmal pünktlich Feierabend machen. Sie würde sich zu Hause in die Badewanne setzen, Musik hören und sich entspannen. Und schwuppdiwupp wäre sie da, die Idee, wie sie Andreas verführen konnte.

KAPITEL 4

«Schneller!», japste Marie.

«Ich mach, so schnell ich kann.»

«Wir haben nur fünf Minuten!»

Ben legte sich ins Zeug. Endspurt. «Wie weit bist du?» Er wollte nicht über Marie hinwegfegen.

«Gleich», stöhnte sie. «Kannst du weiter oben? Ja … fester … schneller! … Nein, nicht so.» Marie schubste seine Hand beiseite und bearbeitete ihre Klitoris selbst. Ihm war's recht, da konnte er sich ganz auf den Schwung seiner Hüften konzentrieren.

Marie fing an zu krampfen, die Zielgerade war in Sicht. «Jetzt?»

«Ja – jetzt!» Ben sah die Erlösung schon in einer großen Welle auf sich zurollen. Er hielt ein letztes Mal zurück, dann überließ er seinem Körper das Kommando.

«Uuu-äää!» Schön, laut und befreiend. Aber es war nicht Marie, die da schrie. Er war es auch nicht.

«Ursula», stellte Marie fest.

«Pünktlich auf die Minute.»

«Schnell. Bringen wir's zu Ende.»

«Ich bin aus dem Takt.» Marie war das egal. Ruck, zuck drehte sie ihn auf den Rücken und setzte sich auf seine Lenden. Das Mädchen war eine feurige Reiterin. In weniger als einer Minute waren sie fertig.

Marie schnalzte mit der Zunge – ihr Zeichen, dass alles zufriedenstellend gelaufen war. Dann drückte sie ihm einen verschwitzten Kuss auf, erhob sich und verschwand im Arbeitszimmer, das nun Uschis Kinderzimmer war.

Sex mit Marie war schon früher sehr sportlich gewesen. Bei ihren Dates hatte er immer ein wenig das Gefühl gehabt, als hätte er sich mit einem Kumpel zum Squash oder Tennis verabredet. Jetzt, wo Ursula da war und ihren Tagesablauf bestimmte, hatte er mehr denn je den Eindruck, mit Marie um Bestzeiten zu wetteifern.

Ben griff sich den Wecker vom Nachttisch – fünf nach fünf. Draußen war es noch dunkel. Wenn er sich jetzt einen Ruck gab, könnte er noch einige Stunden an seinem neuen Aufsatz arbeiten, bevor er zur Uni musste.

Zehn Minuten später stand er frisch geduscht in der Küche, einen Toast zwischen den Zähnen und einen Becher starken Kaffee in der Hand. Er wollte sich gerade mit seinem Laptop an den Küchentisch setzen, als Marie mit Ursula hereinkam.

«Nimmst du sie mal?» Sie legte ihm die Kleine samt Baumwolltuch fürs Bäuerchen in den Arm. «Ich muss ganz dringend.» Marie ging aufs Klo. Sie schloss die Tür nicht. Er konnte sie auf der Schüssel sitzen sehen. Die Ellbogen auf die Oberschenkel gestützt, hielt sie ihren Kopf fest – der Frühsport schien sie erschöpft zu haben. «Klappt das heute mit drei Uhr?», fragte sie.

«Hm?» Er sog eben den Duft seines Kindes ein. Wie war das möglich, dass etwas so gut roch? «Was sagst du?»

«Mein Seminar.»

«Ach so, ja. Klappt. Bin um Viertel vor drei hier, du kannst dann direkt abzwitschern.»

«Und Donnerstag?»

«Alles geregelt. Hab die Vorlesung getauscht.»

«Das heißt, ich kann bis zwei an der Uni bleiben?»

«Sagen wir lieber zehn vor zwei.»

«Das ist eng, aber ich krieg's irgendwie hin.» Marie zog den Slip hoch und ließ die Klospülung rauschen. «Ich finde, den Montag müssen wir noch besser takten.»

«Ja, der läuft noch nicht rund.» Er streichelte seiner Tochter den Rücken. Ursula war über ihrem letzten Bäuerchen eingeschlafen. Sie war so wunderbar entspannt. Kein Wunder, dachte er, sie kannte noch keine Zeitpläne.

«Wie schaffst du das nur immer?», fragte Marie. «Bei mir schläft sie nie so schnell ein.» Behutsam nahm sie ihm Ursula ab, darauf bedacht, sie nicht wieder aufzuwecken.

Er grinste unbescheiden, stolz auf seine Vaterkünste. «Schlaf auch noch ein bisschen.»

Marie nickte und lächelte. Auf halbem Weg drehte sie sich um. «Wird dir das nicht alles zu eng mit uns?»

«Nein.» Den Eindruck hatte er wirklich nicht. Marie war nicht der Typ, der einem das Gefühl gab, Ketten angelegt zu bekommen. «Und dir», fragte er, «ist es dir zu eng?»

«Nein.» Wieder lächelte sie tapfer. Sie sah hundemüde aus. Er nickte Marie zu, und sie verschwand mit Uschi-Baby im Schlafzimmer.

Ben nahm einen Schluck Kaffee – sie würden das schon schaffen! Zwei Sportlernaturen wie sie beide, das wäre doch gelacht!

Optimistisch klappte er seinen Laptop auf, überflog die Absätze, die er bereits geschrieben hatte, und war voller neuer Ideen. Ob die Ameisenkönigin seine Aufsätze irgendwann einmal lesen würde? Er sah sie vor sich: Gerunzelte Stirn über ozeanblauen Augen – wahrscheinlich würde sie die Aufsätze aus Prinzip schlecht finden. Das Ich-hasse-Ben-und-alles-was-er-tut-Prinzip. Ben musste grinsen. Es war gar nicht mehr wichtig, ob Isabella Werner seiner Arbeit Beachtung schenkte. Er schrieb die Aufsätze nicht länger für sie, er schrieb sie für sich.

Heute durfte er auf keinen Fall vergessen, seinen Verleger anzurufen. Befreit haute er in die Tasten.

KAPITEL 5

«Moin, moin!» Isa erschrak sich fast zu Tode. War jemand in ihrer Wohnung? «Raus aus den Federn!» Die Meyer vielleicht? «Diesen Tag darf man nicht verpassen. Schon den Sonnenaufgang gesehen? Ich sage nur: Wow! – Wow! – Wow!»

Erleichtert erkannte sie in dem albernen Hundegejaule die Stimme des Radiomoderators – ihr Wecker im Schlafzimmer nebenan war angesprungen. Während der Radiomann wegen der Aussichten auf einen schönen Spätherbsttag weitere langgezogene Wows zum Besten gab, rieb Isa sich die überanstrengten Augen, warf einen letzten Blick auf die Textzeilen, die sie eben noch am Bildschirm gelesen hatte, und klappte ihren Laptop zu. Dann ging sie ins Schlafzimmer, knipste das Radio aus, bevor es weitere bellende Begeisterungsstürme versenden konnte, und warf sich aufs Bett. Auf keinen Fall durfte sie jetzt einschlafen, ermahnte sie sich. In anderthalb Stunden musste sie an der Uni sein. Nur kurz Augen und Rücken entspannen, dann einen schönen heißen Kaffee trinken und irgendwie diesen Tag überstehen. Sollte sie nicht lieber noch mal den Wecker stellen? Sicherer wäre das. Doch noch während sie darüber nachdachte, glitten ihre Gedanken zu Bens Texten, die sie die ganze Nacht hindurch gelesen hatte. Eigentlich, erinnerte sie sich, hatte sie ja etwas anderes vorgehabt …

Sie hatte sich von unterwegs etwas zu essen mitgebracht, ein Bad eingelassen und – was sie ewig nicht mehr gemacht hatte – gefühlvolle Mädchenmusik aufgelegt.

Sie war voll der besten Absichten gewesen, sich zu entspannen und gleichzeitig ihr Liebesleben in den Griff zu kriegen. Noch während sie am Tisch saß und mit einem Essstäbchen in der linken Hand Sushi-Rolls aufspießte und in Bio-Ketchup tunkte, fertigte sie mit der rechten Hand eine Brainstorming-Liste an – Überschrift: *Endlich Sex mit Andreas.* Und weil sie so guter Stimmung war, strich sie es wieder durch und schrieb *Endlich Sex mit dem Chef!* darüber. Sie musste kichern, denn sie war genau dort angekommen, wo sie noch vor ein paar Monaten unter keinen Umständen hingewollt hatte. Aber jetzt fühlte es sich richtig an. Isa und Andreas – ja, das klang gut.

Dumm war nur, dass ihr partout nicht einfallen wollte, wie sie die Sache ins Rollen bringen konnte. Alles, was sie auf die Liste schrieb, strich sie sofort wieder durch:

~~Nur noch tief dekolletiert in die Uni gehen~~ (Unmöglich. Aller spätherbstlichen Sonne zum Trotz war es bald Anfang November, und da neigte sie zu Mandelentzündungen.)

~~Ihn beim Mittagessen öfter lang und stumm anschauen~~ (Nein, er würde denken, ihr sei der Gesprächsstoff ausgegangen.)

~~Ihn bekochen~~ (Schlechte Idee, denn genießbar war nur ihr Obstquark.)

~~Ihn in ein Konzert einladen~~ (Ganz schlecht. Er war ein Kavalier alter Schule und würde sich ärgern, nicht selbst darauf gekommen zu sein.)

~~Nach dem Tangotanzen auf einen Kaffee zu mir~~ (Ganz, ganz schlecht, weil zu offensichtlich.)

Frustriert stieg sie in die Badewanne. Da erst merkte sie, wie verspannt und müde sie war. Seit sie den halben *Future Award* gewonnen hatte, hatte sich ihre Arbeit fast verdoppelt. Mit dem Preisgeld waren neue Forschungsprojekte angeschoben worden, für die sie die Verantwortung hatte. Sie genoss diesen Erfolg. Aber sie genoss es jetzt auch, in dem warmen Wasser zu dümpeln und nichts zu tun und nichts zu denken. Ihre Rückenmuskulatur, gequält vom Joch am Schreibtisch, entspannte sich, und sie ließ noch mehr heißes Wasser zulaufen. Den Kopf auf das scheußlich kitschige, jedoch sehr nützliche Badekissen (herzförmig – ein typisches Meyergeschenk) gebettet, schloss sie die Augen. Vom Wohnzimmer her schwebten die sanften Balladenklänge rauchiger Soulstimmen an ihr Ohr, vermischten sich mit dem gleichmäßigen Rauschen des nachlaufenden Badewassers und trugen ihre Gedanken in ein seliges Nirwana – bis plötzlich das Wasser nicht mehr rauschte, sondern plätscherte. Isa riss die Augen auf. Sie war eingenickt, und ihr lavendelblaues Schaumbad suppte über den Rand der Badewanne.

Schnell stellte sie das Wasser ab, fluchte über den verstopften Überlauf, stieg aus der Wanne und schmiss alle greifbaren Frottéhandtücher auf die Pfütze, die bereits bis in den Flur gelaufen war. Dann merkte sie, dass sie kein Handtuch zum Abtrocknen mehr hatte und ihr Bademantel auf der Wäscheleine im Keller hing. Da klingelte das Telefon. Nicht jetzt, dachte Isa und ließ den Anrufbeantworter anspringen. Es war Andreas. Mit plötzlich angefeuertem Puls schnellte sie durch die Wasserlachen und stolperte über die durchtränkten Frottétücher zum Telefon in der Küche. Der Badeschaum tropfte von ihrer nackten Haut.

«Hab ich dich gestört?»

«Nein, gar nicht», log sie atemlos und griff mit der freien Hand nach einem Küchenhandtuch, um sich abzutrocknen, merkte jedoch zu spät, dass es mit Ketchup bekleckert war, und fluchte leise über die rote Sauerei auf ihrem Bauch.

«Ich dachte, vielleicht hast du Lust, noch was zu unternehmen.» Isa angelte nach der Küchenrolle und versuchte sich notdürftig abzutrocknen. «Ich bin nämlich zufällig ganz in deiner Nähe, sozusagen fast vor deiner Haustür.»

Es durchzuckte sie wie ein Stromstoß. Sie fühlte sich, als stünde Andreas bereits vor ihr und blickte auf ihren nackten Körper mit den Schaum- und Ketchup-Klecksen.

«Äh … eigentlich bin ich … also ich nehme gerade ein Bad.»

«Oh, tut mir leid. Du wolltest einen ruhigen Abend verbringen.»

«Na ja, also …»

«Macht doch nichts. Viel Spaß beim Planschen, wir sehen uns morgen.» Er legte auf. Am liebsten hätte sie sich mit der Küchenrolle in ihrer Hand selbst geohrfeigt. Die Rotweinflasche auf dem Küchenregal rückte wie zum Hohn in ihr Blickfeld. Warum hast du ihn nicht auf ein Glas eingeladen, schien sie zu fragen.

Isa tapste zurück ins Bad, wischte fröstelnd den Boden trocken und war schließlich so ausgekühlt, dass sie sich gleich noch mal eine Wanne volllaufen ließ.

Diesmal schlief sie nicht ein. Und dachte vorher daran, den Bademantel aus dem Keller zu holen. Eine Stunde saß sie im heißen Wasser, was aber, wie sich herausstellte, nicht sehr klug war. Denn die Hitze kochte ihren Kreislauf so hoch, dass ans Einschlafen nicht zu denken war.

Mühsam, als müsste sie das schwere Falltor einer Ritterburg hochziehen, klappte Isa ein Auge auf, um die Ziffern ihres Radioweckers zu sehen: sieben Uhr drei. Alles im grünen Bereich. Ein paar Minuten konnte sie sich noch gönnen. Sie schloss die Augen und spürte, wie sie brannten. Wie viele Stunden hatte sie eigentlich gelesen? Sie wusste es nicht mehr. Sie erinnerte sich nur noch, dass sie irgendwann in der Nacht entnervt von ihrem aufgepeitschten Kreislauf aus dem Bett gestiegen war, sich einen Schlaf dich schön-Tee gemacht und sich an ihren Laptop gesetzt hatte. Sie wollte Mahjong spielen, bis ihr die Augen endlich zufielen. Dummerweise tat sie es nicht gleich. Sie checkte erst ihre E-Mails – ein Automatismus, den sie nicht mehr loswurde. Und da war sie – die Mail, die sie sich selbst geschickt hatte. Hätte sie das doch bloß unterlassen …

Als sie den ersten von Bens Aufsätzen zu Ende gelesen hatte, konnte sie nicht mehr aufhören. Zugleich arbeitete es in ihr: Ideen keimten auf, und sie machte sich Notizen für eine Entgegnung. Dabei wurde sie immer aufgedrehter, und zwei Kannen Tee konnten nichts an ihrem Gefühl ändern, die nächsten hundert Jahre ganz sicher keinen Schlaf mehr zu finden.

Ein Irrtum, wie sich heute Morgen herausstellte. Isa rieb sich die wunden Augen und warf erneut einen trägen, halbgeöffneten Blick zum Radiowecker: immer noch sieben Uhr drei. Ausgezeichnet. Sofort ließ sie die Augenlider wieder fallen. Wenn sie das Frühstück ausließ, hatte sie noch ganze fünfzehn Minuten. Sie durfte sich nur nicht zudecken. Wenn sie sich zudeckte, würde sie einschlafen. Wenn nicht, dann nicht. Das funktionierte bei ihr so sicher wie ein physikalisches Gesetz.

Isa rollte sich auf die Seite, stieß die Bettdecke weit von sich, und während sie das Kissen unterm Kopf zurechtknautschte, erfüllte sie ein letzter Gedanke: fünfzehn Minuten. Welche Gnade!

Zwei Stunden später wusste Isa etwas Neues über sich: Sie konnte verdammt gut ohne Decke schlafen. Es war Meyers Anruf, der sie endgültig weckte. Schon beim ersten Klingeln schoss Isa hoch, als hätte ein Erdbeben sie wach gerüttelt, und was der Blick auf die Ziffern ihres Radioweckers offenbarte, kam in der Tat einer kleinen Katastrophe gleich. Sie sauste zum Telefon, sah Meyers Nummer und ließ ihrem

Schock freien Lauf: «Ogottogott – Ogottogott, ich hab verschlafen!»

«Ach so. Gut», sagte die Meyer hörbar erleichtert, «wenn's weiter nichts ist ... Ich dachte schon, es ist was Ernstes, und die Polizei steht schon bei dir in der Wohnung und untersucht deine Leiche.»

«Was?»

«Scherz. Aber krank bist du nicht, oder? Du klingst so?»

«Krank?» Sie musste kurz überlegen. Sie fühlte sich in der Tat etwas schwach, und es wäre eine schöne Ausrede gewesen. «Nein – ja, doch: Kopfschmerzen. Aber nein: Ich hab einfach verschlafen. So was ist mir noch nie passiert.» Dann fiel es ihr heiß ein. «O Gott – die Vorlesung!» Sie hatte ihre eigene Vorlesung verpennt. «Ich leg auf, ja? Bin in zwanzig Minuten da.» Sie wollte das Telefonat schon wegdrücken, aber Meyer rief:

«Halt! Stopp! Deine Studenten hab ich nach Hause geschickt.»

«Was?»

«Magen-Darm-Infekt.»

«Was?»

«Du hast die Flitzekacke. Also, wenn du willst, bleibst du heute einfach mal schön zu Hause.» Meyers mütterlich sonniges Lächeln strahlte förmlich durchs Telefon.

«Wir sehen uns in zwanzig Minuten.» Isa hetzte los, und zwischen Katzenwäsche und Coffee-to-go wurde sie immer wütender. Dieser Tag war vergeigt, bevor er angefangen hatte, und schuld waren allein Bens Aufsätze. Diese verflucht wunderbaren, beschissen-brillanten Aufsätze. Er hätte sie ihr nicht schicken sollen. Es gab überhaupt keinen Grund, ihr *irgendetwas* zu schicken. Warum konnte dieser Mensch nicht endlich damit aufhören, ihr Leben durcheinanderzubringen?

KAPITEL 6

Volltreffer! Ben grinste sein Gegenüber an und reichte ihm die Hand. «Sie hören in Kürze von uns.» Dabei versuchte er, nicht zu begeistert auszuschauen. Aber der junge Mann mit dem hochtrabenden Namen Timothy Pierce Fohlenkamp durchschaute ihn:

«Meine Chancen stehen nicht so schlecht, oder?» Ganz schön selbstbewusst, der Knabe. Aber genau das gefiel Ben. Er wollte gerade etwas Entsprechendes antworten, da ertönte ein gellender, langgezogener Schrei: «Uuu-äääääääähh!», der schließlich in ein erbarmungslos schrilles «Iii» kippte. Mit einem entschuldigenden Lächeln nahm Ben Ursula aus dem Maxi-Cosi, der, verborgen hinter seinem Schreibtisch, von seinem Besucher nicht bemerkt worden war. «Darf ich vorstellen, meine Tochter», versuchte er das Gekreische zu übertönen.

«Klingt wie das Kampfgeschrei eines Pavianmännchens», sagte Fohlenkamp. Und nach einem kurzen nachdenklichen Blick zur Decke: «Guinea-Pavian würde ich sagen.»

Ben lachte. «Und ich würde sagen, Sie haben den Eignungstest bestanden.»

«Meine Tochter ist zehn Monate alt und brüllt wie ein Berggorilla.» Noch mehr Begeisterung für Fohlenkamp weitete Bens Brust – der Mann war ein Leidensgenosse. Nichts gegen Uschi-Spatz, seine Liebe zu ihr wuchs mit jedem Augenblick, in dem er sie sehen, riechen, fühlen, schmecken – und ja – auch hören konnte. Aber er war doch froh, wenn sie eines schönen Tages zu schreien aufhören und zu reden anfangen würde.

Fohlenkamp war in diesem Punkt, wie sich herausstellte, ganz seiner Meinung: Kinder, die schon reden konnten, mussten ein Segen sein. (Was sie in diesem Moment beide übersahen, war die simple Tatsache, dass Kinder, die reden können, das Schreien nicht verlernen.) Das Thema fesselte sie so sehr, dass sie, statt sich zu verabschieden, an der geöffneten Bürotür stehen blieben und sich in immer neuen Theorien darüber ergingen, wie man am schnellsten herausfand, was ein schreiendes Baby brauchte. Der Babytalk dauerte am Ende länger als das ganze Bewerbungsgespräch, und als Ben Fohlenkamp schließlich aufs allerherzlichste verabschiedete, war es ein bisschen, als wäre er Robinson Crusoe und habe endlich seinen Freitag gefunden. Fohlenkamp war der einzige Vater auf der Insel der Kinderlosen, auf der Ben bisher gelebt hatte.

Die quäkende Ursula auf dem Arm schaute Ben Fohlenkamp noch beglückt nach, als Michel ins Büro trat. «Der wird's», verkündete er zufrieden.

«Was? Dein neuer Babysitter?» Michels massige Gestalt pflanzte sich auf den Bürostuhl, den er sogleich demonstrativ einen Meter vom Schreibtisch abstieß – Ben hatte eben damit begonnen, Ursula die verschissene Windel zu wechseln.

«Mein neuer Assistent.»

«Wie, du nimmst nicht das blonde Supermodel?»

«Zu jung, zu unerfahren.»

Die Sommersprossen in Michels Gesicht gerieten in Bewegung: Stirnrunzeln kombiniert mit einem amüsierten Grinsen.

«Ja, ja, schon klar», nahm er Michel die Worte aus dem Mund, «Wann wäre das für mich je ein K.-o.-Kriterium gewesen?»

Michel machte eine huldvolle Bewegung mit den Händen – er hätte es nicht besser formulieren können.

«Fohlenkamp spricht fünf Sprachen fließend und hat auch sonst alles, was ich brauche.»

«Seit wann kommunizierst du fünfsprachig?» Manchmal konnte Michel echt nerven.

«Ich verrate dir was: Er kriegt den Job nur, weil mir sein Name so gut gefällt: Timothy Pierce.»

Wie erwartet sagte Michel darauf nichts mehr, stattdessen schaute er mit verhaltenem Interesse zu, wie Ben den Babypopo säuberte.

«Warum ist sie hier?»

«Weil ihre Mutter einen Migräneanfall hat.»

«Marie hat Migräne?»

«Seit neuestem, meistens nach dem Sex.» Das fiel ihm selbst gerade erst auf.

«Autsch.» Gegen Michels flapsige Bemerkungen hatte Ben nichts. Im Gegenteil, er liebte diese Frotzeleien, die seit jeher ein wichtiger emotionaler Stützpfeiler ihrer Freundschaft waren. Was ihn störte, war der mitleidige Blick, der sich in Michels Lausbubengrinsen gemischt hatte.

«Sie kriegt nur zu wenig Schlaf, das ist alles.» Ben wollte kein Mitleid, weil nichts an seiner Situation zu bemitleiden war. Er war der stolze Vater des allersüßesten Wesens auf der Welt. Mitleid war da wirklich unangebracht, selbst wenn es in Zukunft weniger Sex geben sollte, weil auch Marie irgendwann der Zusammenhang mit ihren Anfällen auffallen musste.

«Süßer kleiner Scheißer.» Ben knutschte der fröhlich glucksenden Ursula den Bauch, was sie kitzelte und noch fröhlicher glucksen ließ. Sie war fertig gewickelt und sauber, ein Umstand, der Michel ermutigte, etwas näher heranzutreten.

«Sie sieht dir ähnlich.»

«Phantastisch, nicht wahr?»

Michel schaute ihn an wie einen besonders dämlichen Erstsemester-Studenten. «Schon mal was von Genetik gehört?»

«Und trotzdem ist es ein Wunder.»

Michel nickte wenig überzeugt. «Bevor du den letzten Rest deines brillanten Biologenverstandes verlierst, solltest du mal mit unserem Chef sprechen. Er hat mich nach deinen Plänen fürs nächste Semester gefragt.»

«Wieso fragt er mich nicht selbst?»

«Ich glaube, er hat ein bisserl Angst vor dir.»

Ben stutzte. Das war ihm neu.

«Na, du bist hier der Exot, der Indiana Jones, und jetzt auch noch ausgezeichnet mit dem Lorbeer des *Future Award*», erklärte Michel.

«Halber Lorbeer.»

«Er hätte dich wohl gerne für ein weiteres Gastsemester.»

«Vielleicht wäre das gar nicht schlecht», überlegte Ben laut.

«Jetzt bin ich platt. Ich dachte, du sitzt hier wie auf glühenden Kohlen und kannst es gar nicht erwarten, endlich wieder nach Borneo zu kommen.»

Ben hob Ursula auf seinen Arm. «Sie ist noch zu klein für Borneo.»

«Und dein Projekt, das Orang-Utan-Refugium?»

«Die Jungs aus Berkeley müssen eben ohne mich anfangen. Von hier aus kann ich 'ne Menge Organisatorisches erledigen und mich um die Finanzen kümmern.»

Michel schien einen Moment lang sprachlos. «Es ist dein Lebenstraum», sagte er schließlich mit fast feierlichem Ernst.

«Ich gebe ihn ja auch nicht auf. Die Schutzzone wird aufgebaut, nur werde ich nicht von Anfang an dabei sein.»

Michel schüttelte den Kopf. «Ich weiß nicht …»

«Aber ich. Pass auf: In spätestens einem Jahr bin ich im

Regenwald, Marie kann dann dort ihr Praktikum machen, und Ursula wird mit den Affenbabys spielen.»

Was sich wie ein perfekter Plan anhörte, war bis eben nur eine Ansammlung diffuser Möglichkeiten gewesen, die in den letzten Wochen in seinem Hirn herumwaberten. Doch jetzt war es ausgesprochen und konkret. Michels Zweifel hingegen konnte er nicht zerstreuen. Seine Miene zeigte Besorgnis, und da war auch schon wieder dieser Ausdruck von Mitleid, der Ben allmählich schwer ärgerte.

«Jetzt zerbrich dir nicht meinen Kopf, Mann! Alles ist gut.» Michel sah immer noch aus, als wolle er ihm gleich sein Beileid aussprechen. Es war nicht zum Aushalten. «Wolltest du dich nicht mit Sabine zum Mittagessen treffen?»

«Mist, sie wartet bestimmt schon unten.» Aufgeregt fuhr er sich durchs Haar, in seinen Augen war endlich jede Spur von Mitleid verflogen, sie sprühten voller Vorfreude – und weg war er.

Zwanzig Sekunden später sah Ben vom Fenster aus, wie Michel und Sabine sich in die Arme fielen und sich sehr lange küssten. Die beiden sahen unverschämt glücklich aus. Ben hätte es nie für möglich gehalten, aber Sabine passte perfekt zu Michel. Sie hatte schon immer den großen Teddybären gesucht, den Beschützer und ehrlichen Naturburschen, der mit ihr durch dick und dünn ging.

Ben erinnerte sich, wie Sabine sich einmal bei ihm beklagt hatte, dass alle Männer in ihr immer nur den Vamp sehen würden. Sie selbst sah sich viel lieber in der Rolle des romantischen Mädchens mit Gänseblümchen im Haar. Er erinnerte sich, wie er sie wegen dieses Vergleichs ausgelacht hatte. Jetzt tat ihm sein Spott leid. Wenn er sie mit Michel zusammen sah, war sie dieses Mädchen. Sie war viel natürlicher geworden, sie bewegte sich natürlicher, sie lachte natürlicher. Und an die Stelle ihrer berechnenden Koketterie war eine sanfte Verspieltheit getreten. Vielleicht konnte man ja daran die wahre Liebe erkennen: Sie ließ einen werden, was man im tiefsten Innern sein wollte. Und jeder Partner, der das nicht aus einem herausholen konnte, war der falsche.

Als die zwei sich aus ihrer Umarmung lösten, schaute Sabine nach oben. Sie musste gemerkt haben, dass sie beobachtet wurde. Sie lachte und winkte ihm zu. Er winkte zurück. Zum ersten Mal hatte er das Gefühl, mit einer Ex befreundet sein zu können. Möglicherweise würden sie eines Tages über ihr Abenteuer in Norwegen lachen, und Sabine würde kräftig über die Ameisenkönigin herziehen, und er wäre endlich so weit, ihr recht zu geben und sich zu fragen, was er eigentlich von dieser komischen kleinen Professorin gewollt hatte.

«Unglaubliche Dinge geschehen, mein Spatz.» Ursula auf seinem Arm fand das Winken lustig und lachte sehr – ein bisschen sah es so aus, als lache sie ihn aus.

KAPITEL 7

«Du hättest ruhig mal einen Tag zu Hause bleiben können. Seit Monaten arbeitest du wie ein Roboter. Aber du bist keiner, und würdest du ab und an mal in den Spiegel gucken, könntest du das auch sehen – mit deinen Augenringen übertriffst du jeden Pandabären.» Ihre Standpauke versüßte die Meyer mit einem großen Stück griechischem Mandelkuchen, das sie Isa mitsamt einer Tasse Kaffee auf den Schreibtisch stellte. Kein sinnvoller, aber ein köstlicher Ersatz für das Mittagessen, das heute flachfiel. Andreas hatte keine Zeit, mit ihr ins «Rosaria» zu gehen. Vielleicht besser so, wenn man bedachte, was die Meyer gerade über ihr Aussehen gesagt hatte.

«Ich hatte nur eine schlaflose Nacht, das ist alles», verteidigte sich Isa.

Die Meyer setzte sich mit einem Teller Mandelkuchen ihr gegenüber. «Da siehst du's: Du bist so überarbeitet, dass du nachts nicht mehr abschalten kannst.»

«Nein, so war es nicht.»

«Nein?»

«Nein.» Isa schüttelte den Kopf. «Ich hab nur ...» Wie sollte sie den Aufruhr der letzten Nacht erklären? «Ich war nur ... beschäftigt.»

Abrupt verweigerte die Meyer dem Kuchenstückchen auf der Gabel die Landung in ihren weit geöffneten Mund und ließ es in der Luft schweben. «Beschäftigt?» Ein Grinsen erhellte ihr Gesicht. «Mein Gott», rief sie jubilierend, «heißt das, du und Andreas, ihr habt endlich ...?» Mit ihren Fingern machte sie eine eindeutige Geste, die sie den griechischen Teenagern in ihrer Familie abgeguckt haben musste. Isa sah die Freude in ihrem Gesicht und verstand die Welt nicht mehr.

«Ich dachte, du würdest es nicht gutheißen, wenn ich mit Andreas …»

«Dass du mich immer missverstehen musst. Natürlich kannst du so viel Sex mit ihm haben, wie du willst.»

«Das klang auf deiner Hochzeit aber anders.»

Die Meyer schnaubte. «Das Körperliche habe ich nicht gemeint, es ging mir mehr hier drum.» Sie klopfte sich aufs Herz. «Du sollst nicht mit ihm flirten, als könnte er die Liebe deines Lebens werden.»

«Aber vielleicht kann er das.»

Die Meyer schaute sie einen Moment besorgt an, wie man ein Kind ansieht, das nicht einsehen will, dass Berge von Zuckerwatte keine sättigende Nahrung sind. «Ich war in Bangsund dabei, schon vergessen?»

«Das war eine Ausnahmesituation. Ich war eine andere, eine Ausnahme-Isa, verstehst du?» Nur wenn die Meyer, ihre einzige Freundin, es verstand, würde auch sie selbst es verstehen. «Diese Frau kenne ich gar nicht. Das zählt nicht, Ben zählt nicht.» Isa schoss flehende Blicke auf die Meyer ab.

«Wenn das so ist …» Die Meyer dachte nach, und es sah so aus, als ob sie gleich etwas sehr Bedeutendes sagen würde. Doch dann entschied sie sich dagegen. «Ach, scheiß der Hund drauf!» Sie lächelte, und alles Nachdenkliche verflog. «Ich bin die Letzte, die dir den Spaß verderben will.»

«Weiß ich», murmelte Isa halb getröstet, «aber von Spaß kann gar keine Rede sein.» Sie musste an Andreas' Anruf gestern Abend denken. So dämlich es auch war, ihn nicht hochzubitten, so sehr war sie im Grunde doch davon überzeugt, dass gar nichts passiert wäre, selbst wenn sie ihren ganzen Rotweinvorrat geleert hätten. «Ich bin keinen Schritt weiter mit Andreas – *das* war es, was mich gestern Nacht wach gehalten hat.» Von ihrem Lesemarathon erzählte sie lieber mal nichts. «Außerdem hab ich zu heiß gebadet.»

Sie sah die zuckenden Grübchen im Gesicht ihrer Freundin, und ihr wurde bewusst, was sie gesagt hatte. Sie prusteten beide gleichzeitig los, die Meyer hatte Mühe, die Mandelstückchen im Mund zu behalten. Als sie ihr Lachen restlos ausgeschüttet hatten, schloss die Meyer ihre Arme um sie. «Ich wusste schon immer, dass du zu heiß gebadet hast.»

Isa strahlte die Freundin an, als hätte sie soeben das schönste Kompliment überhaupt bekommen. So etwas konnte nur die Meyer. Dann wurde sie ernst: «Ich glaube, er steht überhaupt nicht auf mich.»

«Andreas?»

«Er hat mich noch nicht mal geküsst. Nicht mal ein Wangenkuss zum Abschied. Wir sind garantiert das einzige Tangopaar auf der ganzen Welt, das sich per Handschlag verabschiedet.»

«Er ist eben ein bisschen altmodisch und schüchtern.»

Isa war mit der Antwort nicht zufrieden.

«Du kennst doch seine Exfrau. Wie ist die denn so?»

«Ach, ganz nett.»

«Nein, ich meine, was für ein Typ ist sie, wie sieht sie aus?»

Die Meyer überlegte. «Groß, lange schwarze Haare, kräftige Statur.»

«Sie ist dick?»

«Nicht dick, eher kurvig.»

«Vollbusig?»

«Auch.»

«Da hast du's: Er steht nicht auf mich.» Isa sah sich vor einem Spiegel stehen: kleine Brüste, schmale Hüften. Das konnte ein Barockfan unmöglich sexy finden.

«Er hat sich von ihr scheiden lassen.» Die Meyer betonte jedes Wort einzeln.

«Aber bestimmt nicht wegen ihrer Brüste.» Plötzlich kam Isa ein furchtbarer Gedanke. «Er hat mich angelogen.»

«Was?»

«Ja, natürlich.» Sie war sich jetzt so gut wie sicher. «Als er behauptete, ich sei ihm zu wichtig für schnellen Sex, das war eine Notlüge. Er wollte nur nicht, dass ich mir wie ein Volltrottel vorkomme mit meiner Hand in seiner Pyjamahose.»

Überwältigt vom Ausmaß ihrer Dämlichkeit ignorierte sie Meyers Kopfschütteln. «Und ich glaube ihm das auch noch! Und zwar schon geschlagene vier Monate lang.» Das war ja mal wieder typisch. Sie hatte einfach kein Talent für die Liebe und sollte es endlich sein lassen. «Ich muss zu meinen Ameisen.» Isa stand auf, aber die Meyer verstellte ihr den Weg.

«Er hat dich doch zuerst geküsst.»

«Das war sicher so eine Art Übersprungshandlung.»

Fragezeichen auf Meyers Stirn.

«Du weißt schon – wie bei Hunden, die sich, statt zu bellen oder zu beißen, auf ein harmloses Gähnen zurückziehen –, Verhaltenspsychologie.»

«Du meinst, er wollte dich eigentlich beißen?»

«Nein, aber anschreien, rauswerfen.» Wieso war die Meyer so schwer von Begriff, war doch sonnenklar. «Es war mitten in der Nacht, ich hab ihn aus dem Schlaf geschreckt – da werden manche Leute zu wahren Bestien.»

«Küssenden Bestien», beharrte die Meyer und hinderte sie weiter daran, an ihr vorbeizugehen. Wollte oder konnte sie es nicht verstehen?

«Worauf ich hinauswill, ist, ich dumme Kuh hab das alles überbewertet.»

«Da frage ich mich nur, wieso der Mann mit dir jede freie

Minute verbringt.» Ein gutes Argument, doch Isa ließ sich davon nicht einfangen.

«Vielleicht hat er keine Freunde.»

«So ein Quatsch.» Meyer meinte es gut, aber Isa wollte sich von ihren Tröstungsversuchen nicht einlullen lassen und schob sich an ihr vorbei.

Als sie vor den Formicarien saß und *Solenopsis invicta* bei der Bewältigung ihrer zahlreichen Aufgaben zusah, merkte sie erst, wie deprimiert sie war. Andreas wäre ein Glücksfall gewesen. Sie verstand sich mit ihm so ausgezeichnet, er war ihr so angenehm und vor allem: Sie arbeiteten so harmonisch Hand in Hand – fast wie die Mitglieder der Ameisenvölker –, dass sie sich tatsächlich eine Beziehung mit ihm hatte vorstellen können.

Wie ärgerlich und beschämend: Sie war doch wieder in die Liebesfalle getappt. Andreas hatte ihr durch seine Zurückhaltung Vertrauen eingeflößt – das war der Käse in der Mausefalle. Zu dumm nur, dass Andreas den Käse gar nicht hineingelegt hatte. Er wollte die Maus gar nicht fangen. Verenden würde sie in der Falle trotzdem.

Sie hätte laut losheulen können, tat es aber nicht. Isa straffte sich. Sie war keine Maus, und sie würde nicht sterben – nicht an der Liebe. Das wäre ja noch schöner! Sie hatte schließlich einen Verstand. Und dieser einzigartige Erlöser und Retter sagte ihr, wenn sie sich in Zukunft nicht völlig bescheuert anstellte, dann hatte sie soeben die letzte Lektion erhalten, um ein für alle Mal zu wissen, dass Liebe ein großer Bluff war. Sie hörte die Seifenblase in ihrem Geiste geräuschvoll platzen. Doch es war die Labortür, die ins Schloss fiel. Erschrocken drehte sie sich um.

«Andreas.»

«Ich hätte doch noch Zeit zum Essengehen. Hab zwei Termine auf morgen verschoben. Wenn du willst, können wir … Was ist mit dir?» Er sah wirklich süß aus, wenn er so besorgt guckte. Zu süß für sie. Tränen schossen ihr in die Augen.

«Nichts. Es ist nichts. Ich hatte diese Nacht bloß überhaupt keinen Schlaf. Manchmal denke ich einfach zu viel, grässlich ist das, und dann … dann habe ich auch noch zu heiß gebadet – also *wirklich* zu heiß gebadet – und … und jetzt sehe ich aus wie ein Pandabär.» Sie probierte ein Lächeln, tapfer, aber zwecklos.

«Pandabär?», fragte er. «Du siehst traurig aus.» Mit zwei Schritten war er bei ihr. Sie schüttelte ihren Kopf und drehte sich weg, doch er legte den Arm um sie und zog sie an sich. Zwischen ihre Nasen passte kein Blatt mehr. Der Kuss kam prompt, und er widerlegte alles, was ihr Verstand, der doch so viel über den großen Bluff wusste, zu vermelden hatte.

Am folgenden Samstag war Isa schon drei Stunden früher wach als an üblichen Samstagen. Fünf Uhr morgens war wirklich verdammt früh. Isa hob den Kopf und sah aus dem Fenster, draußen war es noch dunkel. Sich jetzt schon die Joggingschuhe anzuziehen und durch einen schwarzen, kalten Herbstmorgen zu rennen, war keine verlockende Idee. Sie drehte sich auf die andere Seite und versuchte weiterzuschlafen. Aber es war einfach nicht möglich. Sie war zu aufgeregt. Heute war *der* Tag. Der Tag, an dem sie Sex mit Andreas haben würde. Es konnte gar nicht anders sein, alle Indizien sprachen unmissverständlich dafür: Zum ersten Mal hatten sie sich für einen Abend bei ihr zu Hause verabredet. Kein Essengehen, kein Tango, kein Kino – keine Ablenkung, nur sie beide. Andreas wollte für sie kochen, und man musste kein romantisches Genie sein, um zu wissen, dass dies nur die Ouvertüre zu einer Nacht weit stärkerer sinnlicher Genüsse sein würde.

Seit dem Kuss im Labor lief alles auf dieses Ereignis zu, und wären sie beide nicht so eingespannt in Arbeit und Termine, wäre es längst geschehen, was ihr offen gestanden viel lieber wäre. *Es* bereits hinter sich zu haben, wäre geradezu phantastisch. Das erste Mal mit einem neuen Partner war immer mit zu viel Aufregung, zu viel Unkenntnis und mit einem Höllenritt voller Ängsten verbunden, weshalb es auch nie so wurde, wie man es sich erträumte. Was hatte sie für Erwartungen an die erste Nacht mit Vincent gehabt! Die Erinnerung an diese herbe Enttäuschung ließ sie in ihrem warmen Bett frösteln. Vincent war ein so leidenschaftlicher Redner und ein so hingebungsvoller Tänzer, dass sie sich genau das erhofft hatte: leidenschaftlichen, hingebungsvollen Sex. Stattdessen bekam sie einen verklemmten Puritaner, der im Schlafzimmer das Licht ausmachte und die Socken anließ. Es dauerte Monate, bis sie ein wenig Spaß im Bett hatten.

Connor lernte schneller, doch die erste Nacht mit ihm war ähnlich bitter. Er hing an der verbreiteten Vorstellung «Je länger, desto besser» und legte einen ehrgeizigen Marathon hin, angefeuert von ihrem Stöhnen. Sie hatte sich nicht sofort getraut, Connor zu offenbaren, dass es Schmerzen waren, die den Atem stoßweise aus ihr herauspressten – sicher ein häufiges Missverständnis im erotischen Dialog zwischen Mann und Frau.

Bestimmt, beruhigte sich Isa, während sie sich in ihrem Bett hin und her wälzte, würde es mit Andreas schön werden – irgendwann, wenn sie gut im Training waren. Schade, dass man nicht einfach ein paar Wochen in die Zukunft springen konnte, bis zu dem Punkt, wo sie einander gut kannten, wo aller Schrecken des Neuen und alle Nervosität überwunden waren. In einer ihrer Lieblingsphantasien von sich und Andreas saßen sie beide hochbetagt und weißhaarig auf einer Parkbank, Händchen haltend beobachteten sie gewöhnliche Wegameisen. Ein Paar, das die Stürme der Liebe hinter sich hatte und beieinander geblieben war.

Nun ja, bis dahin gab es noch viel Arbeit.

Mit einem schweren Seufzer schlug Isa die Bettdecke beiseite und schwang sich aus der Koje. Wenn das Schiff nicht schon im ersten Sturm ihrer Liebe kentern sollte, musste sie jetzt dafür sorgen, dass ihre Gedanken Ablenkung bekamen. Nichts war gefährlicher und machte eine Liebeshavarie wahrscheinlicher, als in den dreizehn Stunden bis zum Date an nichts anderes als dieses Date zu denken. Denn eines hatte sie allmählich begriffen: Zu viele Gedanken konnten einem jede Liebe vermasseln. Am besten wäre es, die Verabredung ganz zu vergessen: Sie würde sich von Andreas überraschen lassen, und der ganze Abend verliefe frei und spontan, nichts wäre im Voraus bedacht, nichts erhofft und nichts befürchtet. Ein glücklicher, naiver Urzustand, in dem wahre Begegnung möglich wäre.

Isa machte sich einen Kaffee und einen Schlachtplan. Um Nervosität und Stresshormone abzubauen, nahm sie sich vor, erst ihre Wohnung zu putzen und dann joggen zu gehen. Danach konnte sie duschen und eine Kleinigkeit essen. In den restlichen Stunden bis zur Verabredung würde sie ihren Geist mit einer herausfordernden Arbeit beschäftigen. Und kaum dachte sie darüber nach, wusste sie auch sofort, was für eine Arbeit das sein würde: Sie wollte eine Antwort auf Bens Essays schreiben. Die Idee kam für sie selbst unerwartet, schien ihr aber bestechend. Ihr Kopf würde auf Hochtouren arbeiten und hätte keine Zeit für emotionalen Unsinn.

Isa war zufrieden. Auf diese Weise sollte es ihr gelingen,

dem Abend mit Andreas eine echte Chance zu geben. Vielleicht konnte sie sogar ein bisschen vergessen, dass sie mit ihm verabredet war.

Dreizehn Stunden später durfte sie feststellen, dass ihr Ablenkungsplan besser funktionierte, als ihr lieb sein konnte.

Schon beim Putzen der Wohnung dachte sie über nichts anderes als das Konzept ihres Essays nach. Sie hatte Bens Aufsätze, während das Putzwasser in den Eimer lief, noch einmal überflogen, und augenblicklich überschwemmten die Ideen ihr Hirn. Es war, als ob das Putzen den Vorgang noch beschleunigte. Die meisten ihrer Einfälle ließ sie davonfließen und wieder abgleiten ins unendliche Meer des Unterbewusstseins. Doch immer wieder legte sie den Putzlappen aus der Hand, um einen gerade erbeuteten Gedanken auf einem Zettel zu notieren. Bis die Wohnung geputzt, aufgeräumt und gestaubwischt war, konnte der Zettel mit einer vollständigen Gliederung ihres Essays aufwarten.

Isa vertagte das Joggen, verzichtete aufs Duschen und setzte sich mit einem Kaffee und zwei Keksen an ihren Laptop. Sie war in Kampfstimmung. Ben Breitenbach, der ihr zwischen den Zeilen seiner Aufsätze sein herausforderndes, unverschämtes Grinsen zuwarf, konnte widerlegt werden. Das spürte sie so deutlich, dass ihr im Gefühl des kommenden Triumphes ganz heiß wurde. Anders als in Bangsund würde sie diesmal Bens sentimentale Auffassung vom Wert der Emotion in der Evolutionsgeschichte mit ihren Argumenten in die Knie zwingen. In diesem vortrefflichen Hochgefühl fing sie an zu schreiben.

Isa hörte mit dem Schreiben nicht auf, bis es an der Tür klingelte. Andreas! Das durfte einfach nicht wahr sein: Es war achtzehn Uhr, und sie saß immer noch ungeduscht in ihrer ausgebeulten Jogginghose und einem alten Sweatshirt vor dem Computer. Isas Gedanken überschlugen sich. Irgendwie musste die Situation doch zu retten sein. Ihr von Adrenalin überflutetes Hirn machte Vorschläge im Viertelsekundentakt: Konnte sie in den fünfzehn Sekunden, die der Fahrstuhl brauchte, schnell unter die Dusche springen? Oder lieber einfach nicht aufmachen? Sie könnte ihn auf dem Handy anrufen und irgendeine Geschichte erfinden. Sie könnte auch über die Gegensprechanlage mit ihm reden, einen Notfall vortäuschen und ihn wegen Tampons in die Apotheke schicken. Nein, nicht wegen Tampons, lieber Aspirin. Oder sie tat ganz lässig, empfing ihn, wie sie war, und machte sich in aller Ruhe schön hübsch, während er mit dem Kochen anfing?

Ein zweites Klingeln ertönte. Isa drückte auf den Türöffner und rannte ins Bad. Was zuerst? Haare? Gesicht? Oder Klamotten? Hatte sie heute Morgen überhaupt ihre Zähne geputzt? Sie tat es in Windeseile. Wenigstens ihr Kuss sollte frisch sein. Danach blieb ihr gerade noch Zeit für einen hoffnungslosen Blick in den Spiegel. Ihre Augen waren stark gerötet von der Arbeit am Bildschirm, ihr Gesicht war fahl, und auf dem Hals zeugten rote Flecken von der Hektik, die sie ergriffen hatte.

Isa öffnete die Tür und versuchte mit ihrem Lächeln alle Defizite zu überstrahlen.

«Herrje, bist du krank?» Andreas' ehrliches Entsetzen war niederschmetternd.

«Äh ... ja. Ich wollte dich anrufen, aber ich muss eingenickt sein. Nein, nicht!» Andreas hatte sich vorgebeugt, um ihr einen Kuss zu geben. «Magen-Darm-Infekt», schleuderte sie hervor. Welche Instanz in ihrem Kopf hatte jetzt diese Entscheidung getroffen? Hatte es keine besseren Optionen gegeben?

«Dann hast du einen Rückfall.»

«Ja, nicht auskuriert.» Sie lächelte matt. Immerhin war die Lüge glaubhaft.

«Kann ich irgendetwas für dich tun?»

Isa schüttelte den Kopf. «Ich muss einfach ganz viel schlafen.»

«Wachteln in Traubensahnesoße.» Andreas hob die Einkaufstasche mit den Köstlichkeiten hoch und lächelte. «Ich frier sie ein, und wir holen das nach.»

Isa nickte ergeben, und wenig später war ihr Date fort.

Himmel und Hölle, was war nur in sie gefahren!

KAPITEL 8

Ben blinzelte und kam zurück aus seinem Sekundenschlaf – eine neu erworbene Fähigkeit, von der er nie gedacht hatte, dass er sie je beherrschen würde. Aber seit er seine Nächte mit Uschi-Baby teilte, hatte sein Körper dieses Kunststück ganz von allein vollbracht. Man brauchte nur ausreichend Schlafmangel, am besten über Wochen.

In Sekundenschnelle, in welcher Situation auch immer, Schlaf abgreifen zu können, war überlebenswichtig geworden. Denn seitdem er ein Papa war, schien sich die Zeit zu beschleunigen. Nicht nur, dass Ursula von Woche zu Woche ihr Aussehen veränderte – der Speicher seines Smartphones war voll mit den Beweisen dieser unglaublich rapiden Metamorphose vom Säugling zum Kleinkind. Auch andere Dinge in seinem Leben gerieten in diesen rasanten Sog: War er noch vor wenigen Tagen überzeugt davon gewesen, dass er seine Zukunft als freier Mann im Regenwald von Borneo verbringen würde, so überlegte er jetzt ernsthaft, ob er eine Festanstellung annehmen sollte. Es war ein verdammt verlockendes Angebot, das ihm der Dekan gestern überraschend unterbreitet hatte. Ben hatte mit ihm eigentlich nur über ein weiteres Semester Gastprofessur verhandeln wollen. Selbst das wäre noch kaum eine Woche zuvor für ihn undenkbar gewesen. Seine eigene Metamorphose war zwar nicht auf Bildern dokumentiert, aber sie war nicht weniger dramatisch als die seiner Tochter.

Ursula versuchte von seinem Schoß aus nach allem auf dem Küchentisch zu greifen, was nicht niet- und nagelfest war. Noch vor kurzem wären ihre Säuglingsaugen nicht in der Lage gewesen, die Dinge auf dem Tisch überhaupt zu erkennen. Alles ging so schnell. Bald würde sie krabbeln und schließlich laufen können.

Ben nahm Ursula das Messer aus der Hand und sah sich in Sabines Küche um. Auch das war schneller gegangen, als er erwartet hatte: Pärchenabend mit Sabine und Michel. Eigentlich nicht sein Ding. Aber es gehörte wohl jetzt zu seinem Leben wie Sekundenschlaf, Babybrei kochen, Windeln wechseln, Muttermilch im Kühlschrank, Elternmagazine neben dem Bett, Maries Migräne, schneller Sex, viel zu schneller und zu kurzer Se…

«Ben!» Sex! War es schon wieder so weit? Er schreckte auf.

«Ben! Du schläfst doch nicht etwa schon wieder?!» Marie saß angezogen vor ihm, und sie waren definitiv nicht im Bett – der Sekundenschlaf hatte so seine Tücken.

«Das würde ich echt auch gerne können», wandte sich Marie an die Gastgeber. «Er schläft, wo er geht und steht.»

«Willst du einen Kaffee?», fragte Sabine und schenkte ihm ihr neues, buchstäblich ungeschminktes Lächeln. Sie verzichtete seit einiger Zeit auf den grellen Lippenstift und die katzenhaft schwarze Augenumrandung, was sie, wie Ben fand, zu einer feenhaften Schönheit erhob.

«Oder lieber noch ein Bier?» Michel zwinkerte ihm zu.

«Ich nehme beides.»

Michel ging zum Kühlschrank, Sabine zur Kaffeemaschine.

«Wir sollten aber dann auch bald fahren», mahnte Marie, «bevor Ursula müde wird und einschläft. Wenn wir sie nachher wecken müssen, ist sie vielleicht die ganze Nacht wach.» Maries Sorge war berechtigt.

«Ich trinke schnell.»

«Unseren Nachtisch müsst ihr aber noch abwarten», protestierte Sabine, und Michel ergänzte: «Ihr werdet ihn lieben.» Die beiden strahlten sich an.

«Keine Chance. So viel Zeit lässt uns die Kleine nicht», seufzte Marie, «dabei sterbe ich für Nachtisch.»

«Dann packen wir euch was ein, nicht wahr, Bär?»

«Gute Idee, Hase.» Bär Michel gab Hase Sabine einen schmatzenden Kuss und öffnete zielsicher einen der Oberschränke, um einige Plastikbehälter herauszuholen. Ben staunte. Michel war in seinem bisherigen Leben nicht gerade durch ein besonderes Interesse für Hauswirtschaft aufgefallen. Und überhaupt: Welcher Mann weiß schon, wo seine Freundin die Tupperdosen aufbewahrt? Konnte es ein untrüglicheres Zeichen dafür geben, dass sich hier zwei Leute wirklich und wahrhaftig gefunden hatten? Ben staunte in stiller Andacht.

Indessen brachte Sabine die Schüsseln mit dreierlei Mousse und selbstgemachter Waldbeerensoße, was Marie jauchzende Schreie entlockte.

«Ich glaube, die ist richtig gut geworden», verkündete Michel stolz und machte sich daran, im Verein mit Sabine die Schoko-, Vanille- und Erdbeermousse in die Tupperware zu füllen. Ein Tanz der alltäglichen Handgriffe begann, so geschickt und gut aufeinander abgestimmt, dass man glauben konnte, Michel und Sabine hätten nie etwas anderes getan, als gemeinsam in dieser Küche zu werkeln. Essen zu kochen schien dabei nur zweitrangig zu sein. Schon den ganzen Abend hatte Ben das mit zunehmender Verblüffung beobachtet. In Wahrheit ging es darum, einander Blicke zu schenken, Ideen auszutauschen, Werte und Weltsicht aufeinander abzustimmen, sich in einer Berührung, einem Lächeln und darin, wie der andere die Suppe salzte, wiederzuerkennen.

Es war, als steckte die Liebe in Schüsseln, klebte an Löffeln, schmiegte sich in Handtuchfalten und wartete nur darauf, durch die Gesten und Worte der beiden in eine große harmonische Bewegung zu geraten, die jeden, der zusah, schier umhaute. Ben schaute zu Marie. Ihre Blicke trafen sich nur kurz. Dann sah sie verlegen zur Seite, und er wusste, dass sie dasselbe dachte wie er: Wenn das Liebe ist, was haben dann wir?

«Bitte sehr.» Sabine hatte ihm einen Kaffee hingestellt, was seinen Gedankengang glücklicherweise unterbrach.

«Hase, was machen wir denn mit der Fruchtsoße und den Zimtkeksen?», fragte Michel von der Anrichte herüber. «Sollen wir sie direkt zu der Mousse geben oder lieber extra abpacken?»

«Gute Frage.» Sabine wandte sich an Ben und Marie. «Was meint ihr? Extra oder alles zusammen?»

Ben zuckte die Achseln, «Mir egal», und Marie entschied: «Schüttet ruhig alles zusammen.»

«Ich weiß nicht.» Sabine schaute ratsuchend zu Michel. «Bär?»

«Ich hab's, Hase. Wir arrangieren es wie in einem Dessertglas: Mousse, Fruchtsoße und obenauf den Zimtkeks mit ein paar Blättern Zitronenmelisse.»

«Aber bis die beiden zu Hause angekommen sind, ist alles durcheinandergewirbelt und zermatscht. Meinst du nicht, Bär?»

«Ach was, Hase, die Kekse weichen so schnell nicht auf. Außerdem könnten wir alles in eine kleine Kiste stellen, dann kann nichts umfallen.»

«Ja, das könnte gehen. Aber vielleicht wäre es trotzdem besser, alles zu separieren. Weißt du, Bär, das hat nämlich noch einen anderen Vorteil …»

Es war faszinierend, dieser Diskussion zwischen Hase und Bär beizuwohnen. Natürlich war es völlig unerheblich, ob die Mousse nun solo oder in Fruchtsoßenbegleitung verreisen durfte. Aber nicht für Michel und Sabine. Für sie war es fundamental wichtig, wie alles, was in dieser Küche, was in dieser Welt zwischen ihnen geschah. Ben beneidete sie.

Sie beratschlagten ausführlich und kamen schließlich zu dem Entschluss, alle Bestandteile des Desserts einzeln zu verpacken.

«Sabine hat völlig recht, so könnt ihr selbst entscheiden, wie ihr kombinieren und portionieren wollt, und vermatschen kann auch nichts.» Michel überreichte Ben einen regenbogenfarbenen Turm von Tupperdosen.

Sabine legte ein Sträußchen Zitronenmelisse obenauf und ergänzte: «Am besten schmeckt es, wenn ihr die Mousse auf einen Spiegel aus Fruchtsoße legt und die Zimtkekse darüberkrümelt.»

«Ja, dann ist es ein Gedicht», ergänzte Michel, «und die Zitronenmelisse ist auch nicht bloß Deko. Du musst mal ein Blatt in den Mund nehmen. Herrlich!»

«Wir kriegen das schon hin», antwortete Ben und hoffte, dass seine Antwort nicht zu gereizt klang.

Im Auto sprachen er und Marie kein Wort. Als sie in die Wohnung kamen und Ursula schlief, nahm Ben sich die Schokomousse und die Kekse und setzte sich in der Küche vor seinen Laptop. Marie griff sich die Behälter mit Vanille- und Erdbeermousse und die Fruchtsoße, nahm einen Esslöffel aus der Küchenschublade und verzog sich ins Schlafzimmer. Das Sträußchen Zitronenmelisse blieb unbeachtet auf der Anrichte liegen. Dort würde es bis morgen vertrocknen, dachte Ben. Mit einem Mal fühlte er sich vollkommen trostlos. Schnell schaufelte er eine Handvoll Zimtkekse in den Mund und einige Löffel Mousse au Chocolat hinterher.

Der freundliche Begrüßungston seines Laptops lenkte ihn von der Krisenstimmung ab.

Der Computer hielt aber noch mehr für Ben bereit: In der Mailbox lag eine Nachricht von *werner_i* – eine Sekunde lang überlegte er, ob er einen Werner kannte. Dann traf ihn die Erkenntnis wie ein Faustschlag gegen die Brust: Bella hatte ihm geschrieben.

KAPITEL 9

Isa saß mit Triefnase und röchelnden Bronchien in ihrem Bett und war gar nicht unzufrieden. Sie hatte sich eine ordentliche Grippe eingefangen und war seit zehn Tagen krankgeschrieben. Damit war es offiziell, und die dämliche Lüge, die sie Andreas aufgetischt hatte, war nachträglich legitimiert. Als er sie sonntags nach dem verpatzten Rendezvous angerufen hatte, war es sogar fast eine Erleichterung gewesen, mit ehrlichen Kopfschmerzen und verstopfter Nase wahrheitsgemäß zu antworten, es gehe ihr beschissen.

Und jetzt, wo der Kopf wieder frei war und auch die Atemwege das Schlimmste überstanden hatten, fühlte sie sich schon fast pudelwohl. Sie konnte täglich ausschlafen, so lange lesen, fernsehen und im Internet surfen, wie sie wollte, und wurde außerdem noch von Meyer und Costas aufs beste umsorgt und verwöhnt. Seit ihren frühen Kindertagen bei der Sylter Großmutter hatte sie sich nicht mehr so entspannt gefühlt.

Vielleicht war sie deshalb zu allen Schandtaten bereit. Denn eigentlich hatte sie nicht vorgehabt, den Kontakt zu Ben Breitenbach wiederherzustellen. Der Plan war, ihm mit einem einzigen, überragenden Aufsatz den Todesstoß zu versetzen. Aber der Kerl war zäh wie ein Silberrücken-Gorilla. Vor einigen Tagen hatte er ihr einen neuen Essay geschickt, der nicht nur ihren heftigsten Widerspruch herausforderte, sondern ihr leider auch zeigte, dass sie dem Silberrücken höchstens ein paar blutige Kratzer verpasst hatte.

Da sie noch nicht die Kraft hatte, erneut eine fundierte Replik zu schreiben, hatten sie sich aufs Chatten verlegt.

Und Isa musste sich eingestehen, dass diese Form des Schlagabtauschs anfing, ihr Spaß zu machen. Gestern Nacht hatte sie die vermutlich vier amüsantesten Stunden ihres Lebens am Laptop verbracht. Erschöpft war sie danach in einen tiefen, zufriedenen Schlaf gefallen. Jetzt las sie die Chatprotokolle der letzten Tage und schmunzelte. Sie waren beide in Bestform, die Argumente waren lebhafter und präziser als auf dem Podium, ja selbst als auf der Damentoilette von Bangsund.

Pling! Ihr Laptop zeigte Besuch an: Ben war online.

«Hi, Ameisenkönigin, wie geht's? Hoffe, du hast dich gestern nicht übernommen. Was macht die Grippe?»

«Danke der Nachfrage, Affenmann, fühle mich blendend.»

«Super! Heute Abend wieder um zehn?»

«Bedaure, werde heute mit dem Essay beginnen. Es wird dein Ende, King Kong – der Sturz vom Turm.»

«Gut gebrüllt, Majestät, aber vorher habe ich noch etwas für dich. Schau mal in deine Mails.»

Isa öffnete ihr Postfach. Ben hatte ihr ein Video geschickt, Aufzeichnungen von einem Forschungsaufenthalt in Tansania im vorigen Jahr. Aus nächster Nähe hatte Bens Kamera eine Horde Schimpansen in ihrem Territorium beobachtet. Die Bilder zeigten ausnahmslos Szenen, in denen sich die Affen gegenseitig halfen. Besonders faszinierte Isa eine Sequenz, in der zwei Schimpansen versuchten, hartschalige Tropenfrüchte zu öffnen. Während das Affenmännchen zwei Steine hatte, die er wie Hammer und Amboss benutzte, verfügte das Affenweibchen nur über einen einzigen Stein. Erfolglos bearbeitete sie damit die Frucht. Immer wieder äugte sie zum Männchen hinüber, das bereits seine Frucht zwischen den beiden Steinen zerquetscht hatte und zu essen begann. Schließlich stellte sich die Affendame vor ihn, guckte auf den großen Stein, der dem Männchen als Amboss gedient hatte, und hielt die Hand auf. Das Männchen zögerte nicht und gab ihr den Stein.

Isa hatte von solchen Feldbeobachtungen schon gelesen, und sie hatte Dokumentationen gesehen, bei denen Wissenschaftler in Experimenten ein ähnliches Verhalten bei gezähmten Affen provozieren konnten. Aber wie viel berührender waren diese Aufnahmen aus der Wildnis.

Gebannt sah Isa sich den Film bis zum Ende an und erschrak, als plötzlich Ben ins Bild kam. Mit einem Schnitt vom Dschungel direkt in sein Münchner Büro hatte sie nicht gerechnet. Er grinste direkt in die Kamera und sprach sie an: «Falls deine Ameisen zugeguckt haben, sind sie jetzt wahrscheinlich blass vor Neid.»

Na warte, dachte sie, du kriegst eine gepfefferte Antwort.

Im selben Moment hörte sie die Wohnungstür ins Schloss fallen. Meyer kam früher mit den Proviantpaketen als sonst. Schnell klappte Isa den Laptop zu.

«Hallo Süße!» Mit wenigen Schritten durchmaß die Meyer ihren kleinen Flur und stand fast augenblicklich an ihrem Bett. «Hast du Besuch?» Irritiert sah sie sich um.

«Äh, nicht dass ich wüsste.»

«Ich hätte schwören können, dass ein Mann im Zimmer ist. Witzig: Er klang wie Ben Breitenbach.»

Isa zuckte unmerklich zusammen. «Ich hab mir gerade einen Film angesehen.» War ja nicht gelogen.

«Brav. Hauptsache, du arbeitest nicht und erholst dich schön. Was haste denn geguckt?»

«Äh … *Planet der Affen.*»

«So einen Schwachsinn guckst *du* doch nicht!» Die Meyer zu hintergehen, war fast unmöglich. Ihre Teenager-Töchter konnten froh sein, dass sie eine so tolerante Frau war und es normalerweise nicht allzu viel gab, was man vor ihr verheimlichen musste.

«Ich bin krank», erinnerte Isa ihre Freundin, «mein Hirn braucht Schonkost. Wieso bist du überhaupt schon hier?»

«Weil ich sonst im Institut eine Bombe geschmissen hätte. Am liebsten mitten in Stöckers Labor. Er hat mich den ganzen Tag Anträge schreiben lassen.»

«Gehört das nicht zu deinen Aufgaben?»

«Ja, aber keiner kann verlangen, dass ich dabei Rekorde aufstelle, nur weil dem Herrn Professor zwei Minuten vor Fristende einfällt, dass es irgendwo noch Forschungsgelder abzugreifen gibt. Ich glaube, er wollte sich rächen.»

«Wofür?»

«Ich habe ihn gefragt, warum Rowdy immer noch nicht im Tierheim ist.»

«Der letzte Beagle aus Stöckers Forschungszwinger?»

Die Meyer nickte.

«War es nicht so, dass er nicht vermittelbar ist?»

«Ach was», schnaubte die Meyer, «Tierheime nehmen jeden Hund. Ich wette, er experimentiert heimlich weiter.»

«Aber was hätte er davon? Er könnte die Ergebnisse offiziell gar nicht verwerten.»

«Und wenn er sie zurückdatiert? Ich trau ihm das zu, und das habe ich ihm auch gesagt.»

«Kein kluger Schachzug.»

Meyer machte ein bedauerndes Clownsgesicht. Dann lächelte sie: «Und du hast wirklich *Planet der Affen* geschaut?»

Nachdem die Meyer ihr Costas' wunderbares Essen warm gemacht und sich mehrfach davon überzeugt hatte, dass Isa gesund genug war, um ab morgen wieder alleine für sich zu sorgen, verabschiedete sie sich. Kaum war ihre Freundin aus der Tür, schnappte sich Isa den Laptop, wartete aber noch ab, bis sie den Aufzug abfahren hörte. Dann schaute sie sich Bens Film noch einmal von vorne an.

«Ich benehme mich wie ein Schulmädchen, das etwas Verbotenes tut. Als würde ich heimlich mit meinem Lehrer schlafen oder Drogen nehmen. Dabei mache ich doch nur meine Arbeit. Ich schreibe Aufsätze, führe einen wissenschaftlichen Diskurs – nichts, wofür ich mich schämen müsste.»

«Vielleicht bedeutet Ihnen Ben noch etwas.»

«Nein, ausgeschlossen. Ich will Andreas. Und zwar so sehr, dass ich noch durchdrehe, wenn wir nicht bald miteinander schlafen.»

Doktor Wiegand zeigte ihr feines, zurückhaltendes Lächeln. «Möglicherweise ist Ihnen der Kontakt zu Ben peinlich, weil er Sie an gewisse Peinlichkeiten in Bangsund erinnert.»

Isa überlegte, da war etwas dran. «Hm, hm», brummte sie zustimmend und war gleichzeitig wütend auf sich selbst. «Himmel Herrgott, wir haben einen der wichtigsten Wissenschaftspreise dieses Planeten gewonnen. Was ist daran peinlich?!»

«Gratuliere! Das ist die richtige Einstellung. Weg mit den Schuldgefühlen!»

«Zeit für ein kleines Feuerritual?»

«Ja, schreiben Sie zu Hause alles, was Ihnen in Bangsund peinlich war, auf einen Zettel und verbrennen Sie es. Aber Vorsicht, benutzen Sie immer eine Feuerschale.» Doktor Wiegand zwinkerte ihr zu.

Isa fühlte, dass es ihr bereits besserging. Schon der pure Gedanke an das kleine Feuerchen verschaffte ihr Erleichterung. Seit die Therapeutin ihr empfohlen hatte, alles, was sie bedrückte oder stresste, symbolisch zu verbrennen, hatte sie beeindruckende Fortschritte gemacht. Seit Wochen gab es nicht einen einzigen Brandunfall.

«Wo wir gerade bei den negativen Gefühlen sind: Haben Sie sich schon mit Ihrem Vater getroffen?»

«Nein, noch nicht.»

«Schieben Sie es nicht zu lange auf.»

Doktor Wiegand hatte recht, die Sache mit Fritz sollte endlich geklärt werden. Auch mit ihrer Mutter musste sie dringend über die Vergangenheit reden. Wie heißt es unter Therapeuten so lässig? «It's all about the family.»

KAPITEL 10

Ben fuhr sich mit der Zunge über die Lippen. Rauchen, dachte er, eine schöne Zigarette rauchen. Er stellte sich vor, wie er den würzigen Qualm inhalierte, wie sich dabei seine Lungen dehnten und er den Rest in einer weißen Wolke wieder ausblies. Seit sechs Jahren hatte er keine Zigarette mehr angerührt. Vermisst hatte er die Kippen nur im ersten halben Jahr seiner Entwöhnung, dann nie wieder – bis jetzt. Seit qualvollen fünf Minuten ließ ihn die Vorstellung an eine Lucky Strike nicht mehr los. Vor fünf Minuten hatten seine und Maries Eltern gemeinsam am Esstisch Platz genommen.

Uschi und Klaus Breitenbach, in Auftreten und Kleidung lässig wie Strandurlauber und im Herzen immer noch studentenbewegt, saßen Konrad und Viola Dornbracht, in Schlips und Perlenkette, gegenüber. Auch die Dornbrachts hatten studiert, doch bewegt hatte sie das, laut Maries Urteil, nicht die Bohne, noch nicht mal in ihrer Jugend.

Die beiden Paare passten in etwa so gut zusammen wie Schimpansen und Paviane. Ben hatte am Gombe-Fluss in Tansania einmal einen Revierkampf zwischen beiden Affenarten miterlebt – es war ausgesprochen blutig zugegangen und hatte viele Tote gegeben.

Schon beim obligatorischen Shakehands musste den Breitenbachs und Dornbrachts bewusst gewesen sein, dass sie ihr jeweiliges Feindbild vor sich hatten. Auf beiden Seiten wurde mit übertriebener Freundlichkeit versucht, diesem Schock zivilisiert zu begegnen. Anderthalb Millionen Jahren menschlicher Evolution sei Dank, stürzte man sich nicht mit gebleckten Reißzähnen aufeinander, sondern legte die Hauer lediglich frei, um sich heftig anzulächeln, sobald es nur den allergeringsten Anlass dazu gab. Jeder noch so hohle Witz, jedes noch so banale Kompliment, ja sogar der Bericht vom Stau auf der Herfahrt, den sein Vater wenig geistreich zum Besten gab, wurde mit hochgezogenen Mundwinkeln und blitzendem Zahnweiß belohnt. Ben war schon ganz elend davon, und von Minute zu Minute fühlte er sich schlechter. Auch weil er ahnte, dass seine Mutter, impulsiv, wie sie war, diese Komödie nicht lange durchhalten würde.

Er verfluchte sich dafür, dass er die Idee zu diesem Abendessen gehabt hatte. Marie war von Anfang an dagegen gewesen und warf ihm jetzt entsprechende Blicke zu. Wäre es nach ihr gegangen, hätten sich die Eltern irgendwann beiläufig kennengelernt. Am besten bei irgendeiner Geburtstagsfete mit vielen – sehr vielen – anderen Gästen. Das wäre sicher entspannter gewesen. Oder, wie Marie sich ausdrückte, cooler. Er fragte sich, ob die Tatsache, Vater geworden zu sein, ihn langsam, aber sicher in einen Spießer verwandelte. Er brauchte dringend eine Zigarette. Sie würde ihm das jugendliche Gefühl von Rebellion zurückgeben. Vor allem aber wäre es eine Gelegenheit, für ein paar Minuten auf den Balkon oder, noch besser, vor die Tür zu verschwinden. Stattdessen betete er, dass dieser Samstagabend nicht in einem einzigartigen Massaker endete.

Ben schenkte allen Aperitif nach und hoffte das Beste. Noch wurde lediglich das feindliche Terrain ausgekundschaftet.

«Und Sie sind also Rechtsanwalt im Vorruhestand», fragte Dornbracht, nachdem er sich selbst sehr potent als Chef und Inhaber einer expandierenden mittelständischen Maschinenbaufirma präsentiert hatte. Ben sah seinen Vater souverän über den süffisanten Ton in Dornbrachts Frage hinwegschmunzeln und eine seiner lässigen Lieblingsposen einnehmen: Arme im Nacken verschränkt, Beine breit übereinandergeschlagen – sehr raumgreifend und lässig.

«Ruhestand würde ich es nicht gerade nennen. Was meinst du, Usch?»

«Mein Mann hat seine häuslichen Talente entdeckt.» Bens Mutter legte solidarisch einen Arm um ihren Gatten. «Wir sparen jetzt die Putzfrau und den Gärtner.»

«Und die teuren Restaurants», ergänzte Bens Vater. «Ich bin ein leidenschaftlicher Koch geworden.»

Dornbracht nickte. «Und was machen Sie den Rest des Tages?» Die Frage war zwar als Scherz getarnt, aber keinesfalls so gemeint. Ben, der das Blitzen in den Augen seiner Mutter bemerkte, fürchtete schon, sie würde gleich mit dem Fuß aufstampfen und eine ihrer Paraderollen präsentieren: die Jeanne d'Arc der gesellschaftlich gering geschätzten Hausarbeiter und Hausarbeiterinnen. Sie war eine Furie in dieser Rolle. Glücklicherweise reagierte sein Vater schnell und schlagfertig.

«Den Rest des lieben langen Tages trinke ich unsere Rotweinbestände leer oder spiele Tennis.»

Dornbracht lachte schallend. Ironie schien er zu lieben.

«Da haben Sie viel mit meiner Frau gemeinsam.»

Viola Dornbracht fand das weniger witzig. Sie warf ihrem Mann einen kurzen Blick zu, bevor sie das Wort an Bens Mutter richtete.

«Sie sind ebenfalls Rechtsanwältin?», fragte sie.

«Ja.»

«Ein aufreibender Beruf, nehme ich an?»

«Eigene Kanzlei?», fragt Dornbracht dazwischen.

«Ja.»

«Wie viele Mitarbeiter?»

«Fünf.»

«Jahresumsatz?»

«Papa!» Maries Empörung unterbrach die Salve der Schnellschussfragen nur kurz.

«Spezialgebiet?»

«Alles, was sozial ist.» Ben hörte den provokanten Unterton in der Stimme seiner Mutter.

Sein Vater wohl auch, denn er beschwichtigte: «Meine Frau hat ein großes Herz.»

«Schön, wenn man sich das leisten kann.»

«Dumm, wer es sich nicht leistet.» Auch seine Mutter konnte schnell schießen. Ihre Geduld mit Dornbracht war aufgebraucht. Ben warf ihr flehende Blicke zu. Vergeblich.

«Wissen Sie, wer zurzeit meine Lieblingsmandanten sind?», fragte sie provozierend. «Asylanten aus Somalia.»

«So?» Dornbracht spürte die Gefahr und verkniff sich einen weiteren Kommentar. Ben atmete wieder auf. Vielleicht konnten sie diese Klippe umschiffen. Eine Zigarette wäre jetzt wirklich eine großartige Sache.

«Sind das nicht Muslime?», wollte Viola Dornbracht wissen. Das war die falsche Frage. Ben sah, wie Verblüffung und Ärger sich im Gesicht seiner Mutter mischten. Der Point of no Return war erreicht, unmöglich, ihr politisches Temperament jetzt noch zu zügeln.

«Was spielt das denn für eine Rolle, an welchen Gott diese Menschen glauben? Wenn vor Ihrer Nase jemand stolpert und hinfällt, fragen Sie ihn dann auch erst nach seiner Religionszugehörigkeit, bevor Sie ihm aufhelfen?»

«Nun ja, wenn es um Integration geht, ist das schon ein nicht unwesentlicher Punkt.» Viola Dornbracht, der charismatischen Wucht seiner Mutter nicht gewachsen, nestelte nervös an ihrer Perlenkette.

«Viel wichtiger», fuhr seine Mutter fort und überhörte das mahnende «Usch», das ihr Mann ihr zuraunte, «ist es doch zu fragen, aus welchen Gründen diese Menschen ihre Heimat, die sie lieben, verlassen.»

«Na, ich nehme an», kam Dornbracht seiner Frau zu Hilfe, «weil sich hier so schön Geld machen lässt: Staatliche Transferleistungen, Schwarzarbeit – da kommt was zusammen. Meistens sind das ja gar keine Asylsuchenden, sondern Wirtschaftsflüchtlinge.»

«Verdienen Sie Ihr Geld zu Hause?»

«Usch ...» Breitenbach senior legte eine Hand auf die seiner Frau. Es nutzte nichts, Usch kam in Fahrt.

«Soweit ich weiß, ist der Maschinenbau eine Exportindustrie. Und da wir schon dabei sind, Herr Dornbracht: Wie viele Ihrer Maschinen sind dafür geeignet, Kriegsgerät herzustellen? Am Ende ist Ihre Technologie mit daran beteiligt, dass Menschen flüchten müssen.»

«Ich hole uns mal ein Bier.» Ben riss sich vom Tisch los und verließ den Raum. Im Hintergrund hörte er Dornbracht poltern. Die Stimme seines Vaters mischte sich dazwischen. Es wurde laut. Die ersten Schimpfwörter flogen durch die Luft, und Uschi-Baby fing an zu brüllen. Auf dem kurzen Weg zur Küche überlegte Ben tatsächlich, ob er aus dem Haus und zum nächsten Kiosk laufen sollte, um sich ein Päckchen Lucky Strike zu kaufen. Er kämpfte den Impuls nieder und setzte sich stattdessen kurz an seinen Laptop. Vielleicht konnte er eben schnell mit Bella chatten. Das würde ihn für einen Moment aus dieser Familienhölle befreien. Außerdem hatte er ihr noch eine wichtige Neuigkeit zu erzählen.

«Hi, Ameisenkönigin, mein Verleger hat deinen Aufsatz gelesen. Er findet ihn phantastisch und träumt davon, uns beide in einem Buch zu veröffentlichen. O-Ton Verleger: ‹Ameise und Affe – zusammen auf dem Königsweg!› Vielleicht hat er recht. Was meinst du?»

Bella war nicht online. Zur Sicherheit schickte er ihr die

Nachricht auch per Mail. Schade, er war wirklich neugierig darauf, was sie von einem gemeinsamen Projekt hielt. Aber an einem Samstagabend hatte sie natürlich Besseres zu tun, als vor dem Computer abzuhängen. Was sie wohl gerade machte?

KAPITEL 11

Hatte sie etwa gerade so etwas wie ein teuflisches Grinsen im Gesicht? Isa hatte sich auf ihrem Tisch ein paar Dinge sorgfältig zurechtgelegt: Feuerschale, Streichhölzer, Stift und ein Blatt Papier. Das Blatt riss sie in mehrere Stücke. Sie überlegte kurz. Dann begann sie die Fetzen zu beschriften:

Mit Ben geschlafen
Die Affäre vor der wissenschaftlichen Öffentlichkeit breitgetreten – in einer Toilette!
Ben erneut geküsst
Einen bescheuerten Moment lang gedacht, in Ben verliebt zu sein

Isa freute sich auf ihr kleines Brandopfer. Zwar hatte sie den Feuerritus anfangs als esoterischen Schwachsinn abgelehnt. Aber Doktor Wiegand, die alles andere als ein Räucherstäbchen anzündender Hippie war, hatte ihr einen Stapel wissenschaftlicher Bücher mitgegeben. Alle beschäftigten sich mit den Auswirkungen von Symbolen und symbolhaften Handlungen auf die menschliche Psyche. Ein, wer hätte das gedacht, ausgesprochen interessantes Forschungsgebiet.

Isa legte die Zettel in die Feuerschale und zündete ein Streichholz an. Sie atmete tief durch, bevor sie das denkwürdige Schriftgut in Brand steckte. Eine kleine Flamme stieg hoch, leuchtete kurz blau auf, und schnell – viel zu schnell, wie Isa fand – war das Papier schwarze Asche. Ade, ihr seelischen Qualen! Isa triumphierte. Das Feuer war zu ihrem Freund geworden.

Jetzt konnte der Samstagabend beginnen, der Abend mit Andreas. Heute würden sie ihr Rendezvous nachholen. Endlich! Isa verlor keine Zeit und hüpfte aus ihren Klamotten und unter die Dusche. Diesmal wollte sie es richtig anstellen. Innerlich und äußerlich gereinigt wollte sie ihrem Auserwählten gegenübertreten. Denn heute Abend würde *es* passieren. Heute würde der Tag sein, den sie beide von nun an als ihren Jahrestag feiern durften. Es war, wie sie ja inzwischen wusste, idiotisch, eine derartig bedeutende Tatsache leugnen zu wollen, nur weil sie einen nervös machte. Besser, man freute sich darauf.

Ein paar hundert aufgeregte und euphorische Gedanken später war Isa mit dem Ergebnis ihrer Bemühungen zufrieden. Sie hatte nicht zu dick aufgetragen, weder beim Lidstrich noch bei der Wahl ihrer Kleidung. Das sollte zwar ein besonderer Abend werden, aber sie wollte unter keinen Umständen so aussehen wie die unübersehbare Aufforderung zu solch einem Abend – ein Tipp von der Meyer.

Isa hatte schon die Türklinke in der Hand, da klingelte das Telefon. Erst wollte sie den Anrufbeantworter übernehmen lassen. Doch dann sah sie, dass es ihre Mutter war. Isa hatte sie wiederholt gebeten, endlich mit ihr über das Trauma ihrer Kindheit zu reden: der Tag, an dem ihr Elternhaus niederbrannte und auf den kurze Zeit später die Scheidung folgte. Immer wieder war ihre Mutter ausgewichen, und sie hatten schon einen handfesten Streit deswegen gehabt.

Isa nahm den Hörer: «Und wirst du dir die Mühe machen und dich erinnern?»

Am anderen Ende in Amerika war ein unterdrücktes Schnauben zu vernehmen. «Issyschätzchen, versteh doch, das ist wirklich nicht leicht für mich.»

«Für mich auch nicht.» Es klang vorwurfsvoller, als es sollte.

«Herrje, Issy, ich mache es ja.»

«Wirklich? Das ist toll, Mama, danke! Nur jetzt ist es schlecht. Ich bin gerade auf dem Sprung.»

«Triffst du dich wieder mit deinem Chef?»

«Mama, er hat auch einen Namen.»

«Andreas Heise, ich weiß. Und er ist ein hervorragender Wissenschaftler, ein feiner Mensch und ganz bestimmt der beste Mentor, den sich eine junge Professorin wünschen kann.» Diese Suada ließ nichts Gutes ahnen.

«Ohne ihn wäre ich nie auch nur in die Nähe des *Future Award* gekommen.»

«Rede keinen Unsinn, Issyschätzchen. Es hätte allenfalls ein paar Jahre länger gedauert. Ich will Heises wissenschaftliche Verdienste auch gar nicht schmälern. Ich finde nur, du solltest nicht aus reiner Dankbarkeit eine Beziehung mit ihm eingehen.»

«Das tue ich doch gar nicht!»

«Nein?»

«Nein, zum Kuckuck!»

«Ehrlich, Issy, dann frage ich mich, warum du nicht bei Vincent geblieben bist. Die beiden ähneln sich wie Zwillinge.»

«Mama, ich gehe jetzt.» Isa knallte den Hörer auf.

Fünfzehn Minuten später war ihr Zorn verraucht und das Telefonat mit ihrer Mutter vergessen. Mit mächtigem Kribbeln im Bauch stand sie vor Andreas, der sie an seiner Haustür mit einem Kuss begrüßte. Der Kuss war eines künftigen Jahrestages wahrhaft würdig – ein sehr langer Kuss. Außergewöhnlich lang. Eigentlich zu lang für einen Kuss ohne Zunge. Nun ja, überlegte Isa, Andreas war eben ein Gentleman, und feuchte Küsse vor dem Abendessen fand er wahrscheinlich stillos.

Im Wohnzimmer nahm er ihre Hände und schaute sie an, als sähe er sie zum ersten Mal.

«Du bist wunderschön.» Seine blauen Augen strahlten so intensiv und ausdauernd, dass Isa verlegen wurde und eilig nach einem Konversationsthema suchte.

«Gibt es heute die Wachteln in Traubensahnesoße?»

«Wie versprochen. Ich hab das Rezept sogar noch verbessern können.»

«Fein.» Mann, war sie verlegen. Sich selbst einen romantischen Jahrestag zu prophezeien, war, wie sich herausstellte, eine ebenso schlechte Vorbereitung auf ein Date wie die Strategie, das Date komplett zu vergessen.

«Zuvor gibt es Gemüsepâté an Jakobsmuscheln. Magst du Muscheln überhaupt?»

«Ja.»

«Wirklich?»

«Sehr.» Ihre schüchterne Einsilbigkeit war nicht auszuhalten.

«Ausgezeichnet. Weil ich es nicht wusste, habe ich vorsichtshalber noch eine Kartoffelsuppe gemacht, nach Elsässer Rezept – mit Riesling! Jetzt können wir beides genießen.»

«Drei Gänge!» Bravo, Isa: immerhin drei Silben!

«Selbstverständlich gibt es auch noch ein Dessert. Das heißt, eigentlich zwei. Ich konnte mich nicht entscheiden.» Er lächelte sie an, verdammt süß. «Du kannst wählen zwischen heißen Apfeltörtchen oder Crème brûlée. Ich kann aber auch Crêpes Suzette machen. Dafür habe ich immer alle Zutaten im Haus.»

«Das ist viel.» Auf jeden Fall viel mehr, als ihr Wortschatz heute Abend Wörter hatte.

Andreas schenkte Prosecco ein.

«Dann nehmen wir uns eben viel Zeit.» Es klang aufgeräumt, kein bisschen verführerisch, und für den Moment vergaß Isa ihr sprachliches Handicap. Denn ein schrecklicher Gedanke beschlich sie: Konnte es sein, dass Andreas nichts anderes im Sinn hatte, als den ganzen Abend zu dinieren? Isa sah ihren Jahrestag schwinden, gleichzeitig fiel alle Nervosität von ihr ab. Lässig lächelte sie Andreas zu.

«Dann lass es uns angehen. Ich kann es kaum erwarten, die Vorspeisen zu probieren. Klang ja alles sehr lecker.» Sie hatte ihre Sprache wieder. Erleichtert nahm sie einen großen Schluck vom Prosecco und strebte zur Küche. Doch Andreas packte sie sanft an beiden Schultern und hielt sie zurück.

«Ich habe wahnsinnigen Hunger.» Plötzlich war seine Stimme ganz rau und belegt, das Blau seiner Augen kippte ins Dunkelviolette. Der arme Kerl, dachte Isa, ist wahrscheinlich völlig unterzuckert. Sein Kuss traf sie unvorbereitet – mit Zunge!

Andreas hob sie auf seine Arme, ohne mit dem Küssen aufzuhören, und trug sie ins Schlafzimmer. In der nächsten halben Stunde dachte keiner von beiden mehr ans Essen – bis es irgendwann eigenartig roch.

«Hast du etwas auf dem Herd?»

Andreas schüttelte zwischen zwei Küssen den Kopf und machte unbeirrt weiter mit der Erforschung ihrer Körperlandschaften. Seine rechte Hand hatte gerade eine interessante Gegend erreicht und drängte darauf, diese zu erobern.

«Im Ofen?» Schlechter Zeitpunkt für derartige Fragen, genau genommen für Fragen jeglicher Art.

«Mm-mm», verneinte er, während er ihr knutschend den Mund stopfte und seine Hand nach einem geeigneten Rhythmus suchte.

«Mikrowelle?»

«Was ist?», murrte Andreas an ihrem Ohr. «Magst du nicht, was ich mache?»

«Doch, doch, wunderbar.» Isa geriet in Panik. Sie sollte diesen einzigartigen Moment in dieser ganz besonderen, einzigartigen Nacht, die ihre wunderbare und ganz sicher einzigartige Zukunft besiegeln würde, nicht zerstören. Nein, das sollte sie wirklich nicht. Aber ihre Nase meldete unbarmherzig Alarm.

«Riechst du das nicht?»

Andreas stoppte sein Tun. «Was?!»

«Es riecht, als ob …» Isa wühlte sich unter Andreas hervor und stemmte sich hoch. Entsetzt blickte sie ins Zimmer. «Es brennt!!!»

KAPITEL 12

«Es brennt an allen Ecken. Wir brauchen dich, Ben.»

«Du übertreibst. Ich habe mit Marc gesprochen. Er sagt, es läuft alles prima.»

«Das würde Marc auch noch beim Ausbruch der Apokalypse sagen.»

«Zugegeben, aber du würdest Probleme selbst im Paradies aufspüren. Die Wahrheit liegt also irgendwo dazwischen.»

Ben hatte doch noch jemanden zum Chatten gefunden. David Bloomfield war ein Kollege aus Berkeley und sein wichtigster Partner beim Orang-Utan-Schutzprojekt in Borneo. David wollte am nächsten Morgen von Kuala Lumpur aus in den indonesischen Teil der Insel fliegen, um in Zentral-Kalimantan mit dem Aufbau des neuen Auswilderungsparks und der Forschungsstation zu beginnen. Er war überhaupt nicht einverstanden mit Bens jüngsten Plänen, erst nach dem Sommersemester dazuzustoßen.

«Glaub mir», tippte Ben, «ich habe mir die Entscheidung nicht leichtgemacht.»

«*Da* bist du!» Ben sah von seinem Laptop auf und in Maries überraschtes Gesicht. «Wie lange bist du denn schon hier?»

Er schaute auf die Uhr. «Mist, schon viel zu lange.» Er ließ David wissen, dass er Schluss machen musste, und klappte den Laptop zu. Schon über eine Stunde war vergangen, seit er den Esszimmertisch verlassen hatte, um Bier zu holen. «Wie ist die Stimmung dadrinnen?»

Marie zuckte die Achseln. «Keine Ahnung. Ich bin gleich nach dir raus. Ich musste Ursula beruhigen. Sie war total übermüdet, konnte aber bis eben nicht einschlafen.»

«Du warst die ganze Zeit im Schlafzimmer?» Marie nickte. «Sie sind sicher am Verhungern.»

Marie grinste. «Wenn sie sich nicht schon gegenseitig geschlachtet haben.»

Als sie gleich darauf mit Weißbrot und Antipasti ins Wohnzimmer kamen, bot sich ihnen ein erstaunliches Bild. Vater Dornbracht hatte den Schlips abgelegt und schenkte gerade allen Whisky nach. Man trank Brüderschaft. Ben rechnete es Dornbracht hoch an, dass er nicht die teuerste Flasche aus seiner Sammlung angebrochen hatte. Er ist wirklich kein geiziger Typ, aber beim Anblick eines vierundzwanzig Jahre alten, fast leeren Cragganmore wären ihm schon ein paar Tränen gekommen.

«Kommt, Kinder!», rief seine Mutter aufgekratzt. «Ihr müsst mit uns anstoßen.»

Dornbracht schenkte ihnen gleich zwei Gläser voll, und alle strahlten wie die Honigkuchenpferdchen.

Ben und Marie sahen sich sprachlos an.

«Auf die Familie!», toastete Dornbracht lautstark, und der Rest der Elternschar echote: «Auf die Familie!»

«Apropos, wann wollt ihr eigentlich heiraten?» Viola Dornbracht ließ ihre Perlen klimpern, und ihre Augen wurden rund und groß vor freudiger Erwartung.

«Ja, habt ihr schon einen Termin?», hakte seine Mutter nach. Ihr Gesichtsausdruck glich auf einmal erschreckend dem der Perlenkettenträgerin.

«Wie wäre es im Sommer», schlug sein Vater vor, «da können wir bei uns im Garten feiern.»

«Oder Weihnachten», tönte Maries Vater, «das ist nicht mehr so lange hin.»

Die Breitenbachs und Dornbrachts sahen sich an und nickten einmütig.

«Weihnachten ist gut!», rief seine Mutter, und Ben blieb

der Mund offen stehen. «Ach, und noch was, Kinder. Ihr müsst unbedingt eine Namensänderung für die Kleine beantragen: Ursula Viola – gleiches Recht für beide Großmütter!» Mama Breitenbach reckte ihr Whiskyglas in die Luft wie eine Revolutionsfahne und legte einen Arm um Mama Dornbracht.

«Wir bezahlen euch natürlich die Unkosten», zwitscherte Bens zukünftige Schwiegermutter. Ben schmeckte wieder den imaginären Rauch einer Lucky Strike auf seinen Lippen.

Stunden später, als die fröhlichen, sturzbetrunkenen Elternpaare endlich in zwei Taxis verfrachtet waren, überfiel Ben das Verlangen nach einer Zigarette so heftig, dass er nachgab.

«Du hast nicht zufällig noch irgendwo ein Päckchen Zigaretten aus pränatalen Zeiten?»

Marie schüttelte bedauernd den Kopf. Doch dann grinste sie breit: «Ich habe was Besseres.» Aus einer Küchenschublade, in der alles landete, wofür man sonst keinen Platz fand, zog sie eine kleine Schmuckschatulle hervor. Sie hob den Deckel hoch, und Ben strahlte. Es war genau das Richtige: ein fertig gewickelter, großer dicker Joint.

«Für besondere Momente», sagte Marie.

Ben nickte ernst.

Wenig später lagen sie auf der Wohnzimmercouch. Kopf an Kopf, jeder die Füße über eine Lehne gehängt genossen sie abwechselnd den heißen Qualm in ihren Lungen. Lange schwiegen sie und hörten nur der Musik zu, die Ben aufgelegt hatte – ein sanft treibender Rhythmus und eine einfache Melodie, die einen weit, weit wegtrugen.

«Willst du, dass ich dich heirate?»

Marie schwieg, aber er spürte, wie sich ihr Kopf langsam neben seinem einmal hin und her bewegte.

«Weil du nicht heiraten willst, oder weil du nicht willst, dass *ich* dich heirate?»

Marie schaute ihn an, so gut das ging in dieser Position.

Ben nahm einen langen Zug, übergab Marie den Joint und blies langsam und entspannt den Rauch in die Luft.

«Was veranstalten wir hier eigentlich?», fragte er mehr sich selbst. «Elternessen ... Pärchenabende ...»

«Ich hasse das», sagte Marie und inhalierte.

«Ich auch.»

Marie gab ihm den Joint zurück, schwang ihren Körper herum und legte sich an seine Brust, kuschelte sich ein.

«Ben?»

«Ja?»

«Ich liebe dich nicht.»

«Ich weiß.» Er wusste es schon lange. Ben drückte sie an sich und gab ihr einen Kuss auf die Nase. «Ich dich auch nicht. Aber ich liebe Ursula.»

«Ich weiß. Wir finden einen Weg, oder?»

«Ja, finden wir.»

Dieser Abend war wirklich etwas Besonderes. Noch nie war Schluss machen so schön gewesen.

KAPITEL 13

Isa schaute aus dem Krankenhausfenster in den endlosen Regen eines grau-schwarzen Tages. Der goldene Oktober war endgültig vorbei, nicht nur dadraußen, sondern auch in ihrem Herzen. Was war nur los mit ihr, dass jede Liebe in einem Feuerfiasko endete? Die Ärzte und Schwestern im Krankenhaus versuchten ihr Mut zu machen. Die Transplantation sei sehr gut verlaufen, ihre Haut sei noch jung und regenerationsfähig, und in einem Jahr würde man von der Verbrennung an ihrem Arm kaum noch etwas sehen. Und was ist mit den riesigen Brandblasen hier drinnen?, hätte sie am liebsten gefragt und sich dabei dramatisch auf die Brust geschlagen. Aber das tat sie natürlich nicht.

Ein zartes Klopfen riss sie aus dem Sumpf ihrer düsteren Gedanken. Die Meyer steckte ihren Kopf durch die Tür, lächelte und stürmte mit einem Bauchladen voller Obst, Zeitungen und Süßigkeiten an Isas Krankenbett.

«Bin ich froh, dass du lebst.» Sie drückte ihr zwei Küsse auf die Wangen, trat einen Schritt zurück und musterte sie. «Und entstellt bist du auch nicht. Halleluja! Du hattest mehr Glück als Verstand.»

Isa lächelte matt. «War Andreas heute im Institut?»

«Nur kurz. Er hat sich den Rest des Tages frei genommen. Ich dachte eigentlich, ich treffe ihn hier bei dir.»

Isa schüttelte den Kopf. «Gestern war er auch nicht hier. Er hat nicht mal angerufen. Sicher ist ihm klargeworden, dass er mit einer Frau, die ihm das Haus in Brand steckt, nicht zusammen sein sollte.»

«Du hast ihm das Haus nicht in Brand gesteckt.» Isa sah

die Meyer hoffnungsvoll an. Noch niemand hatte ihr berichtet, wie groß der Schaden war.

«Nein?»

«Nein. Das Haus steht noch und ist unversehrt.»

«Oh, Gott sei Dank!»

«Nur …»

«Was?»

«Das Schlafzimmer …» Meyer machte ein Gesicht, als hätte sie in eine Bittermandel gebissen.

«Was ist mit dem Schlafzimmer?»

«Totalschaden.»

«Nein!» Isa sank ermattet in ihre Kissen zurück.

«Was nicht weggebrannt oder schwarz verrußt ist, sagt Andreas, hat das Löschwasser erledigt. Aber jetzt erzähl mal, wie ist das denn überhaupt passiert?»

«Mein BH», antwortete Isa, immer noch in die Kissen zurückgeworfen und die Augen vor dem großen Unglück geschlossen haltend.

«Dein BH?»

Isa setzte sich auf. «Dabei trage ich normalerweise gar keinen, weil mich die Dinger immer zwicken. Aber ich wollte, dass Andreas was zum Auspacken hat.»

«Guter Gedanke!» Meyer nickte einvernehmlich.

«Das sehe ich inzwischen anders. Im Eifer des Gefechtes landete das Teil nämlich auf dem Lampenschirm, wo der Halogenstrahler es durchbriet.»

Meyer zwinkerte komplizenhaft. «Er ist ein stürmischer Liebhaber, stimmt's?» Sie klatschte euphorisch in die Hände. «Ich hab's immer gewusst: Hinter der kultivierten, noblen Fassade wohnt ein verwegener, sexy Kerl.»

Isa staunte einmal mehr über die Gedankengänge ihrer Freundin. «Sexy oder nicht», gab sie trocken zurück, «jetzt hat er kein Schlafzimmer mehr.»

«Ich nehme mal an, er hat den BH über die Lampe geworfen?»

«Ja.»

«Na also, dann ist doch alles geritzt.»

«Wieso?»

«Er war's! Er hat den Brand ausgelöst. Dich trifft gar keine Schuld.»

Isa war sich da nicht so sicher, und die Tatsache, dass Andreas sich nicht blicken ließ, schien ihre Zweifel zu bestätigen.

Leider konnte die Meyer nicht lange bleiben, sie hatte noch einen Friseurtermin. Als sie schon im Mantel war, fiel ihr aber doch noch etwas ein, um Farbe in Isas Gesicht zu bringen.

«Ach ja, schönen Gruß von Breitenbach.»

«Oh, hat er dir wieder gemailt?»

«Nein, er hat mich heute Morgen angerufen. Und weißt du auch, warum? Er macht sich Sorgen, weil er dich zwei Tage nicht erreicht hat.» Meyer betonte die Zahl zwei eigentümlich. «Habe ich da irgendetwas nicht mitbekommen?»

«Nur ein kleines wissenschaftliches Projekt», antwortete Isa und spürte, wie sie unnötigerweise einen roten Kopf bekam. Zum Glück musste die Meyer gehen, und Isa brauchte keine weiteren Erklärungen abzugeben. Dass sie in Ben Breitenbach schließlich doch noch den kongenialen Kollegen entdeckt hatte, würde sie ihrer Freundin ein anderes Mal beichten.

Wieder blickte Isa hinaus in den endlosen Regen dieses Novembertages, und plötzlich sah sie Bens Gesicht vor sich. Es grinste sie an, frech und herausfordernd wie auf dem Video, das er ihr geschickt hatte, und wie bei unzähligen Gelegenheiten in Norwegen. All diese Momente fielen ihr jetzt wieder ein: Ihre erste Begegnung auf der Fähre, als er sie nach dem Brand zum Schiffsarzt getragen hatte und sie, kaum dass sie aus ihrer Ohnmacht erwacht war, mit ihm stritt. Das Hummer-Essen und wie sie am Morgen danach entsetzt neben ihm aufgewacht war. Die Reise nach Bangsund, der kurze Aufenthalt bei Ariella und Steinar Larsen, wo Ben ihren Feuer-Fauxpas in ein Kunststück umdeutete, das alle begeisterte. Schließlich der Wettbewerb und der Kuss am Strand. Und natürlich: die Nacht in der Angelhütte. Niemals würde sie die vergessen. Erstaunlich eigentlich, dass da nichts in Flammen aufgegangen war. Vielleicht lag es am sintflutartigen Regen. Isa seufzte. Sie würde wohl nie begreifen, was hinter ihrem skurrilen Feuerproblem steckte. Sie wollte auch gar nicht darüber nachdenken.

Wieso hatte sie sich eigentlich immer so sehr über sein Grinsen aufgeregt? Über sein Grinsen auf dem Video hatte sie lachen müssen. Mit einem Mal fühlte Isa große Lust, Ben wiederzusehen. Nur um zu überprüfen, ob sein Grinsen sie auch zum Lachen bringen würde, wenn er vor ihr stände – ganz und gar leibhaftig und in seiner unübertrefflichen unverschämt machomäßigen Art.

Wieder klopfte es.

Andreas. Ein gigantischer Rosenstrauß mit dunkelroten Blüten größer als Männerfäuste verdeckte sein Gesicht beinahe vollständig. Isa rutschte das Herz unter die Bettdecke.

«Ich bin untröstlich, Isa, Liebes! Sie hatten mir gesagt, du seiest in ein künstliches Koma versetzt worden, und man könne dich nicht besuchen. Eine Verwechslung. Es gibt noch eine andere Patientin mit Verbrennungen auf der Station. Es tut mir so leid.» Andreas legte ihr das riesenhafte Blumenbouquet in den Schoß – die Stängel der XXL-Rosen waren fast so lang wie ihre Beine –, dann gab er ihr einen Kuss.

«Und ich dachte schon …», hob Isa an, um ihre Klage loszuwerden. Doch Andreas legte ihr einen Finger auf den

Mund. Mit der anderen Hand holte er ein kleines quadratisches Kästchen aus seiner Jackentasche, klappte es galant auf und ließ vor ihren Augen einen Diamantring erstrahlen – schlicht, aber kostbar und wunderschön.

«Für mich?», fragte sie hirnrissigerweise und schaute überwältigt zu, wie Andreas vor ihrem Krankenbett auf die Knie ging.

«Ich weiß», legte er los und glättete seine Stimme mit einem Räuspern, «es gibt nettere Orte für einen Antrag, und zu früh ist es auch. Du hast noch nicht einmal herausfinden können, ob dir mein Essen schmeckt.» Er lächelte verlegen – an die Wachteln in Traubensahnesoße dachte er dabei garantiert nicht. «Aber in Anbetracht der Umstände … In Anbetracht meiner überwältigenden Liebe zu dir … Isabella Werner, willst du meine Frau werden?»

Ihr verschlug es die Sprache, was wirklich dämlich war. Brauchte sie doch nur ein Wort: entweder «ja» oder «nein». Sie brachte nicht einen Buchstaben heraus, stattdessen fing sie an zu heulen.

KAPITEL 14

Ben bremste gerade noch rechtzeitig ab. Er hoffte inständig, dass man das Quietschen seiner Sohlen im Patientenzimmer nicht hören konnte. In seinem Leben gab es immer mal wieder Momente, in denen er sich für seine spontanen Einfälle am liebsten auspeitschen wollte. Dies war definitiv so ein Moment: Durch die halb geöffnete Tür sah er Heise, der Bella auf Knien einen Heiratsantrag machte. Sie weinte vor Glück. War er etwa von München nach Hamburg geflogen, um dabei zuzusehen, wie seine Liebste einem anderen Mann das Jawort gab? Verfluchte Scheiße, nein! Er machte auf der Stelle kehrt. Mit etwas Glück hatte Bella ihn in der winzigen Sekunde, in der er vor der Tür stand, nicht erkannt. Andernfalls wären selbst eine Million Peitschenhiebe nicht genug.

Ben rannte aus dem Krankenhaus und stieg, ohne nachzudenken, in die nächste S-Bahn. Sollte doch der Zufall entscheiden, welchen Teil Hamburgs er sich in den Stunden bis zu seinem Rückflug anschauen würde. Ben gab fürs Erste das Plänemachen auf. In den letzten Wochen hatte er deutlich zu wenig Erfolg damit gehabt.

Missmutig schaute er auf Gebäude und Straßen, die er nicht kannte, und auf einen scheußlichen Regen, der, wie er aus der Wettervorhersage wusste, erst morgen Bayern erreichten würde. So eine Schnapsidee! Er hätte den Nachmittag in einem Münchner Biergarten verbringen und in die letzten Sonnenstrahlen dieses Herbstes blinzeln sollen. Aber nein, er musste ja nach fucking Hamburg, um die Ameisenkönigin zu sehen. Was hatte er sich nur davon erhofft?

Ben fühlte in seiner Jackentasche den kleinen ovalen Stein. Gedankenverloren hatten seine Finger ihn aus dem Seidenpapier gewickelt, in das er eingeschlagen war. Er fühlte seine glatte, fast warme Oberfläche und begann, über sich selbst den Kopf zu schütteln. Denn er wusste nur zu genau, was er sich erhofft hatte. Die Bilder dieser Hoffnung waren sehr konkret und gingen ihm nicht mehr aus seinem Kopf, seit er am Tag zuvor auf einem Flohmarkt zufällig diesen außergewöhnlichen Stein gefunden hatte. Eigentlich war er nur über den Trödelmarkt gelaufen, um auf dem kürzesten Weg ins Café zu seiner Verabredung mit Michel zu gelangen, als sein Blick an einem Schmuckstand klebenblieb. Ausgebreitet auf tiefblauem Samt lagen dort Bernsteine in allen Größen und Formen, teils zu Schmuckstücken verarbeitet, teils nur geschliffen oder als Rohsteine.

Schmuck und Edelsteine interessierten Ben normalerweise nicht besonders. Aber für Bernstein hatte er ein Faible, seitdem er als kleiner Bub die Lieblingskette seiner Großmutter auseinandergenommen und den Schmuckstein zersägt hatte, um an die darin eingeschlossenen winzigen Blätter und Pflanzenteile heranzukommen. Natürlich war sein Experiment fehlgeschlagen, keiner der Einschlüsse ließ sich aus dem vor Jahrmillionen gehärteten Baumharz lösen, und der Lohn seiner Arbeit war einzig die saftige Ohrfeige gewesen, die ihm sein nicht sehr zimperlicher Großvater verpasst hatte. An Bens Begeisterung für die sonderbaren Harzklumpen, die in den braungoldenen Sepiafarben alter Fotografien Momentaufnahmen der Erdgeschichte darboten, konnte das nichts ändern.

Fast sofort war sein Blick auf die beiden Ameisen gefallen. Im honiggelben Oval eines nicht eingefassten, außergewöhnlich schönen Steins standen sie einander gegenüber, Kopf an Kopf – es sah aus, als ob sie sich küssten. Ben wusste sofort, dass er den Stein Bella schenken wollte. Er malte sich aus, wie er dieses kleine Wunder in ihre Hände legen und wie sie darüber staunen würde. Noch hatte er keine Ahnung, wann und wie das geschehen sollte. Doch war er sich sicher, der Zeitpunkt würde kommen. Der Stein war ihm wie ein Zeichen erschienen, und als er heute Morgen Bellas Sekretärin anrief und erfuhr, dass Bella mit einer schweren Brandverletzung im Krankenhaus lag, hielt ihn nichts mehr. Irgendein naiver Glaube – weiß der Geier, aus welchen Tiefen seiner Seele der plötzlich hervorspross – ließ ihn annehmen, der Stein würde alles verändern und Bella einsehen lassen, dass sie nicht immer recht hatte. Dass ihr überaus kluger Kopf sich mindestens einmal in diesem Leben spektakulär geirrt hatte, nämlich in ihm und in seiner Fähigkeit, sie zu lieben.

Über seine spontane romantische Verblödung konnte Ben gar nicht genug den Kopf schütteln. Um nicht die Aufmerksamkeit der anderen Fahrgäste auf sich zu ziehen, unterließ er es aber und lehnte sein Superhirn mit den Superideen und den Superplänen lieber gegen die Fensterscheibe, wo es abkühlen konnte.

KAPITEL 15

Eine halbe Stunde, nachdem Andreas ihr den Antrag gemacht hatte, heulte sie immer noch. Es war beängstigend. Nicht nur für sie, die sich als Heulsuse gar nicht kannte. Auch Andreas, der sich nach Kräften bemühte, sie zu beruhigen, bekam es mit der Angst zu tun und rief schließlich eine Krankenschwester. Beeindruckt von Isas Heul- und Schüttelkrämpfen lief sie gleich wieder weg, um zwei Sekunden später mit einem Assistenzarzt zurückzukehren, der ein posttraumatisches Stresssyndrom diagnostizierte und Isa eine Spritze verpasste. Andreas wurde nach Hause geschickt, bevor das Beruhigungsmittel ihr Gehirn erreichte und sie ihm irgendetwas hätte sagen können.

Jetzt kühlte sie ihren Kopf in den Kissen und überlegte, was sie ihm denn eigentlich sagen wollte, wenn sie ihn wiedersah. Andreas hatte ihr eine Frage gestellt, und die musste sie beantworten. Irgendwann. Irgendwie. Ihr Kopf wurde wieder heiß. Isa stand auf, ging ans Waschbecken, machte ein Handtuch nass und band es sich um den Schädel. Besser, sie dachte im Moment nicht nach. Seufzend überließ sie sich der kühlenden Wirkung des Handtuches und schlief ein.

Als sie wieder aufwachte, war es schon dunkel, und neben ihrem Bett saß Fritz.

«Papa!»

«Muss ich mir Sorgen machen?»

Isa schüttelte den Kopf. «Ist nicht dramatisch, sagt der Arzt.»

«Mit dem Arzt habe ich gesprochen. Das meine ich nicht.» Isa hatte keine Ahnung, was er meinen könnte.

«Papa. Du hast eben Papa gesagt. So hast du mich seit einer Ewigkeit nicht mehr genannt.»

«Spontane Regression unter dem Einfluss eines Sedativums.»

«Meine kleine Professorin!», lachte er. «Du hast wohl auf alles eine wissenschaftliche Antwort.» Ein seltsam trauriger Ton schwang da mit, der Isa aufhorchen ließ.

«Sag nur, du magst das, wenn ich Papa zu dir sage?»

«Aber ja, und wie ich das mag. Isa, ich bin gerne dein Papa. Weißt du das denn nicht?» Er nahm ihre Hand, und Isa schluckte schwer. Es war wohl allein dem Sedativum zu verdanken, dass sie nicht wieder einen Heulanfall bekam.

«Und Bangsund.» Sie schluckte nochmals, bevor sie ihre Frage herausbrachte. «Bist du da wirklich wegen mir gewesen?»

«Wegen dir.»

«Es gab nicht noch etwas, was du dort zu erledigen hattest?» Er schaute sie fragend an. «Zum Beispiel eine Norwegerin heiraten, oder so.»

Fritz schüttelte lachend den Kopf. «Nein, Isa, ich war ausschließlich wegen dir dort. Ich wollte dir die Daumen drücken.»

«Ich habe immer gedacht, du hasst mich.» Jetzt war es raus!

«Dich hassen?»

«Na ja, nicht von Anfang an, aber seit der Sache.»

«Welcher Sache?»

«Die Sache, bei der unser Haus abgebrannt ist.» Die *Sache* war ihr erster Brandunfall gewesen. Sie war kaum sieben und hatte ihr Zuhause zerstört. Ihrer Therapeutin hatte sie gesagt, dass sie noch nicht so weit sei, mit ihrem Vater darüber zu reden. Immer wieder hatte sie das Gespräch, das Doktor Wiegand für so dringlich hielt, aufgeschoben. Und jetzt geschah es einfach. «Die Sache, du weißt schon … die dazu führte, dass Mama sich von dir scheiden ließ.»

«Du denkst, du bist schuld daran?»

«Wäre ich nicht kopflos aus dem Haus gestürmt und hätte dabei den brennenden Adventskranz umgerannt, hätte Mama niemals etwas davon erfahren. Aber so musste ich der Polizei erklären, was passiert war. Die glaubten nämlich, ich hätte das absichtlich gemacht; die hielten mich glatt für eine Brandstifterin. Ich hatte gar keine Wahl.» Isa sah ihren Vater beschwörend an. «Verstehst du? Es ging nicht anders.»

Es war schrecklich, sie fühlte sich plötzlich wieder wie das kleine Mädchen, das ihren Vater verraten hatte.

«Du lieber Himmel, Isa, was redest du dir da ein? Deine Mutter hat sich nicht von mir scheiden lassen, weil du mich mit einer anderen im Schlafzimmer erwischt hast. Ich habe Karin damals ständig betrogen. Sie wusste das und war längst beim Scheidungsanwalt gewesen – lange vor diesem schrecklichen Tag.»

Isa hörte die Worte laut und deutlich, aber sie drangen nicht gleich zu ihr durch. Eine Weile schaute sie Fritz nur an. Dann holte sie Luft:

«Erinnerst du dich an den Urlaub in Dänemark, im Sommer nach der Scheidung?»

Fritz nickte. «Das Ferienhaus in Rømø.»

«Dir ging es nicht gut. Einmal haben wir abends zusammen Pizza gebacken. Als sie fertig war und wir sie essen wollten, hast du dein Stück auf dem Teller angestarrt, und plötzlich fingst du an zu weinen. Du sagtest mir, dass du nie wieder mit einer Frau so glücklich sein könntest wie mit Mama und dass sie die Einzige sei, die du liebst.»

Isa merkte, dass ihr die Hände zitterten, ihr Magen zog sich auf einen kleinen schmerzenden Punkt zusammen, und ihr Herz pochte so wild, als wollte es aus dem Brustkorb türmen. Aber sie musste da jetzt durch. Schnell, fast atemlos redete sie weiter. «Ich war mir immer völlig sicher, dass dein Scitensprung nichts zu bedeuten hatte und dass du und Mama noch zusammen wärt, hätte ich nicht den Brand ausgelöst. Ich habe mich so schuldig gefühlt. Und jetzt sagst du mir, dass alles eine Lüge war? Du hast Mama gar nicht geliebt?»

Fritz schaute Isa nicht an. Er hatte die Ellbogen auf die Knie und den Kopf auf seine Hände gestützt, blickte zu Boden und rieb sich die Schläfen, als könnten die Antworten sich so besser aus seinen Gedanken lösen.

«Sag was, Fritz.»

«Isa, ich ...»

Mehr kam nicht. Er stand auf, ging zum Fenster und schaute in den Regen. Isa wusste, stünde sie nicht immer noch unter dem Einfluss des Beruhigungsmittels, hätte sie jetzt vor Wut, Ärger und Enttäuschung geschäumt. Bestimmt hätte sie ihm Vorwürfe und böse Worte an den Kopf geschmissen. Anschließend wäre sie aus dem Zimmer gerannt mit der festen Absicht, die nächsten hundert Jahre nicht mehr mit ihrem Vater zu reden. Aber dank der Segnungen der Medizin schaute sie nur auf seinen Rücken und wartete.

«Was für ein furchtbares Durcheinander», hörte sie Fritz irgendwann murmeln. «Deine Schuldgefühle, meine Schuldgefühle – dieser ganze Mist, das hätte alles gar nicht sein müssen.» Er drehte sich wieder zu ihr. «Ich hätte stark sein müssen und um dich kämpfen sollen.»

«Um mich?» Isa verstand gar nichts mehr.

Fritz setzte sich zu ihr ans Bett. «Deine Besuche bei mir wurden immer seltener. Ich dachte, du magst mich nicht mehr.»

«Das hast du wirklich geglaubt?»

«Ich habe doch unsere Familie zerstört, Isa. Ich war das.»

«Papa.» Ihre Stimme war nur noch ein klägliches Kratzen an dem dicken Kloß in ihrem Hals.

«Ich hab dich lieb.» Er rutschte vom Stuhl auf ihr Krankenbett hinüber und nahm sie in die Arme. «Ich hab dich lieb, Isa, wie sonst nichts auf der Welt.» Fest an ihren Vater gedrückt, umhüllt von seinem warmen, trockenen Männerduft, der sie seit ihren Kindertagen nicht mehr umgeben hatte, ließ sie sich fallen. Kein Beruhigungsmittel der Welt hätte jetzt noch ihre Tränen aufhalten können.

«Ich liebe dich auch.» Es war kaum hörbar. Aber sie hatte es gesagt, und Fritz hatte es verstanden.

Er strich ihr über den Rücken und flüsterte an ihrem Ohr. «Ich habe dich nicht belogen. Deine Mutter war die Liebe meines Lebens. Aber ich konnte nicht treu sein. Ich kann es heute noch nicht.»

Isa setzte sich auf und schaute ihren Vater an. «Wieso nicht?»

Seine Schultern hoben sich hilflos in die Höhe. «Jagdtrieb? Ich weiß es nicht.» Er ließ die Schultern wieder fallen und stieß einen schweren Seufzer aus. «Jedenfalls habe ich beschlossen, dass die Ehe nichts für mich ist.»

«Du lässt dich wieder scheiden?»

Er nickte.

«Sehr ermunternd – ich habe heute einen Heiratsantrag bekommen.»

«Keine Panik, Spatz.» Er zwinkerte ihr zu. «Nicht alle Männer sind wie ich.»

Sie versuchte ein Lächeln. Ihr Vater meinte es gut mit ihr, und allein das war doch schon eine erfreuliche Erkenntnis. Überdies wurde heute um ihre Hand angehalten. Mehr konnte man wohl nicht von einem Tag im Krankenhaus erwarten.

KAPITEL 16

Als Ben am Abend vom Flughafen nach Hause kam, waren Marie und Ursula nicht da. Ihm war es gar nicht unrecht, die Wohnung für sich allein zu haben, und er freute sich sehr, Bier im Kühlschrank vorzufinden. Es war übrig vom Essen mit den Eltern, dem geopferten Whisky sei Dank. Er wollte Abstand zu diesem Tag. Mit einem Whisky aus seiner Sammlung hätte er das auch bewerkstelligen können. Aber Whisky trank er nur an guten Tagen. Tage, die ihn zwar auf die eine oder andere Weise erschöpft hatten, die aber okay waren. Tage, an denen er mit sich zufrieden sein konnte.

Er trank das Weizenbier fast in einem Zug leer. Diesen Tag in Hamburg einfach hinunterzuspülen, war ein angenehmer Gedanke. Leider nur ein Gedanke. Zu deutlich waren seine Eindrücke, und sie spulten hundsgemein die immer gleichen Bilder ab: Tränenüberströmt sah er Bella den Heiratsantrag eines anderen annehmen. Hatte er wirklich gesehen, wie sie ja sagte? Er wusste es nicht mehr. Zu schnell war alles gegangen, er hatte nur ein paar Sekunden gehabt, um die Situation zu erfassen und seinen Rückzug anzutreten. Aber es war auch völlig egal. Nichts ließ ihn daran zweifeln, dass Bella Professor Heise heiraten würde.

Ben versuchte an etwas anderes zu denken. Doch die restlichen Eindrücke aus Hamburg waren kaum besser. Nachdem er eine halbe Stunde durch den endlosen Regen ins Ungewisse gefahren war, hatte er genug gehabt und war ausgestiegen. Er wollte frische Luft schnappen und ein paar Meter zu Fuß gehen. Irgendwann stellte er verblüfft fest, dass er vor Hagenbecks Tierpark stand. Er kaufte eine Eintrittskarte und betrat den Zoo.

Das neue Orang-Utan-Gehege war durchaus beeindruckend. Es lag unter einer weiträumigen, lichtdurchlässigen Kuppel aus Kunststoffmembranen, die sich bei entsprechender Witterung zur Hälfte öffnen ließ. Dem natürlichen Habitat der Affen war die Anlage gut nachempfunden und bot auch ausreichend Abwechslung, unter anderem eine vorwitzige Zwergotterfamilie, die den Wassergraben besiedelte und den Primaten gelegentlich das Futter stibitzte. Alle Tiere wirkten gesund und ausgeglichen – eine gute Arbeit. Dennoch bekam er Magengrummeln beim Anblick des Geheges. Er konnte nicht einsehen, wieso man Wildtiere in Gefangenschaft halten sollte. Arterhalt erschien ihm immer schon als ein fadenscheiniges Argument. Wildreservate in den Ursprungsländern der Tiere erfüllten diese Aufgabe weit besser und sorgten darüber hinaus für den Schutz oder die Wiederherstellung bedrohter Naturlandschaften. Und geradezu lachhaft fand er die Vorstellung vom Bildungsauftrag der Zoos. Im Zeitalter der totalen Medien konnte man sich jederzeit und an jedem Ort jede nur erdenkliche Information über Tiere auf jeden x-beliebigen Bildschirm herunterladen. Selbst eine schlechte Tierdoku sagte noch mehr über das natürliche Verhalten von Tieren aus, als es ihr Dasein in Gefangenschaft je konnte. Zoos waren Volksbelustigung, mehr nicht. Wer ernsthaft Tiere beobachten und verstehen wollte, der sollte in den heimischen Wald gehen und ein Fernglas und eine nicht zu geringe Portion Geduld mitbringen.

Ben holte sich ein zweites Weizen aus dem Kühlschrank und dachte darüber nach, wie sehr ihm vor einer Welt graute, in der Wildtiere nur noch in den künstlichen und begrenzten Landschaften der Zoos zu sehen sein würden, weil die wunderbare Natur, die sie einstmals hervorgebracht hatte, unwiederbringlich verloren war. Er trank sein Bier, doch es spülte die Bilder nicht aus seinem Kopf: Bella, die Orang-Utans – er wusste nicht, was ihn mehr deprimierte.

So durfte der Tag nicht enden. Selbstmitleid war Bullshit. Er musste etwas tun. An der Sache mit Bella konnte er nichts mehr ändern. Aber die Orangs waren noch nicht verloren. Er klappte sein Laptop auf und checkte seine Mails. Er wollte sehen, was David ihm Gutes aus Borneo zu berichten hatte.

David schrieb nur einen Satz: «Das musst du dir ansehen.» Das Video, das sein Freund mitgeschickt hatte, gab ihm den Rest: Riesige niedergebrannte Ödlandflächen, schwarze Baumstümpfe, verkohlte Tierkadaver, wo sie vor einem Jahr noch Orang-Utan-Familien durch das üppige Grün des Regenwaldes begleitet hatten. Davids Stimme auf dem Video klang rau und vollkommen untröstlich, während er das Ausmaß der Rodung beschrieb. Ein Gebiet halb so groß wie Bayern war der Palmölindustrie zum Opfer gefallen. Es lag in der Nähe des künftigen Wildreservates und war der Naturschutzorganisation, mit der sie zusammenarbeiteten, ursprünglich als Erweiterungsgebiet in Aussicht gestellt worden. Nun würden dort bald Ölpalmen in Monokultur wachsen und den Regenwaldboden in nur wenigen Jahren auslaugen. Die vertriebenen Orang-Utans, die versuchten, in ihre alte Heimat zurückzukehren, werden dort nicht genügend Futter in den Plantagen finden und verenden, oder sie werden eingefangen und als «Schädlinge» erschlagen. Man wird sie auch an Restaurants verkaufen – den Verboten der indonesischen Regierung zum Trotz; die Babys enden nicht selten in Kneipen, wo sie zur Belustigung der Gäste mit Alkohol abgefüllt werden.

David versäumte nicht, auch hierzu die entsprechenden Bilder mitzuliefern. Es waren Fotos, die mit versteckter Kamera von einem Mitarbeiter der Tierschutzorganisation gemacht worden waren: abgeschlachtete Affen zu Haufen aufgestapelt, abgemagerte Tiere in viel zu engen Käfigen, Orang-Utan-Waisen, die mit glasigem Blick unter lächerlichen bunten Papphütchen hervorstarrten. Die Fakten kannte Ben seit langem, aber das Bildmaterial ergriff und erschütterte ihn.

Noch mit seiner Wut und Empörung beschäftigt, merkte er gar nicht, dass Marie nach Hause gekommen war.

«Fahr hin», hörte er ihre Stimme hinter sich. Marie hatte eine Hand auf seine Schulter gelegt. Er drehte sich zu ihr um. Auf ihrem Arm schlummerte Ursula. Sie hing halb über Maries rechte Schulter und schnarchte leise. Ein dicker Spuckefaden rann über ihre Unterlippe – nicht gerade ein Moment fürs Familienalbum. Aber das sabbernde Wesen berührte ihn so sehr, dass er laut hätte aufheulen können. Es gab nur noch einen Menschen auf dieser Welt, den er genauso unbändig und hilflos liebte.

«Bella wird heiraten.»

«Noch ein Grund mehr, zu fahren.» Marie gab ihm einen Kuss auf die Nase und verschwand mit Ursula im Schlafzimmer.

Ben überlegte. Wenn er sich heute Abend dazu entschloss, von der Verlängerung der Gastprofessur zurückzutreten, dann hatte er an diesem bemerkenswert beschissenen Tag doch noch einen Grund, einen Whisky zu trinken.

KAPITEL 17

Es war schön, wieder aus dem Krankenhaus raus zu sein. Weniger schön war es, eine Verabredung zum Möbelkauf zu haben, wenn es einen daran erinnerte, dass man ein ganzes Schlafzimmer abgefackelt hatte. Andreas hatte sie gebeten, mit ihr ein neues Bett auszusuchen. Das war sinnvoll, denn wenn sie seinen Antrag annahm, würde es auch ihr Bett sein. Ihr Ehebett. Isa stand auf der Rolltreppe, die sie zur Abteilung mit den Schlafzimmern brachte, und schluckte: Sie kaufte gleich ihr Ehebett. Wollte sie das denn?

Seit Andreas ihr den Ring überreicht und sie sich in eine Heulboje verwandelt hatte, war sie ihm – und sich selbst – die Antwort schuldig geblieben. Sie hatte das Gefühl, für ihre Entscheidung noch Zeit zu haben. Auch Andreas hatte sie nicht gedrängt. Ganz im Gegenteil. Er verhielt sich zauberhaft: Sehr souverän – gar nicht wie jemand, der auf eine Entscheidung wartet – und gleichzeitig rücksichtsvoll wie jemand, der jede Entscheidung, ob sie ihm gefällt oder nicht, verstehen würde. Doch seit sie sich zu diesem Wir-suchen-uns-ein-Ehebett-Termin verabredet hatten, beschlich sie mehr und mehr das Gefühl, endlich eine Antwort liefern zu müssen. Was ihr tagelang als unbestimmtes Unwohlsein vorgekommen war, entpuppte sich heute Morgen klar und deutlich als innere Stimme, die ihr sagte: Du kannst ihn unmöglich zu einem oversized Bett mit floralem Dekor und Allergikermatratze überreden, falls du nicht seine Frau wirst. Sie musste eine Entscheidung fällen. Jetzt.

Als sie am Ende der Rolltreppe angelangt war, konnte sie Andreas bereits sehen. In einiger Entfernung wandelte er durch eines der Modell-Schlafzimmer. Ausstattung und Ambiente waren klassisch elegant, alles strahlte eine große Harmonie und Ruhe aus. Selbst die Farben des Pyjamas, der lässig über einen Lehnstuhl geworfen war, stimmten mit dem Ganzen überein. Das Schlafzimmer passte perfekt zu ihm. Und man musste schon blind sein, um nicht zu sehen, dass Andreas ein ungewöhnlich begehrenswerter Mann war. Außerdem war er zuverlässig und aufrichtig. Überdies freundlich und einfühlsam. Was wollte sie mehr? Wenn sie noch die gemeinsamen beruflichen Möglichkeiten dazu addierte, war er der Jackpot.

Andreas hatte sie noch nicht entdeckt. Schnell verschwand sie auf der Rolltreppe, die sie wieder nach unten führte. In der Wohnzimmerabteilung ließ Isa sich in einen großen Ohrensessel fallen, holte ihr Handy hervor und wählte Meyers Nummer.

«Wann wusstest du, dass Costas der Richtige für dich ist?»

«Vom ersten Augenblick.»

«Und wie hast du es gemerkt?»

«Keine Ahnung. Ich wusste es einfach.»

«Na toll.»

«Isa, was ist los? Ich dachte, du wolltest mit Andreas lustig durch ein paar Betten hüpfen.»

«Ich glaube, ich heirate ihn.»

Meyer stieß einen Schrei aus. Doch dann folgte ein skeptisches: «Wirklich?»

«Ich denke schon.»

«Du denkst?»

«Ja.»

«Denken hilft dir da aber nicht sehr.»

«Himmelherrgott, Meyer! Dann gib mir doch einen vernünftigen Rat.»

«Na schön, dann lass mal sehen: Kannst du gut mit ihm reden?»

«Ja, sehr gut.»

«Kannst du mit ihm lachen?»

«Ja.»

«Ehrlich? Ich habe euch noch nie miteinander lachen gesehen.»

«Du bist ja auch nicht immer dabei.»

«Kannst du ihn auch riechen?»

«Du meinst, ob er strengen Körpergeruch hat?» Isa senkte ihre Stimme zum Flüsterton. Andreas war zwar ein Stockwerk über ihr, aber man konnte ja nie wissen.

«Nein. Ich meine, ob sein Duft dich heiß macht. Fährst du drauf ab?»

«Ich weiß nicht. Er riecht neutral, irgendwie nach gar nichts.»

«Schlecht.»

«Schlecht?»

«Schlecht.»

«Bestimmt liegt's an meiner Nase. Sie ist oft verstopft.»

«Dann solltest du das überprüfen, wenn deine Nase frei ist.»

«Ist das dein Ernst?»

«Ja.»

«Und das ist alles?»

«Ja.»

Isa dankte ihrer Freundin, wünschte ihr ein schönes Wochenende und steckte das Handy wieder weg. Das war doch beruhigend: An zwei von drei Punkten konnte sie einen Haken setzen. Und die Sache mit dem Geruch war selbstverständlich nicht allzu ernst zu nehmen. Zwar wusste sie, dass sich die archaischen Regionen des menschlichen Hirns wie das limbische System und die Amygdala durchaus von Gerüchen beeinflussen ließen. Aber schließlich hatte der Mensch auch einen hochentwickelten Frontallappen und traf seine Entscheidungen nicht wie ein Moschusochse mit der Nase.

Voller Zuversicht nahm sie wieder die Rolltreppe nach oben. Sie hatte sie kaum betreten, da klingelte ihr Handy. Isa dachte, es sei noch mal die Meyer, und ging gleich dran. Aber es war Ben.

Sie hatte ihm sofort nach ihrem Krankenhausaufenthalt eine Mail geschickt und ihm für das Buchprojekt begeistert zugesagt. Doch er blieb ihr die Antwort schuldig. Eine Woche lang war er weder übers Internet noch telefonisch erreichbar. Sie fürchtete bereits, dass er es sich anders überlegt hatte und nur noch nicht wusste, wie er es ihr beibringen sollte. Und dass sie es fürchtete, ärgerte sie.

«Freut mich, dass du zugesagt hast.» Isa hörte die Worte und atmete laut auf. Immerhin war sie so geistesgegenwärtig, das Mikrophon ihres Handys mit der Hand abzudecken – Ben brauchte ihren Seufzer nicht zu hören. «Tut mir leid, dass du so lange auf meinen Rückruf warten musstest.»

«Ich hab gar nicht gewartet.» Schlecht gelogen. Sie hatte ihm mindestens einmal zu viel auf die Mailbox sowie den Anrufbeantworter seines Festnetzes gequatscht, drei Mails geschrieben und ebenso viele SMS geschickt.

«Nein?»

«Nö.» Einfach knallhart bei der Lüge bleiben, war sicher die beste Strategie oder zumindest die einzige, die ihr jetzt einfiel.

«Ich musste kurzfristig nach Borneo fliegen, und dort war alles ein Riesenstress, sonst hätte ich mich früher gemeldet.»

«Kein Problem», flötete sie.

«Stimmt ja, du hast ja nicht gewartet.»

«Genau.»

«Du wartest wohl nie?»

«Wenn sich's vermeiden lässt.»

«Ist auch echt Zeitverschwendung. Man sollte niemals warten.»

«Nein, niemals.»

«Auf niemanden.»

«Auf nix und niemanden.»

«Lohnt nicht.»

«Kein bisschen», echote Isa. Eine kleine Pause entstand, in der sie überlegte, was sie Sinnvolles sagen könnte. Das Gespräch schien in eine merkwürdige Richtung abzudrehen, und sie hatte auch keine Lust mehr, länger zu schwindeln.

Ben kam ihr zuvor: «Was macht dein Arm, und wie ist das überhaupt passiert?»

«Das ist eine komplizierte Geschichte.»

«Eines deiner spektakulären Feuerkunststücke?»

Isa lachte. «Ich glaube, du bist der einzige Mensch, der darin so etwas wie Kunst sieht.»

«Also, ich sage es ja nicht gerne, aber etwas üben solltest du vielleicht noch.»

Sie kicherte, die schmerzliche Schlafzimmerkatastrophe war plötzlich hundert Jahre weit entfernt. «Um deine Frage zu beantworten, meinem Arm geht es schon wieder ganz gut.»

«Prima. Denn du musst mich bald in München besuchen. Am besten noch diesen Monat.»

«Äh … ja?» Sie sollte Ben besuchen? Zu Hause?

«Na, unser Projekt. Wir sollten möglichst schnell meinen Verleger treffen.»

«Oh … natürlich. Klar.»

«Schick mal deine Termine. Dann telefonieren wir noch mal, ja?»

«Ja, mach ich.»

Das Telefonat war kurz – am Ende der Rolltreppe hörte

sie ihn schon «Ciao» sagen –, aber Isa fühlte sich, als sei sie durch einen Zeittunnel gereist. Zum ersten Mal seit Bangsund hatte sie Bens Stimme wieder live gehört – und bald würde sie ihn sogar sehen. Es fühlte sich an wie ein Schock.

Und der Schock wirkte nach: Völlig paralysiert rannte sie in einen Verkäufer. Das Gleichgewicht suchend, trat der Mann auf ihren großen Zeh. Isa jaulte auf. Doch schlimmer war, dass der Mann dabei den Rollwagen losließ, den er zuvor geschoben hatte. Allerlei Wohnaccessoires schossen scheppernd davon. Eine Kettenreaktion war unvermeidbar. Vergeblich versuchte Isa einzugreifen, und in Erwartung der üblichen Katastrophe schnappte sie sich einen Feuerlöscher von der Wand. Doch einen Brand gab es diesmal nicht, nur Scherben, ein umgestürztes Regal, eine dicke Beule an der gerunzelten Stirn des Verkäufers sowie einige hundert umherwirbelnde Federn aus dem Inneren einer explodierten Daunendecke.

Inmitten dieses künstlichen Schneegestöbers stand Isa mit dem nutzlosen Feuerlöscher in der Hand und blickte auf Andreas. Genauer gesagt auf sein Hinterteil, das er in die Luft streckte, um so die Unterseite eines Kingsize-Bettes besser inspizieren zu können. Von der ganzen Aufregung hatte er nichts mitbekommen. Die Stöpsel eines iPods steckten in seinen Ohren. Wahrscheinlich hörte er Mozart – anders, das wusste sie, ertrug er Shoppingtouren nicht.

Einer Eingebung folgend, schaute er plötzlich hinter sich. Den Feuerlöscher im Anschlag, umflort von kleinen, weißen Federn musste Isa ihm wie eine seltsame Erscheinung vorkommen. Und seltsam fühlte sie sich auch. Äußerlich war sie wie erstarrt, aber in ihrem Inneren tanzten die Nervenzellen eine hitzige Tarantella. Tausend Gedanken blitzten ihr durch den Kopf, ein Gefühl der Enge legte sich ihr auf die Brust, während ihre Augen sich am milden Blick von Andreas festzuklammern versuchten. Sekunden stand sie so, ohne sein Lächeln erwidern zu können.

«Alles in Ordnung mit dir?», fragte er.

«Ja.»

«Du hast einen Feuerlöscher in der Hand.»

«Oh das … Reine Vorsorge.»

Andreas lächelte sie an, als hätte sie einen guten Witz gemacht, sprang auf das Bett und streckte sich darin aus. «Nicht schlecht, oder?»

Isa starrte ihn an. Ihr Mund war trockener als afrikanischer Wüstenboden. «Es geht nicht», presste sie hervor.

Andreas, der sich aufgerichtet hatte, schaute auf das Bett: «Ja, die Farbe ist nicht überzeugend. Sie bieten für das Modell aber noch andere Bezüge an. Und schau mal hier … mit Super-Vario-System.» Er schickte sich an, ihr die diversen Modulationsmöglichkeiten des Lattenrosts zu demonstrieren.

Sie stellte den Feuerlöscher ab, ging zu ihm, nahm seine Hände in ihre, was er verdutzt geschehen ließ, und setzte sich zu ihm auf das Bett.

«Ich meinte uns. Es geht nicht mit uns.»

KAPITEL 18

Ben saß im Fond von Michels Wagen und hatte eine interessante Erkenntnis. Immer mal wieder hatte er sich gefragt, was wirklich gute Freunde ausmachte. Jetzt wusste er es: Wenn sich deine Freunde nicht über ihre, sondern über deine Probleme stritten.

Michel und Sabine hatten ihn vom Flughafen abgeholt. Beide hatten sein Telefonat mit Bella mitbekommen. Und kaum hatte er es beendet, sagte Michel: «Warum hast du sie nicht gefragt, wann ihre Hochzeit steigt?», woraufhin Sabine empört dazwischenfunkte: «Das ist doch Quatsch. Wieso sollte er so was fragen? Damit's ihm das Herz gleich noch mal zerreißt?»

«Nein, Hase, damit er weiß, wie viel Zeit ihm für den Rückeroberungskampf bleibt.»

«Aber das Rennen ist doch gelaufen.»

«Das Rennen ist erst gelaufen, wenn sie den Ring am rechten Ringfinger trägt.»

«Hm, vielleicht hast du recht, Bär. Sie passt auch so was von gar nicht zu diesem Professor. Ach Mensch, Ben», rief Sabine leidenschaftlich aus und drehte sich zu ihm um, «du und sie – ihr wärt so ein schönes Paar.» Er musste sich wohl mal die Ohren putzen.

«Hast du nicht immer gesagt, sie sei eine Bohnenstange?»

«Besenstiel. Ich sagte Besenstiel. Und Hungerhaken. Aber das war aus purer Eifersucht. Natürlich ist sie total hübsch, diese langen Beine, und die Augen!»

«Kannst du in ihr nicht wieder den Besenstiel sehen und über sie ablästern? Würde mir jetzt wirklich mehr helfen.»

«Stell dich nicht an», polterte Michel, «ihr habt ein gemeinsames Projekt. Das ist doch eine reelle Chance.»

«Ich will gar keine Chance. Alles, was ich will, ist, das gemeinsame Treffen mit dem Verleger schnell hinter mich zu bringen. Der Rest läuft schriftlich und telefonisch. Ich muss sie nie wiedersehen.»

Michel und Sabine sahen sich an.

«Es ist so schade», murmelte Sabine.

«Verdammt schade», raunte Michel.

KAPITEL 19

Unerschütterlich arbeiteten die Ameisen an ihrem großen Werk. Die *Solenopsis invicta* errichteten ihren Staat im Formicarium mit der Nummer D 9 im Labor IV des Zoologischen Instituts. Schon fast vier Stunden schaute Isa ihnen zu und konnte sich noch immer nicht losreißen. Vom Einrichtungshaus war sie direkt hierher geflüchtet. Seither saß sie fast unbewegt auf ihrem Hocker vor dem großen Glaskasten. Sie wusste, dass sie das alles zurücklassen musste: die Ameisen, das Labor und das Institut. Nach allem, was sie Andreas angetan hatte, konnte sie unmöglich erwarten, dass er die Zusammenarbeit mit ihr fortsetzte. Selbst wenn er es ihr anbot, und das würde er bestimmt tun, musste sie es ablehnen. Sie schämte sich so für ihr emotionales Versagen, dass sie am liebsten auf einen anderen Planeten ausgewandert wäre. Galaxienweit entfernt und ohne die Existenz höherer Lebensformen, damit sie niemanden mehr verletzen konnte.

Kurz überlegte Isa, ob sie die Kolonie der *Solenopsis invicta* mitnehmen könnte (wo immer sie landete, ohne ihre Ameisen würde sie sich entsetzlich langweilen). Aber das war natürlich Blödsinn. Das Formicarium war nur unter größtem Aufwand zu transportieren, und außerdem gehörte es sowieso der Uni.

«Lebt wohl, meine schönen, klugen Freunde. Es war mir eine Ehre, euch gekannt zu haben.» Zum Abschied ließ Isa ein Stückchen Apfel in das Formicarium fallen, und sogleich begannen die Ameisen, den Abtransport zu organisieren. Wie leicht sich wohl das Leben anfühlte, dachte Isa, wäre man eine von ihnen und hätte nichts anderes zu tun, als ein

Fitzelchen Apfel sicher nach Hause zu bringen. Sie schaute ihnen noch eine Weile zu, bis draußen die Dämmerung einsetzte. Isa wollte kein Licht einschalten, um das Ameisenvolk nicht in seinem natürlichen Rhythmus zu stören. Also erhob sie sich und verließ schweren Herzens das Labor.

Auf den Fluren war es still. Alles andere wäre für einen späten Samstagnachmittag auch ungewöhnlich gewesen. Isa wollte gerade die Treppe hinuntergehen, als sie in Stöckers Labor Licht brennen sah. Ein Hund bellte, dann jaulte er – Rowdy! Wenn sie Stöcker jetzt tatsächlich bei einem illegalen Tierversuch erwischte, konnte er was erleben!

Isa schlich zur angelehnten Tür und spähte durch den Spalt. Zu sehen war niemand, aber das Jaulen war markerschütternd und herzzerreißend. Stöcker und der Hund mussten sich hinter der Regalwand befinden, die den Raum teilte. Lautlos schlüpfte Isa ins Labor und duckte sich. Wenn sie Stöcker überraschen wollte, musste sie auf allen vieren um den Raumteiler herumkriechen. Sie tat es mit angehaltenem Atem. Als sie gerade vorsichtig ihren Kopf um die Ecke schieben wollte, setzte Rowdys Jaulen plötzlich aus. Stattdessen knurrte der Hund. Es klang sehr gereizt und sehr gefährlich. Wahrscheinlich hatte Stöcker dem Tier richtig schlimm weh getan. Isa ließ ihre Vorsicht fahren und streckte den Kopf ums Regal herum. Was sie sah, ließ sie kurz aufschreien: ein grimmig aufgerissenes Hundemaul, keine zwei Zentimeter von ihrer Nase entfernt. Rowdys Knurren wurde noch eine Spur gefährlicher, und mit den bis zur Nasenwurzel hochgezogenen Lefzen und den angelegten Ohren sah er einem Wolf im Blutrausch bei weitem ähnlicher als einem gequälten Laborhund. Der Beagle schien drauf und dran, ihr ins Gesicht zu springen.

«Rowdy, hier!»

Sofort verlor der Hund jegliches Interesse an ihr und

sprang schwanzwedelnd zu Stöcker, warf sich auf den Rücken und ließ sich begeistert von ihm den Bauch kraulen. Da war es wieder, das herzzerreißende Jaulen.

«Oh, er freut sich», sagte sie verblüfft.

«Ja, er liebt das.» Stöcker neckte seinen vierbeinigen Freund, ließ ihn spielerisch in seine Hand beißen und achtete kaum auf sie.

Isa, noch immer im Vierfüßlerstand, kam sich ziemlich dämlich vor. «Äh, falls Sie sich fragen, warum ich auf Ihrem Laborboden herumkrieche …» Tja, wie sollte sie das bloß erklären?

Stöcker tollte weiter mit dem Hund. Allzu neugierig schien er auf ihre Antwort nicht zu sein.

«Nun ja …» Sie rappelte sich hoch. «Also …»

«Geben Sie es ruhig zu», unterbrach Stöcker sie. «Ihnen sind ein paar Ameisen entlaufen.» Oh, das war gut!

«Genau das ist passiert», sagte sie und hoffte, dass er ihr die Erleichterung nicht anmerkte. «Nur zwei, drei Waldameisen, keine *Solenopsis invicta*», fügte sie schnell an, «also keine Katastrophe, nur ein kleines Malheur.» Sie rechnete mit einem strengen «Das will ich für Sie hoffen …»

«Rowdy!», rief er stattdessen. Es klang mahnend, doch Stöcker lachte. «Ich kann ihm das einfach nicht abgewöhnen.» Rowdy war an ihm hochgesprungen und schlabberte Stöckers Gesicht ab, als wäre es ein köstliches Eis am Stiel. «Komm her, du Lümmel!» Stöcker nahm den Beagle auf den Arm und kraulte ihn unterm Kinn, was Rowdy mit geschlossenen Augen genoss.

Isa sah die Hundeleine neben Stöckers Jacke hängen. «Sie gehen mit ihm spazieren?»

«Jeden Samstag und Sonntag. Unter der Woche erledigen das die Studenten. Aber sie trauen sich nicht, ihn frei laufen zu lassen. Er hört nur auf mich.»

Isa sah ihn verblüfft an. «Meyer dachte …»

«Ich weiß», winkte er in seiner gewohnt mürrischen Art ab. Doch dann schaute er sehr verlegen, und nach einer Pause sagte er: «Rowdy ist nicht im Tierheim, weil ich mich einfach nicht von ihm trennen kann.»

«Wieso nehmen Sie ihn dann nicht mit nach Hause und behalten ihn?»

«Meine Frau hat eine Tierhaarallergie und mein jüngster Sohn auch. Da ist nichts zu machen.» Es war das erste Mal, dass sie etwas Privates von Stöcker erfuhr.

«Aber so geht es natürlich nicht weiter», fuhr er fort. «Rowdy braucht ein richtiges Zuhause. Wollen Sie ihn nicht nehmen?»

Isa schüttelte den Kopf. «Ich bin mit Säugetieren nicht sehr geschickt.» Angesichts der jüngsten Ereignisse war das noch untertrieben, dachte Isa beklommen.

«Ach, das kann man lernen.» Stöckers Optimismus war rührend. «Sie könnten ihn zur Arbeit mitbringen», rief er erfreut von seiner Idee, «dann würde ich ihn nicht ganz aus den Augen verlieren.»

Isa war versucht, Stöcker zu sagen, dass sie nicht mehr lange hier sein würde, biss sich aber noch rechtzeitig auf die Zunge. Aus Feinden konnten zwar Freunde werden. Doch sollte man das Tempo nicht übertreiben.

«Haben Sie schon mal an die Meyer gedacht? Ich könnte mir vorstellen, dass sie einen zweiten Hund nehmen würde.»

«Die Frau hasst mich.»

«Weil sie glaubt, dass Sie Hunde hassen.»

Er überlegte einen Augenblick. Sein Gesicht nahm den strengen, arroganten Ausdruck an, der ihn so unbeliebt machte. Isa begriff, wenn er so guckte, hieß das nur, dass er sich konzentrierte.

«Würden Sie sie für mich fragen?», sagte er schließlich.

Eine halbe Stunde später stand sie mit dem Beagle im Arm vor Meyers Haustür.

«Isa, Süße», rief sie erstaunt, «ist das Rowdy?»

«Stöcker ist völlig anders. Er sagt, du seiest die weltbeste Sekretärin und er würde dich nie wieder Anträge in letzter Minute schreiben lassen, wenn du seinen Lieblingshund aufnimmst.»

Meyer, selten sprachlos, blieb der Mund offen stehen.

«Und ich habe noch eine Überraschung für dich.» Isa atmete kräftig durch. «Ich liebe Ben.»

Meyer seufzte. «Wo ist da die Überraschung?»

KAPITEL 20

«Fuck!»

«Hey, wir hatten abgemacht, vor ihr nicht zu fluchen.» Marie hielt Ursula demonstrativ die Ohren zu und tadelte Ben mit einem Blick.

«Deshalb fluch ich auf Englisch.»

Die Mutter seiner Tochter rollte die Augen.

«Komm, Marie, das halten wir doch eh nicht durch. Lass uns lieber überlegen, wo wir jetzt einen Babysitter herkriegen.» Maries Mutter hatte kurzfristig abgesagt, weil sich ein Zahnimplantat gelockert hatte. Einen schlechteren Zeitpunkt hätten Violas Dritte kaum wählen können: Marie musste zu einer wichtigen Klausur in die Uni, und er traf sich in einer halben Stunde mit seinem Verleger und Bella im Verlag.

«Könnte nicht dein Assistent?»

«Timothy? Der hat jetzt Vorlesung.»

«Und Michel? Wenn du ihn ganz lieb bittest?»

Ben sah Michel vor sich, wie er an Ursulas Windel roch und dann bewusstlos zusammenklappte. «Weißt du, was? Ich nehme sie einfach mit. Den Wolfgang stört sie bestimmt nicht.»

«Und Isabella?»

Ben zuckte die Achseln. Das konnte er echt nicht einschätzen. Bislang wusste Bella ja nicht einmal, dass er eine Tochter hatte.

«Vielleicht ist es ja sogar von Vorteil», meinte Marie plötzlich ganz aufgeregt.

«Hm?»

«Ist doch klar, Mann. Denk doch mal nach: Wenn sie

sieht, wie süß du mit deiner Tochter bist, wird sie dahinschmelzen. Keine Frau lässt so etwas kalt. Sie wird sofort auch ein Baby von dir haben wollen.»

Ben lachte laut auf.

Marie protestierte: «Ich meine das ernst.»

«Das ist ja das Lustige.»

Das Treffen war weniger lustig.

Seit drei Stunden saß er Bella nun schon gegenüber und konnte jede Sekunde erneut feststellen, dass sie ihm immer noch verdammt gut gefiel. Das allein war schon niederschmetternd. Dass sie aber auch noch vollständig in die Rolle der kühlen Ameisenkönigin zurückgefunden hatte, war mehr, als er ertragen konnte. Zwar fing sie nicht wieder damit an, ihn zu siezen (was ihn anlässlich des Geschäftstermins nicht einmal groß gewundert hätte), und sie bemühte sich sogar, auf ein paar seiner Witze einzugehen. Aber irgendwie war alles merkwürdig verkrampft. Er hatte diese Wandlung schon bei ihren letzten Chats festgestellt. Alles Spontane war plötzlich verflogen. Seltsam war auch ihre Weigerung, mit ihm zu telefonieren. Sie wollte alles schriftlich regeln. Vielleicht weil es um Geschäftliches ging, spekulierte Ben. Vielleicht war Bella der Typ Mensch, der sofort versteift, sobald er berufliches Terrain betritt. Oder verhielt sie sich so, weil sie jetzt verlobt war? Wo war überhaupt ihr Verlobungsring? Trug man so etwas nicht mehr? Er hatte keine Ahnung, was aktuell die Paarungsriten diesbezüglich vorschrieben.

«Ben, was hältst du davon?» Wolfgang hatte wohl gerade einen Vorschlag gemacht. Peinlich, seinem Verleger sollte man schon zuhören.

«Entschuldigt … ich …»

«Ich denke, das ist keine gute Idee», fuhr Bella ihm dazwischen, «ein gemeinsames Schlusskapitel ist doch eher schwierig zu schreiben.» O ja, da mochte sie recht haben. Vor allem aber setzte es voraus, dass man sich noch einmal traf.

«Es wäre aber ein schöner Abschluss», beharrte Wolfgang, «die perfekte Synthese aus euren kontroversen Aufsätzen.»

«Ich bin mir gar nicht sicher, ob wir zu einer Synthese kommen.» Da war sie wieder, die Ameisenkönigin, unnahbar und uneinnehmbar auf ihrem Thron.

«Dann schreibt es so, dass der Leser die Synthese selbst herstellen kann – mit euren Argumenten in seinem Kopf.»

«Ich weiß nicht, ich denke, das wird zu kompliziert, wir können doch unmöglich gemeinsam ein Kapitel formulieren. Wie soll das gehen? Jeder schreibt abwechselnd einen Satz?»

«Ja!» Ben war plötzlich begeistert.

Isa starrte ihn verständnislos an.

«Lass uns chatten.» Das war *die* Idee. Vielleicht konnten sie ja zu ihrem leidenschaftlichen und witzigen Dialog zurückfinden, wenn der Buchvertrag erst unterschrieben war oder – falls nicht das Geschäftliche, sondern die Verlobung das Problem war – wenn Bella sich an ihren Status als zukünftige Frau Heise gewöhnt hatte. «Wir veröffentlichen das Schlusskapitel als Chatprotokoll.» Genial an dieser Idee war insbesondere, dass er Bella beim Chatten nicht sehen und vor Sehnsucht verrückt werden musste. So wie jetzt.

«Hervorragend! So machen wir es. Frau Werner?»

Bella zögerte. «Das könnte gehen.» Sie schenkte Ben ein kleines, schüchternes Lächeln. Es war das erste Mal an diesem Tag, dass sie ihm keine gekünstelte Miene zeigte.

Da flog die Tür auf, und die Sekretärin brachte Ursula herein. Die nette Frau Riedelhofer hatte sofort einen Draht zu seiner Tochter gehabt und ließ es sich nicht nehmen, während der Besprechung auf sie aufzupassen. Doch jetzt hatte Ursula Hunger und brüllte.

«Ich glaube, da will jemand zu seinem Papa», versuchte Frau Riedelhofer das Gebrüll zu übertönen.

An der Richtung, die Bellas Blick einschlug, konnte Ben sehen, dass sie erwartete, das schreiende Kleinkind würde in die Arme des Verlegers gelegt. Aus Bellas Sicht eine logische Schlussfolgerung. Denn er hatte noch keine Gelegenheit gehabt, ihr seine Tochter vorzustellen.

Als er Ursula entgegennahm, beruhigte die Kleine sich sofort, weshalb Ben das seltsame kleine Geräusch hören konnte, das Bellas Mund entfuhr: ein Zwischending aus «Oh» und «Au». Sie hielt sich die Hand vor den Mund, als wäre ihr peinlicherweise ein Rülpser herausgerutscht.

«Sie hat mein Kinngrübchen, siehst du?» Sein Vaterstolz war jetzt vielleicht nicht angebracht. Aber etwas Passenderes fiel ihm gerade nicht ein.

KAPITEL 21

Er hat ein Kind. Ein Baby. Ben hat ein Baby … Gut, dass sie mit der Besprechung durch waren. Denn Isa konnte sich auf nichts anderes mehr konzentrieren als auf diese unumstößliche Tatsache. Wie alt mochte die Kleine sein? Fünf Monate, zehn Monate? Sie kannte sich nicht aus mit Babys, aber eins war klar: Wo es ein Baby gab, gab es auch eine Mutter. War er mit ihr zusammen? Hatte er inzwischen vielleicht geheiratet? War diese Sexy-Hexy Sabine die Mutter? Vielleicht war er alleinerziehend? Oder geschieden? Vielleicht war die Mutter ja tot. Himmelherrgott, wo war nur der Ausschalter in ihrem Kopf!

Während sie stumm vor sich hin fluchte, stand Ben neben ihr im Aufzug, schaukelte sein Kind im Buggy und hielt einen begeisterten Monolog über das gelungene Meeting. Sie murmelte hin und wieder ein «Ja, stimmt» oder «Seh ich auch so». Sie musste sich konzentrieren, ihre Gedanken entspannen. Einen Fahrstuhlbrand würden sie wohl kaum überleben.

Als sie endlich aus dem Verlagsgebäude traten, umfing sie mit dichten, satten Flocken der erste Schnee. Doch das war nicht die einzige Überraschung. Eine fröhliche Stimme wehte mit dem Schnee zu ihnen herüber: «Toll, dass ich euch noch treffe.» Eine junge Frau streckte ihr die Hand entgegen. «Ich bin Marie. Du musst Isabella sein.»

«Äh, ja, das stimmt.» Das war sie – die Mutter des Babys. Isa fühlte sich plötzlich, als säße sie in einem Kino. Sie hockte in der hintersten Stuhlreihe und sah dabei zu, wie die hübsche Marie Ben umarmte. Ihre langen kastanienbraunen Haare mit den eingeflochtenen bunten Perlen flogen ihm um die Schultern, während sie jubelte: «Es lief super.»

Sie sah dabei zu, wie Ben der wunderbaren Hauptdarstellerin in seinem Leben einen Kuss aufdrückte und sie zu irgendeiner bestandenen Prüfung beglückwünschte. Sie sah, wie die Schneeflocken weiß und fröhlich um das schöne Paar tanzten. Wie sie sich anlachten. Wie das Baby ebenfalls vor Freude gluckste. Wie sie alle strahlten vor Glück. Sie sah, wie Marie ihr Baby, Bens Baby, hochnahm und küsste. Isa konnte sogar den Soundtrack aus Geigen und hellen Harfenklängen hören.

«Ich übernehme sie jetzt. Dann könnt ihr noch etwas essen gehen.»

Was? Bloß das nicht! In diesem Film wollte sie nicht mitspielen. Die Rolle der Idiotin hatte sie endgültig satt. «Tut mir leid. Mein Zug geht gleich. Ich muss mich beeilen.»

«Ja, dann …» Ben schaute sie an, irgendwie hilflos. «Ich hätte gerne noch mit dir geredet», sagte er schließlich.

«Nimm doch einen späteren Zug», wandte sich Marie an Isa und verbesserte sich sogleich: «Sie könnte auch bei uns übernachten, oder?»

Was für ein absurder Vorschlag.

«Sehr nett, aber das geht leider nicht.» Isa streckte Marie die Hand hin. «Freut mich, Sie … dich kennengelernt zu haben.» Ben winkte sie nur zu. «Wir mailen, ja?» Dann rannte sie, so schnell sie konnte, den aufwirbelnden Schneeböen entgegen zum Taxistand.

Sie ließ sich in den Sitz fallen, als wäre er das letzte Rettungsboot auf der Titanic, nannte völlig außer Atem dem Fahrer ihr Ziel, und dann brach alles in ihr zusammen. Ihr Selbstbild, ohnehin nie ein Hochglanzporträt mit coolem Look, verzerrte sich zur dämlich-doofen Fratze. Aus ihrem inneren Spiegel stierte es sie schadenfroh an: Da hast du's, du dumme Gans! So blöd kannst wirklich nur du sein!

Sie brauchte dringend Trost. Isa suchte in ihrer Handtasche nach dem Handy. Während des Meetings mit dem Verleger hatte sie es ausgeschaltet. Sie aktivierte es wieder, und siehe da – Gedankenübertragung –, die Meyer hatte ihr gerade eine SMS geschickt. Schon halb getröstet dadurch, dass ihre Freundin mal wieder den sechsten Sinn hatte und just in diesem Augenblick an sie dachte, öffnete sie die Nachricht:

«Na, schon im siebten Himmel? Mach dir keine Sorgen mehr um Heise, verkupple ihn gerade mit Costas' Nichte, der Biologin aus Athen, du weißt schon, die auf unserer Hochzeit war – ein Traumpaar ... Grüß Breitenbach von mir, wenn du mit Knutschen fertig bist.»

O Mann! Fanden denn alle ihr Glück, nur sie nicht?

Als sie aus dem Taxi ausstieg, rannte sie gleich wieder los. Wenn sie sich beeilte, konnte sie tatsächlich einen früheren Zug erwischen. Es schneite inzwischen so heftig, dass man kaum die Hand vor Augen sehen konnte. Sie musste aufpassen, dass sie nicht in jemanden hineinlief oder auf ihren glatten Absätzen über den Schnee rutschte, der mittlerweile zentimeterdick den Boden bedeckte. Aber der Eingang war nah. Noch vier Minuten, das würde sie schaffen.

Plötzlich packte sie jemand an der Schulter. «Hey!» Sie fuhr schwungvoll herum. Zu schwungvoll, ihr Ellenbogen prallte gegen ein Kinn, sie verlor den Halt und stürzte. Jemand fing sie auf.

Ben. Er rieb sich den Kieferknochen.

«Was machst du ...?»

«Mit dir reden.»

«Mein Zug geht gleich.»

«Ich mach's kurz: Ameisen küssen nicht.»

«Was?»

«Hast du gesagt, als du vor mir davongelaufen bist. Und ich verstehe zwar nicht, wie das irgendetwas beweisen könnte, und erst recht nicht, wie diese These am Ende dazu führen kann, dass du Heise heiratest, der doch wahrscheinlich auch küsst ... Ich meine, ich will es für ihn hoffen und für dich erst recht. Egal. Was ich dir sagen will, ist das: Sie tun es doch!»

Isa begriff gar nichts, zumindest nicht die Worte, die da auf sie einprasselten. Sie sah nur Bens Gesicht in diesem Schneegestöber, klatschnass und ernst. Und ihr Herz raste, weil es sich so anstrengen musste, um zu ihrem betonierten Verstand durchzudringen und ihm mitzuteilen, dass höchstwahrscheinlich gerade etwas Großartiges passierte und dass es ganz dumm wäre, jetzt zum Zug zu rennen.

«Sie küssen.»

Isa verstand immer noch nicht, was Ben ihr sagen wollte. Aber wegrennen wollte sie auch nicht mehr.

Da griff Ben in seine Jackentasche und legte ihr etwas in die Hand. Einen Bernstein. «Ich weiß, was du jetzt sagen willst», hob Ben an, noch bevor sie irgendeine Reaktion zeigen konnte. «Du willst sagen, diese beiden Ameisen standen zufällig sehr nah beieinander, als das Baumharz sie überrollt hat. Aber sieh genau hin, Bella. Ihre Mandibeln berühren sich. Natürlich könnte das auch bedeuten, dass sie einander nur Futter weitergegeben haben oder auch, dass sie miteinander kämpften. Aber sollten wir als Wissenschaftler nicht auch für das Unmögliche offen sein? Vielleicht galten vor ein paar Millionen Jahren bei den Ameisen andere Gepflogenheiten als heute. Wie wollte man beweisen, dass dies kein Kuss ist?»

Sie hätte jetzt antworten können, dass Ameisen keine individualisierte Sexualität haben; auch Millionen von Jahren änderten daran nichts. Aber sie unterließ es. Stattdessen schaute sie auf die beiden Ameisen. Sie waren bezaubernd. Und ob sie sich nun küssten oder nicht, sie waren für immer in dieser honiggoldenen Welt des Bernsteins miteinander verbunden.

«Jedenfalls sollst du ihn haben, es ist dein Stein. Ich habe ihn für dich gekauft.» Einen Moment schaute er verlegen zur Seite, dann setzte er nach: «Als ich noch nicht wusste, dass du verlobt bist.» Sein Grinsen geriet ihm etwas schief. Gott, war er schön! «Trotzdem: Der Stein gehört dir. Vielleicht könntest du ihn als eine Art Talisman ansehen. Als kleine Erinnerung daran, dass Wunder möglich sind – selbst für ernsthafte Wissenschaftler.»

«Ich bin nicht verlobt.»

«Nein?»

«Und du? Ist Marie deine …?»

«Nein. Wir sind nicht zusammen.»

Nicht zusammen. Die Worte explodierten in ihrem Kopf wie Silvesterknaller. Sie waren nicht zusammen, kein Liebespaar. «Aber dann …»

«Was dann?»

Isa konnte nicht glauben, dass sie sagte, was sie sagte: «Dann … Könntest du bitte tun, was die Ameisen da tun?»

Ben, eingepudert vom unaufhörlich fallenden Schnee, guckte einen Augenblick sehr dämlich. «Du meinst …?»

«Deine Mandibeln auf meine Mandibeln … Schauen wir, was dabei herauskommt, eine Fütterung, Krieg oder …»

Er legte seinen Mund auf ihren Mund, es geschah sehr langsam, und heraus kam der unglaublichste Kokosnussmakronen-Kuss, den sie bisher von ihm bekommen hatte. Isa hätte nichts dagegen gehabt, jetzt von einem gewaltigen Baumharztropfen überrollt zu werden. Aber es waren nur

Schneeflocken, die auf ihrem Gesicht zerflossen. Ben küsste sie weg, und er grinste dabei wieder so unverschämt frech, wie sie es früher gehasst hatte. Sie mussten beide lachen.

Der zweite Kuss war noch schöner. Ihr wurde ganz heiß.

«Es brennt.» Sie murmelte es nur. Doch Ben schreckte auf und blickte um sich.

«Wo?»

«Hier drin.» Sie legte die Hand auf ihr Herz. Es war das reinste Osterfeuer. Das schönste Feuer, das sie jemals entfacht hatte. Isa wünschte sich, dass nichts auf dieser Welt es je löschen möge.

ENDE

Das Beste kommt doch noch

Ich heiße Gabi König. In sechs Monaten werde ich sechzig. Horst geht bald in den Ruhestand. Er möchte, dass ich aufhöre zu arbeiten und wir dann mit dem Wohnmobil durch die USA touren. Ich bin mir nicht sicher, ob Dauerferien unserer Ehe bekommen. So schlingere ich im Zickzackkurs durch diese Monate: Ich mache Campingurlaub in Italien, lasse mir von einem Bestseller schreibenden Pater ins Dekolleté schauen, stehe plötzlich meiner Jugendliebe gegenüber. Und ich treffe eine Entscheidung.

rororo 23224

MIX
Papier aus verantwortungsvollen Quellen
FSC® C083411

Das für dieses Buch verwendete FSC®-zertifizierte Papier
Holmen Book Cream liefert Holmen, Schweden.